EL LADO SALVAJE

OCEANO ✦ GRANTRAVESÍA

EL LADO SALVAJE

Título original: *Half Wild*

© 2015 Sally Green

Traducción: Sonia Verjovsky Paul

Cubierta basada en el diseño original de Tim Green, Faceout Studio
Imagen de cubierta: Triggerfish / Début Art

Publicado originalmente en inglés en 2015
por Penguin Books Ltd., Londres

D.R. © Editorial Océano, S.L.
Milanesat 21-23, Edificio Océano
08017 Barcelona, España
www.oceano.com

D.R. © Editorial Océano de México, S.A. de C.V.
Blvd. Manuel Ávila Camacho 76, piso 10
11000 México, D.F., México
www.oceano.mx
www.grantravesia.com

Primera edición: 2015

ISBN: 978-607-735-645-5

IMPRESO EN MÉXICO / *PRINTED IN MEXICO*

Sally Green

EL LADO SALVAJE

Traducción de
Sonia Verjovsky Paul

OCEANO ✦ GRANTRAVESÍA

Para Indy

Sentirás mi pesado espíritu enfriar tu pecho,
y escalar por tu garganta entre sollozos.

Wild with all Regrets [Furioso de tanto arrepentimiento].
WILFRED OWEN

PRIMERA PARTE

Rojo

UN NUEVO DÍA

un piquituerto canta

otro pájaro, que no es un piquituerto, responde

el primer pájaro retoma su canto otra vez

y otra vez

el piquituerto...

mierda, ya amaneció

me quedé dormido

ya amaneció, es muy temprano

mierda, mierda, mierda

me tengo que levantar   me tengo que levantar

no puedo creer que me haya quedado dorm...

chchchchchchchchhchchchchcchhhhhch chchhchcchchchhhchch
chhchchchchcchchhcchcchchchchhchchchchhcchchchchch
chhchchchchchchhchchchchchhchhhchchchchchcchchchchch
hchchchchhchchchchhchchchchhchchchchhchhchchchchchch
chchchhchhhchchchcchchchchchhchchchhhchc

¡MIERDA!
el sonido viene de aquí. ¡DE AQUÍ!
chchchchchchchhchchchchcchhhhhchchchchhchchcchchchhh chch
chhchchchchcchchhcchcchchchhchchchchhcchchchchchchchhch
chchchchhhchchchchchhchhhchchchchchcccchchchchchchhhchchch
chhchchchhhchchchchchhchchchhchhhchchchchchchchchchch
hchhhchchchcccchchchchchhhchchchchhhchchchhhhchchchcccchchch
chhchchchhhhchchchchhhchchchcccchchchchchhhchchchchhhchch
chhhchchccchchchchchhchchchchhhchchchhhhchchchcccchchch

ese nivel de ruido significa, ah, mierda, que hay alguien
con un celular, cerca, muy cerca. no puedo creer que me haya

14

quedado dormido con cazadores tras mis pasos. y ella. la más veloz. anoche estuvo cerca.

chchchchchchchchhchchchchcchhhhhchchchchhchcchchchhhc
hchchh chchchcchchhcchcchchchhchchchhcchchchc

¡PIENSA! ¡PIENSA!

chchchchchchchchhchchchchcchhhhhchchc
hhchcchchchhhchchchhchchchchcchchchch

es un teléfono celular, definitivamente es un celular. el ruido está en mi cabeza, no en mis oídos, está en el lado superior derecho, adentro, constante, como una interferencia eléctrica, puro siseo, siseo de celular, fuerte, fuerte como si estuviera a tres o cuatro metros de distancia.

chchchchchchchchhchchchchcchhhhhchchchchhchcchchc
hhhchchhchchchchchchhchchchchchhcchchchchchchch

está bien, mucha gente tiene celulares. si fuera una cazadora, esa cazadora, y pudiera verme, ya estaría muerto.
no estoy muerto.
ella no puede verme.

chchchchchchchchhchchchchcchhhhhchchchchhchcchchchhhch
chhchchchchchhchchchchchhchhhchchchchchcchchc

el ruido no es más fuerte. ella no se está acercando. pero tampoco se está alejando.
¿estaré tapado por algo?

estoy acostado de lado, con el rostro apretado contra el suelo. completamente quieto. no consigo ver nada más que tierra. tengo que moverme un poco.

pero todavía no. piensa primero.

serénate y soluciónalo.

chchchchhchchchchchhchchchchhchchchchchcchchchch chhchchchchhchhchchchchchcchchchch ccchhhhchcchcchc

no hay brisa, no hay sol, sólo una luz ligera. es temprano. el sol todavía debe estar detrás de la montaña. el suelo está frío pero seco, sin rocío. huele a tierra y pinos y... hay otro olor.

¿qué olor es ése?

y saboreo algo.

un sabor desagradable.

sabe a... oh, no—

no lo pienses,

no lo pienses,

no lo pienses,

no lo pienses,

piensa en otra cosa.

Piensa en dónde estás.

chchchchchhchchchhhhchchchchchhchchchchchchchchchchhch chchhchchchchchhchchchchhchchchchhchchchchchhhhchchchch hchchchhchchchchhchcchchchchchhhhchchchchchhchchchhch

Estás acostado en el suelo, es por la mañana temprano, y el aire es fresco. Tienes frío. Tienes frío porque... estás desnudo.

Estás desnudo y tu mitad superior está mojada. Tu pecho, tus brazos... y tu rostro están mojados.

Y mueves los dedos de la mano izquierda, un movimiento minúsculo, y están pegajosos. Están pegados. Como si estuvieran cubiertos de un jugo azucarado que se está secando. Pero no es jugo... no lo pienses, no lo pienses, no lo pienses, no lo pienses.

¡PIENSA EN OTRA COSA!
¡PIENSA EN SEGUIR VIVO!

chchhchhhchchchcchchchhchchcchchcchchchchhchchh
chchchhchhhchchchchhhch

Tienes que moverte. Los Cazadores te pisan los talones. La Cazadora veloz estaba cerca. Anoche estaba muy cerca. ¿Qué pasó anoche?

¿Qué pasó?

¡NO! OLVÍDALO.

chchchchhchchhchchchcchchhchhchchchchchhhchchch

PIENSA EN SEGUIR VIVO.
AVERIGUA QUÉ DEBES HACER.

Puedes mirar, mover tu cabeza una fracción para ver más. El suelo junto a tu rostro está cubierto de agujas de pino. Agujas de pino de color marrón. Pero el marrón no es por el pino. Es el color de la sangre seca. Tu mano izquierda está

extendida. Está manchada de ella. Una costra marrón y seca.
Pero tu mano no está manchada; está cubierta de ella.
Roja.

chchchchchchchhchchchchcchhhhhchchchhchcchchchh

Puedes buscar un arroyo y lavarte. Lavártelo por completo.

hchchhchchchchchhchchchchchhchhhchchchchchccchchc

Tienes que irte. Por tu propio bien tienes que salir de ahí.
Tienes que empezar a moverte. Escapar.

chchchchchchchhchhhchchcchchchchhchchchhhchh

El celular está cerca, no cambia. No se está acercando más.
Pero tienes que mirar. Tienes que asegurarte.
Mueve la cabeza para el otro lado.
Puedes hacerlo.

Parece algo así como un tronco. Por favor, sé un tronco,
por favor, sé un tronco, por favor, sé un tronco, por favor.

No es un tronco… Es negro y rojo. Botas negras. Panta-
lones negros. Una pierna doblada, otra recta. Una chamarra
negra. Su rostro está girado.
Tiene pelo corto, de color castaño claro.
Está empapada de sangre.
Está inmóvil como un tronco.
Todavía mojada.
Todavía supurando.

Ya no es veloz.

El teléfono celular es suyo.

chchchchchchchchhchchchchcchhhhhchchchhchcchchchhhchch
chhchchchchcchchhcchcchchchhchchchchhcchchchchchchch
hchchchchchhchchchchchhchhhchchchchcchchc

Y mientras levantas la cabeza, ves la herida que es su garganta, y está serrada y ensangrentada y profunda y

roja.

LA ESPERA

Estoy de vuelta en Suiza, en la cima de un valle remoto... uno donde está la cabaña de Mercury, pero cerca de allí, como a medio día de caminata.

Ya llevo varias semanas aquí y he regresado un par de veces al valle de Mercury. La primera vez volví sobre mis pasos en busca del arroyo donde perdí el Fairborn, el cuchillo mágico que les robé a los Cazadores. Que Rose robó. Encontré el arroyo con bastante facilidad, y no fue muy difícil hallar sangre y unas manchas amarillas en el suelo. Pero ni rastro del Fairborn. Subí y bajé por el arroyo y alrededor de esa área central manchada: me asomé entre los arbustos, busqué bajo las rocas. Se estaba volviendo algo ridículo... digo, ¡buscar bajo las rocas! Tuve que dejarlo después de dos días de búsqueda. Comenzaba a preguntarme si en efecto alguna vez tuve el Fairborn; si un animal pudo haberse escapado con él; si había desaparecido mágicamente. Me estaba empezando a afectar. Desde entonces no lo he vuelto a buscar.

Ahora estoy esperando aquí, en este otro valle, en la cueva. Eso fue lo que acordamos Gabriel y yo, así que es lo que estoy haciendo: espero a Gabriel. Me trajo aquí un día y escondió su lata con las cartas en la cueva: son las cartas de amor de sus padres, su única posesión. La lata ya está en mi mochila. Y yo estoy aquí. Y me digo a mí mismo que por lo menos tenemos un plan. Y que eso es bueno.

Pero no es un gran plan que digamos: "Si las cosas salen mal, espérame en la cueva."

Y las cosas salieron mal... tremendamente mal.

No pensé que alguna vez necesitaríamos tener un plan. Nunca pensé que las cosas saldrían así de mal sin que yo estuviera muerto. Pero estoy vivo. Soy un brujo hecho y derecho, de diecisiete años y con los tres regalos recibidos. Pero no sé quién más está vivo. Rose... Rose *sí* está muerta... de eso estoy seguro; le dispararon los Cazadores. Annalise está sumida en un sueño parecido a la muerte, prisionera de Mercury, y sé que no hay que dejarla en ese estado por mucho tiempo, o *parecido a la muerte* simplemente se convertirá en *muerte*. Y Gabriel está desaparecido, todavía, semanas después de que robáramos el Fairborn... cuatro semanas y cuatro días después. Si estuviera vivo, estaría aquí, y si los Cazadores han atrapado a Gabriel, lo torturarán y...

Pero ésa es una de las cosas en las que no me permito pensar. Ésa es una de mis reglas mientras espero: no pienses en lo negativo; apégate a lo positivo. El problema es que lo único que puedo hacer es sentarme aquí, esperar y pensar. Así que todos los días me obligo a repasar todos mis pensamientos optimistas y me digo que cuando los haya terminado, Gabriel regresará. Y tengo que repetirme que eso todavía es posible. Que todavía podría lograrlo. Sólo tengo que seguir pensando positivamente.

Está bien, así que vamos a tener pensamientos optimistas, una vez más...

Antes que nada, percibir las cosas que me rodean. Hay cosas positivas por todos lados, y percibo las mismas cosas positivas cada maldito día positivo:

Los **árboles**. Los árboles son cosas positivas. La mayoría son altos y están bastante derechos y gruesos, pero algunos están caídos y cubiertos de musgo. La mayoría de los árboles tiene agujas, y no hojas, y los tonos verdes van desde el casi negro hasta el limón, según la luz del sol y la edad de la aguja. Conozco tan bien los árboles de aquí que puedo cerrar los ojos y ver cada uno de ellos, pero trato de no cerrar los ojos demasiado... es más fácil ser optimista con los ojos abiertos.

De los árboles me muevo al **cielo**, que es positivo también, normalmente de un azul brillante durante el día y de un negro claro por la noche. Me gusta el cielo de ese color. A veces hay **nubes**, y por lo que puedo ver de ellas, son grandes y blancas, no suelen ser grises, no suelen ser nubes de lluvia. En general se mueven hacia el este. No hay viento aquí: nunca llega al suelo del bosque.

¿Qué más? Ah sí, los **pájaros**. Los pájaros son positivos y glotones y ruidosos; siempre están parloteando o comiendo. Algunos comen semillas y otros comen insectos. Hay cuervos que vuelan en lo alto sobre el bosque pero no entran, por lo menos no hasta mi nivel. Son negros. De un negro afilado. Como si los hubieran recortado con tijeras a partir de un trozo de papel negro. Constantemente espero ver un águila, pero nunca he visto una por aquí, y me pregunto por mi padre y si de verdad se disfrazó como una de ellas y me siguió, y eso parece que pasó hace tanto tiempo...

¡Alto!

Aquí no corresponde pensar en mi padre. Debo tener cuidado cuando pienso en él. Tengo que ser estricto conmigo mismo. Si no, es demasiado fácil volverse negativo.

Así que... de vuelta a las cosas que me rodean. ¿Hasta dónde llegué? Ya he repasado los árboles, el cielo, las nubes, los pájaros. Ah sí, tenemos **silencios**... muchos de ellos. Silencios enormes. Los silencios de la noche podrían llenar el Océano Pacífico. Amo los silencios. No hay siseos aquí, ni interferencias eléctricas. Nada. Tengo la cabeza despejada. Creo que podría escuchar el río al fondo del valle, pero no puedo; los árboles tapan el sonido.

Así que ya he contado también los silencios y luego vienen los **movimientos**. Las cosas que se han movido hasta ahora: venados pequeños, he visto varios; son silenciosos y marrones y más o menos delicados y un poco nerviosos. Conejos también, que son silenciosos y de color pardo. Y luego los ratones de campo, pardos, y las marmotas, que son grises y silenciosas. Luego hay arañas, negras y silenciosas; moscas, negras, silenciosas hasta que se acercan, luego increíblemente, graciosamente ruidosas; una mariposa perdida, azul aciano, silenciosa; piñas de pino que caen, marrones, no silenciosas, pero que forman una palabra suave cuando aterrizan en el suelo del bosque: *"du"*; agujas de pino que caen, marrones, tan ruidosas como la nieve.

Así que eso es lo positivo: mariposas, árboles y cosas.

También me fijo en mí mismo. Llevo mis **botas** viejas. Con suelas pesadas y flexibles porque están muy desgastadas. La piel marrón está arañada y el agua se mete en la de la derecha por la costura rota. Mis **jeans** son holgados, cómodos, desgastados hasta los hilos, rotos en la rodilla izquierda, raídos en los dobladillos, alguna vez fueron azules, ahora son grises, están manchados de tierra, tienen algunas manchas verdes por subirme a los árboles. El **cinturón**: de cuero negro grueso y con hebilla de latón. Es un buen cinturón. Mi **camiseta**: alguna vez fue blanca, ahora es gris, tiene un agujero en el lado derecho y agujeritos en la manga, como si unas **pulgas** la hubieran mordisqueado. No tengo pulgas, no creo. No tengo comezón. Estoy un poco **sucio**. Pero algunos días me lavo, y cuando me despierto con sangre encima, lo hago siempre. Mi ropa no tiene sangre, que ya es algo. Siempre me despierto desnudo si...

¡Vuelve a pensar en la ropa!

¿Hasta dónde había llegado? La camiseta. Y sobre mi camiseta está mi **camisa**, que es calientita y gruesa, de lana, el estampado a cuadros verdes, negros y marrones aún es visible. Todavía le quedan tres botones negros. **Agujero** en el lado derecho. **Rasgadura** en la manga izquierda. No tengo **pantalones** ni **calcetines**. Alguna vez tuve calcetines; no sé qué les pasó. Y tenía **guantes**. Mi **bufanda** está en mi **mochila**, creo. No he mirado adentro desde hace siglos. Debería hacerlo. Eso me daría algo que hacer. Creo que mis guantes están ahí adentro, quizá.

¿Y ahora qué?

Busquemos algo más sobre mí.

Mis **manos** son un desastre. Un verdadero desastre. Están quemadas por el sol, marcadas, ásperas; las **cicatrices** de mi muñeca derecha son espeluznantes, como si fueran piel derretida; mis **uñas** están negras y mordisqueadas hasta el hueso, y también están los **tatuajes**. Tres tatuajes en mi meñique derecho y el tatuaje grande en la parte de atrás de mi mano izquierda: **N 0.5**. Un tatuaje de Código Medio. Sólo para que todos sepan qué soy: mitad Brujo Negro. Y en caso de que se pierdan esos tatuajes, tengo uno en el tobillo y uno en el cuello (mi **favorito entre todos ellos**).

Pero son mucho más que tatuajes, mucho más que marcas: también son algún tipo de conjuro. Si los Cazadores me atrapan, si el señor Wallend me atrapa, me cortarán el dedo y lo pondrán en una botella de brujos y luego estaré en su poder. Podrían usarla para torturarme o matarme en cualquier momento si quemaran la botella. Creo que eso es lo que harían. Los tatuajes son su manera de tener control sobre mí. Los usarían para tratar de obligarme a matar a mi padre.

Sólo que nunca mataré a mi padre. No podría aunque quisiera, porque mi padre sigue siendo el Brujo Negro más poderoso del que haya oído hablar y no soy nada comparado con él. Me refiero a que puedo luchar bien y puedo correr bien, pero eso nunca será suficiente contra Marcus.

¡Mierda! Estoy pensando de nuevo en él.

Debería volver a pensar en mi cuerpo.

A veces, mi cuerpo hace cosas extrañas. Cambia. Tengo que pensar más en eso. Tengo que entender cómo cambia, por qué cambia y en qué carajo se transforma.

Nunca lo recuerdo, pero sé que ocurre porque me despierto desnudo y un poco menos hambriento. Aunque a veces me enfermo y vomito la comida de la noche, y luego tengo arcadas una y otra vez. No sé si es porque mi cuerpo no puede tolerar lo que comí. Como principalmente animales pequeños, aunque no recuerdo haberlos atrapado. Pero sé que ocurre porque hay huesitos en mi vómito y jirones de piel peluda y sangre. Una vez me encontré una cola. Una cola de rata, creo. Sé que me convierto en algún tipo de animal. Es la única explicación. Tengo el mismo Don que mi padre. Pero no recuerdo nada de ello: ni de transformarme, ni de ser animal, ni de transformarme de vuelta en mí. Nada de nada hasta que me despierto después de todo eso. Siempre me quedo dormido, así que supongo que debe dejarme agotado.

Atrapé a un venadito anoche. Me desperté junto a su cuerpo a medio comer. Eso no lo he vomitado. Creo que mi estómago se está acostumbrando. Estaba hambriento, muerto de hambre, pero ya no lo estoy. Así que eso demuestra que uno puede acostumbrarse a lo que sea, incluso a la carne cruda. Aun así, mataría por una comida de verdad. Una hamburguesa, papas fritas, estofado, puré de papas, rosbif y pudín de Yorkshire. Cosas de humanos. Un pastel. ¡Unas natillas!

¡Cuidado!

Mejor no pensar en lo que no tengo: así todo cae en picado. Debo tener cuidado con mis pensamientos. No debo dejarme llevar hacia lo negativo. Y hoy me he esforzado para ser optimista, para premiarme por pensar en otra gente, incluso en **mi padre**, pero tengo que ser extremadamente cuidadoso al pensar en él.

Lo conocí. Conocí a Marcus. No me mató, cosa que nunca pensé que haría realmente, pero dada su reputación, se podría haber desenvuelto en cualquier sentido.

Pasé la mayor parte de mi niñez creyendo que yo no le importaba a Marcus, pero resulta que pensaba en mí todo el tiempo, así como yo pensaba en él. Y siempre planeó ayudarme. Me buscó. Y luego detuvo el tiempo por mí, lo cual me imagino que no debe ser una cosa sencilla de hacer, ni siquiera para él. Él dirigió mi Ceremonia de Entrega: dejó que tomara su sangre y me dio tres regalos. Y el anillo de oro que me dio, su anillo, lo tengo puesto en mi dedo, y le doy vueltas y lo levanto contra mis labios y siento su peso y pruebo el metal. La bala que mi padre me sacó, la bala mágica de los Cazadores, está en mi bolsillo. A veces la palpo también, aun que no estoy seguro de que siquiera me guste tenerla, ya que es algo que pertenece a los Cazadores. Y el tercer regalo que me dio, mi vida, sigue conmigo. No sé si realmente cuenta, porque nunca antes había oído de un regalo que no fuera una cosa física, pero lo hizo Marcus y supongo que sabe lo que hace.

Estoy vivo por mi padre. Tengo mi Don por mi padre, y ese Don es el mismo que el suyo. La mayoría de los brujos sufre para encontrar su Don, y tarda quizás un año o más en descubrir qué es, pero yo no tuve siquiera que buscar el mío. Me encontró a mí. Y no sé si eso es algo bueno. Es mejor pensar en otra cosa...

Mi familia me da algo positivo en qué pensar. No es frecuente que me ponga negativo cuando pienso en mi familia. Todavía extraño a Arran, pero ni punto de comparación como cuando era prisionero de Celia. Esas primeras semanas en mi jaula extrañé tanto a mi hermano. Pero eso fue hace años... hace dos años, creo. El Consejo me llevó justo antes de que cumpliera quince años, justo antes de la Entrega de Arran. Sí, han pasado más de dos años desde entonces, pero sé que está bien y Deborah también. Ellen, mi amiga Mestiza, se puso en contacto con Arran, le mostró una foto mía, y vi un video de él, escuché el mensaje que le dio para mí. Pero sé que están mejor sin mí. Nunca podré volver a verlos, pero no me importa porque saben que estoy vivo, que escapé y estoy libre. Ser optimista es lo mío, y eso es positivo, porque cuanto más tiempo me aleje de ellos, mejor es para la gente que me importa.

A veces me siento a la entrada de la cueva, quizá me acuesto y duermo ahí un rato, pero no estoy durmiendo muy bien y en general me siento más cómodo aquí arriba, esperando en mi árbol donde tengo una buena vista. Aquí la ladera está empinada; no va a pasar nadie que haya salido a pasear por impulso. Pero nunca se sabe. Y los Cazadores son buenos para cazar. Trato de no pensar demasiado en los Cazadores, aunque no es razonable fingir que no existen. Así que, en fin, me siento en mi árbol y cuando está oscuro, como ahora, me concedo el permiso de recordar los viejos tiempos, antes de que me llevara el Consejo, antes de Celia, antes de que me encerraran en mi jaula.

Mi recuerdo favorito es de mí y de Arran jugando en el bosque cerca de casa de Abu. Estaba escondido en un árbol y cuando Arran finalmente me vio, lo escaló para alcanzarme, pero me alejé más y más sobre una rama delgada. Me rogó que parara, así que regresé para sentarme con él, algo así como estoy ahora, yo recargado contra él, sentados sobre la rama a horcajadas. Y daría tanto por sentarme con él así otra vez, sentir el calor de su cuerpo contra el mío. Saber que sonríe por el movimiento de su pecho, sentir su aliento, su brazo que me rodea.

Pero es mejor no pensar así demasiado. Mejor no pensar en lo que no puedo tener.

También recuerdo a Abu, con sus abejas, sus botas y sus gallinas, y el suelo lodoso de la cocina. La última vez que vi a Abu fue cuando me llevaron. Estaba en el edificio del Consejo cuando me dijeron que Celia sería mi "tutora y maestra". Ésa fue la primera vez que vi a Celia, la primera vez que escuché su sonido, ese Don que me puede dejar aturdido. Parece que ha pasado una vida. Celia me derribó con su ruido y me llevaron en brazos y tuve un último vistazo de Abu, que se veía vieja y asustada, parada sola en medio del cuarto donde pasé mis Evaluaciones. Ahora que miro al pasado, creo que Abu sabía que nunca me volvería a ver. Celia me dijo que había muerto, y sé que presionaron a Abu para que se matara, como lo hicieron con mi madre.

Ahora lo sé…

¿Qué es eso?

¡Pisadas! ¡De noche!

Mi adrenalina se dispara.

¡Contrólate! ¡Escucha!

Pisadas ligeras. Lo suficientemente ligeras como para ser un Cazador.

Giro la cabeza lentamente. No veo nada. La capa de nubes es espesa, y la luz de la luna no alcanza a iluminar el bosque.

Más pisadas. Más adrenalina.

¡Mierda! Esto es más que adrenalina… es el animal que se agita en mí.

Y entonces lo veo. Un ciervo pequeño. Nervioso.

Y la adrenalina animal está lista para estallar, el animal que hay en mí quiere tomar el control.

¡Tranquilo! ¡Tranquilo! Respira lentamente. Cuenta las respiraciones.

Inhala y exhala.

Inhala —y aguanta— y exhala lentamente.

Inhala —y lo puedo sentir en mi sangre, la hace arder— y expira lentamente.

El ciervo se aleja y se pierde rápidamente en la penumbra. Pero aquí estoy, aún en mi forma humana, y el venadito no está muerto. Puedo controlar mi Don. Detenerlo a pesar de todo. Y, si lo puedo detener, quizá también lo pueda permitir.

Estoy sonriendo de oreja a oreja. Por primera vez en semanas, me siento realmente optimista por algo.

Hoy lo hice bien, me aferré a las listas, no me fui demasiado por lo negativo. Me puedo premiar con algunos buenos pensamientos, cosas que reservo para ocasiones especiales. Mis favoritos son de Annalise. Y esto es lo que recuerdo…

ANNALISE Y YO

Los dos estamos sentados en el afloramiento de arenisca, con los pies colgados sobre el borde. Annalise tiene quince años; yo apenas tengo catorce. Mi pierna está cerca de la suya pero no exactamente tocándola. Es el final del otoño. Nos hemos encontrado aquí una vez por semana durante los últimos dos meses. Desde que comenzamos a vernos sólo nos hemos tocado una vez, la segunda vez que estuvimos aquí. Le tomé la mano y se la besé. Todavía no puedo creer que lo hiciera. Me dejé llevar, creo. Ahora pienso en eso todo el tiempo, y me refiero a *todo* el tiempo, pero parece que no puedo hacerlo otra vez. Annalise y yo hablamos y escalamos y corremos por ahí, pero incluso cuando nos estamos persiguiendo, nunca la atrapo. Me acerco y luego no lo puedo hacer. Tampoco dejo que ella me atrape nunca.

Está columpiando las piernas. Su falda gris de la escuela está limpia y planchada y muy cuidada. La piel de sus piernas es suave y está ligeramente bronceada, y arriba de las rodillas, los vellos de sus piernas son finos y rubios. Y mi pierna está a milímetros de la suya, pero sé que no puedo hacer que se acerque más. Me obligo a girar la cabeza para mirar otra cosa.

El afloramiento está empinado y la caída es larga pero realizable, ya que se cae sobre tierra arenosa. Las copas de los árboles se agitan y murmuran, casi como si hablaran los unos con los otros, chismorreando, y las hojas caen en pequeñas hordas. Un racimo desciende hasta nosotros e incluso antes de que ella se mueva, sé que Annalise tratará de agarrar una hoja. Estira su mano, su brazo y luego su cuerpo sobre el borde del risco. Está yendo demasiado lejos pero no se lastimará si se cae, aunque quizá debería agarrarla, sostenerla. Pero no me muevo. Se ríe y llega incluso más lejos y atrapa la hoja y agarra mi manga al mismo tiempo, y aun así no la toco. Echo mi brazo hacia atrás para que se ponga a salvo, pero no la toco.

Ella tiene la hoja. Un pequeño triángulo color café de un abedul. La sostiene por el tallo y la gira frente a mi rostro.

—La tengo. ¡No gracias a ti! Casi me caigo.

—Sabía que no te pasaría nada.

—¿Ah, sí? —ella roza la hoja contra mi nariz una vez, con sus dedos cerca de mis labios. Alejo la cabeza de ella.

—Es para ti. Ten, tómala.

Le digo:

—Sólo es una hoja. Hay muchas por ahí.

—Abre la mano. Ésta es una hoja especial. Es una que atrapé poniendo en riesgo mi persona, sólo para ti.

Extiendo mi mano, quiero la hoja.

La suelta sobre mi palma.

—Nunca dices gracias, ¿verdad? —no lo sé. Nunca lo había pensado—. Y nunca me tocas.

Me encojo de hombros. No le puedo decir que pienso en cada milímetro que hay entre nosotros. Le digo:

—Me quedaré con la hoja —y me impulso del afloramiento para caer en el suelo que hay abajo.

Estoy abajo y ahora no sé qué hacer. Esperaba que ella saltara conmigo. Levanto la mirada hacia ella y le digo:

—¿Podemos hablar de otra cosa?

—Si vuelves a subir aquí y me lo pides amablemente.

Vuelvo a escalar el risco, tan rápidamente como puedo, luciéndome, pero cuando llego cerca de la cima me detengo. Se ha movido al lugar por donde normalmente subo. Me está bloqueando el camino. Hay una ruta distinta a la izquierda, que es más difícil, y bajo por un par de asideros y subo de nuevo, pero ya se ha movido y está ahí sentada.

—Hola —me dice, inclinándose hacia delante y sonriéndome.

La única manera en que podría llegar es subir sobre Annalise.

—Con permiso —le digo—. ¿Me dejarías pasar?

Ella niega con la cabeza.

—¿Si digo por favor?

Vuelve a negar con la cabeza y exhibe una enorme sonrisa.

—Para ser un agresivo Código Medio, no eres tan agresivo que digamos.

—Por favor, Annalise.

No estoy tan bien asido: los dedos ya se me están acalambrando y los dedos del pie se me están resbalando. No me podré quedar agarrado mucho tiempo más.

—No entiendo cómo te expulsaron de la escuela. Pareces un niño tan tímido.

Lo dice con voz de maestra.

—No soy tímido.

Se inclina hacia mí, sonriendo de oreja a oreja.

—Demuéstramelo.

Tengo que saltar hacia abajo o subir sobre ella, y tengo que hacer lo uno o lo otro bastante pronto, porque la pierna derecha comienza a estremecerse por el esfuerzo. Creo que puedo subir sobre ella si pongo mi mano a la derecha de su pierna pero de alguna manera tendré que pasar por encima de su regazo y…

—Qué ganas tengo de contarles a mis hermanos qué cosita tan temerosa eres —dice provocadoramente. Levanto la mirada a su rostro y, aunque sé que bromea, la simple idea de que les mencione algo a sus hermanos me hace enojar. Veo que su sonrisa se desvanece en un segundo. Me suelto de la roca, me doy la vuelta en el aire y caigo en el suelo. Ella me llama:

—¡Nathan! ¡Lo siento! No debí…

Y se deja caer al suelo junto a mí, tan grácil y ligera como siempre.

—No debí decir eso. Fue una estupidez.

—Si alguna vez descubren que nos vemos. Si…

—Sabes que no les diré nada. Fue una broma estúpida.

Me doy cuenta de que estoy exagerando y echando a perder el día, así que pateo la arena con mis botas y le digo:

—Lo sé —le sonrío y quiero volver a divertirnos—. Pero no le digas a nadie que en realidad soy un mequetrefe, ¿está bien? Y yo no les diré que tú eres una agresiva.

—¿Yo? ¿Agresiva yo? —me está sonriendo de nuevo y también sus pies patean el suelo. Luego dibuja una larga línea en la arena y dice—: En una escala donde los agresivos están aquí —y mete su talón en un extremo— hasta los amables, bien educados y tímidos que están acá —y camina al otro lado de la línea, baja el talón y me mira—: ¿dónde estoy yo?

Mascullo en voz baja "Annalise, Annalise, Annalise", y subo y bajo por la línea. Tras avanzar unas tres cuartas partes del camino hacia el extremo tímido, me detengo, y luego me acerco un poco más al otro extremo, arrastrando los pies, hasta que estoy a casi una décima parte de distancia del extremo agresivo sobre la línea.

—¡Ja! —dice ella.

—Eres demasiado mala para mí.

Me gruñe.

—Bueno, la mayoría de mis amigos de la escuela me pondrían aquí —y salta hasta un lugar cerca del extremo tímido.

—Todos tus amigos de la escuela son fains —le digo.

—Pero todavía son capaces de detectar a una chica amable cuando la ven.

—¿Y a mí dónde me pondrían?

Me quito del camino mientras Annalise arrastra los pies por la línea hasta llegar casi a donde estaba situado yo, cerca del extremo completamente agresivo.

—¿Y tus hermanos? ¿Dónde me podrían?

Vacila pero luego sigue caminando más allá del extremo agresivo hasta llegar al risco. Dice:

—Los chicos fain de la escuela te tienen miedo porque golpeas a la gente. Tenías la reputación de ser un salvaje, pero te veían en clase casi todos los días sentado calladito, así que sabían que si te dejaban tranquilo, tú los dejarías tranquilos a ellos.

—Pero tus hermanos no pudieron entender eso del todo. Me refiero a eso de dejarme tranquilo.

—No. Pero también te tenían miedo.

—¡Me golpearon! ¡Me dejaron inconsciente!

—¡Tú los golpeaste primero! Pero es más que eso —vacila y luego dice—: Se trata de quién eres. O de quién es tu padre. Todo tiene que ver con Marcus. Le tienen miedo. Todos le tienen miedo.

Tiene razón, claro, pero ni que se fuera a aparecer en algún momento para ayudarme en una pelea.

Luego me pregunta:

—¿Le tienes miedo?

No estoy seguro: es mi padre. Es peligroso y es un asesino pero aun así es mi padre. Y quiero conocerlo. No querría hacerlo si le tuviera miedo. Le digo:

—Confío en ti más que en nadie, Annalise, pero si alguna vez el Consejo me escuchara hablar de él, o de mis sentimientos por él, o de lo que sea… Simplemente no puedo hablar de él. Ya lo sabes.

—Disculpa, no debí preguntártelo.

—Pero te diré a quién sí le tengo miedo: al Consejo. Y a tus hermanos. Si…

Pero no sigo. Los dos sabemos que si descubren que nos estamos viendo, tendremos grandes problemas.

Annalise dice:

—Lo sé. Tengo la peor y más desastrosa familia que existe.

—Creo que la mía es ligeramente más desastrosa que la tuya.

—No por mucha diferencia. Por lo menos tienes a Arran y a Deborah. Tienes a gente buena. Yo no tengo a gente buena. Es decir, Connor es bueno si no está con Niall o…

—*Tú* eres la gente buena —le digo.

Me sonríe pero entonces me doy cuenta de lo triste y solitaria que se ve y de la suerte que tengo de tener a Arran, Deborah y Abu. Y sin pensarlo siquiera, tomo su mano. ¡La estoy tocando! Estoy sorprendido de que esté sucediendo y no quiero pensarlo más de la cuenta. Nuestras manos tienen tamaños parecidos: la mía es más ancha; sus dedos son más largos y delgados. Su piel es suave y tiene color piel… no color tierra.

—¿Cómo le haces para mantener tus manos tan limpias? —le volteo la mano lentamente y la inspecciono entera—.

Yo estoy todo cubierto de polvo rojo, pero tú y tus manos no tienen ni una manchita.

—Soy una chica. Somos bastante conocidas por ser capaces de hacer cosas increíbles, cosas con las que los chicos sólo pueden soñar —su voz tiembla, su mano tiembla un poco también.

Ahora tengo miedo pero no me voy a detener. Mientras la levanta en el aire, trazo mi dedo alrededor del exterior de su mano. Sobre el pulgar, abajo, entre el pulgar y el índice, luego por encima del dedo y por debajo, entre el siguiente dedo y luego arriba y luego abajo y luego arriba y abajo y finalmente por su meñique y abajo, hacia su muñeca.

Ella dice:

—Siempre me sorprende lo suave que eres. Estás tan lejos del extremo duro de la línea.

Quiero contestarle algo pero no se me ocurre nada que suene bien.

—Otra vez estás callado —dice.

—¿Qué tiene de malo estar callado?

—Nada, supongo. Te va —mueve su dedo para trazar mi mano alrededor como yo lo hice con la suya—. Pero a veces hace que me pregunte en qué estás pensando.

Sigue moviendo su dedo alrededor de mi mano.

—¿Qué *estás* pensando?

Estoy pensando en que me gusta que haga eso. Es agradable. ¿Eso es lo que debería de decir? No lo sé. Digo:

—Yo... tú eres...

Agacha la cabeza para mirarme.

—Estás tratando de esconder tu cara —se queja—. ¿Te estás sonrojando?

—¡No!

Coloca su dedo en la punta de mi barbilla y dirige mi cabeza hacia ella.

Me siento un poco acalorado pero no diría que me estoy sonrojando.

Ella dice:

—Eres tan dulce.

¡Dulce!

Digo:

—Creo que soy bastante agresivo.

Suelta una risita y se levanta.

—Eres dulce y eres lento. Nunca me atrapas.

Y se va corriendo y voy corriendo tras ella y ese día, por primera vez, la atrapo.

OSCURECE

Debe ser pasada la medianoche. Así que ya pasó otro día. Otro día de pensar positivamente. Otro día de pensar en Annalise pero sin estar más cerca de ayudarla. Otro día de sentarme en un árbol, a la espera de Gabriel, y que él no llegue. Debería tratar de dormir pero no tengo sueño. Casi nunca tengo sueño de noche. Al contrario, parece que me revivo un poco más, aunque sé que también me vuelvo un poco más oscuro.

Podría confeccionar algunas listas o volver a las cosas que me enseñó Celia: cómo matar con un cuchillo; cómo matar con mis manos. Qué alegre. O quizá pensar en datos. Mi árbol genealógico es interesante. Sólo recito los nombres una y otra vez: Harrow, Titus, Gaunt, Darius, Leo, Castor, Maximilian, Massimo, Axel, Marcus, Nathan. Harrow, Titus, Gaunt, Darius...

Claro que la lista se inclina más hacia lo deprimente, y se supone que no debo hacer cosas deprimentes, pero no es culpa mía si los Cazadores los mataron a todos, o si el Consejo los torturó hasta la muerte. Aunque Marcus no está muerto, o hasta donde sé, está sano y salvo y viviendo nadie sabe dónde. Y estuvo conmigo, me salvó la vida y llevó a cabo mi

Ceremonia de Entrega, pero se fue, me dejó solo, *otra vez, como durante toda mi vida.*

—Lo hiciste lo suficientemente bien solo —me dijo. *¡Clásica manera de esquivar el bulto!*

No debo ser negativo. Tengo que ser malditamente optimista.

Mierda, estoy de un humor de perros.

Tengo que probar a hacer más pruebas de memoria. Sí, podría recitar todos los Dones que mi padre robó, uno por cada corazón humano que se ha comido. Y el hombre, ese asesino, ese PSICÓPATA, se sentó frente a mí y habló conmigo y me dio tres regalos. Y no puedo odiarlo y ni siquiera le tengo miedo. Estoy... alucinado con él. Eso es positivo, ¿no? ¿Admirar a tu padre? Tu padre el psicópata. ¿Es un psicópata? No lo sé. Ni siquiera sé cuál es la definición de psicópata. No sé qué tanto haya que viajar por el sendero de comerse a la gente antes de volverse oficialmente un psicópata.

Me estoy mordiendo las uñas otra vez, pero no queda mucho que morder.

Y aquí estoy, sentado en un árbol, mordiéndome las uñas... Nathan, hijo de Marcus, el chico que se supone que debe matar a su padre, el chico que trató de demostrar que no lastimaría a su padre al devolverle el Fairborn pero que metió la pata y perdió el cuchillo. Y sé que no duraría ni un segundo en una lucha contra Marcus, pero todos creen que puedo matarlo; todos quieren que lo mate. Logré escaparme de Wallend y de esos Brujos Blancos que quieren que lo haga, y voy y me topo con Mercury, y ¿adivinen qué? También ella quiere que lo mate.

¡Mierda! Tengo que pensar en algo más positivo.

Tengo que pensar en Annalise otra vez. Solía pensar en ella cuando estaba en la jaula. Fantaseaba con ella, me imaginaba que la tocaba y teníamos relaciones sexuales y cosas así. Realmente no he tenido relaciones sexuales ni cosas por el estilo. Y la última vez que agarré su mano fue cuando me senté junto a ella en el techo de Mercury, y entonces todo se fue a la mierda y el viento me retuvo mientras Mercury atrajo a Annalise hacia la hierba. Recuerdo el cuerpo de Annalise tirado allí, con su pecho jadeante, desesperada por inhalar aire, y ese último suspiro ahogado que dio, que parecía tan lento y tan doloroso, antes de que se quedara quieta, y lo odio. Odio ese último suspiro.

Y, a propósito de odio, puedo hacer una buena lista sobre este tema. Está **mi hermana**, claro, mi querida Jessica. Me odia hasta la médula desde que nací, y yo le devuelvo el sentimiento con creces. Está su novio, **Clay**, el líder de los Cazadores, brutal y arrogante. ¿Qué tiene que no se pueda odiar? Y el otro animal, **Kieran O'Brien**, el hermano mayor de Annalise, que solía estar en la cima de mi lista de odio pero ahora casi todas las veces sólo ronda por el número tres. El número dos de mi lista de odio es **Soul O'Brien**, miembro del Consejo. Me dijo que quería ser él quien me diera los tres regalos, lo cual es, francamente, más monstruoso que tenerme en una jaula. Bien podría ser algún tipo de psicópata también. Y hablando de psicópatas, el número uno de mi lista es el **señor Wallend**. El Brujo Blanco que trabajó sobre mí como si fuera una rata de laboratorio. El hombre que me hizo los tatuajes, que son la cosa que más odio.

¡Qué positivo ha sido esto!

Celia no está en la lista. Ya no odio a Celia, lo cual es algo bueno, supongo. Después de todo, no odiar a alguien que te encerró en una jaula casi dos años, es positivo. Sin duda. Por otro lado, quizá muestra que estoy completamente mal de la cabeza por toda esa experiencia. No lo sé. Pero Celia no está en la lista.

Mercury tampoco lo está. Mercury no me inspira odio. Sería como odiar el clima.

Mercury dijo que liberaría a Annalise a cambio de la cabeza de mi padre o de su corazón. No le entregaré ninguno de los dos. Tengo que encontrar la manera de encontrar a Mercury, de encontrar a Annalise, de romper el hechizo en el que cayó y escapar con ella. Suena difícil y peligroso pero tengo un plan, lo cual es otra cosa positiva. Sólo que el plan es una porquería y es estúpido y no funcionará jamás. Y seguro que Mercury me matará.

Aun así, no debería preocuparme por eso. Al fin y al cabo, *todos mueren alguna vez*.

Y por el momento tengo suficientes problemas con el plan actual. Ya llevo más de un mes aquí y estoy lidiando con imaginar un escenario positivo: un escenario en el que Gabriel no puede llegar aquí, no porque esté muerto o porque lo hayan capturado los Cazadores, sino porque está acostado en una cama de lujo, leyendo un libro y comiendo *croissants*.

Si lo hubieran capturado, lo habrían torturado y les habría contado todo. Todo sobre él, sobre mí, el Fairborn, Annalise, y definitivamente sobre dónde me podrían encontrar, nuestro punto de encuentro aquí en la cueva. Yo se los habría dicho bajo Castigo y él también. No hay ninguna vergüenza en ello. El Castigo quiebra a todos a la larga y nadie podría aguantarlo durante un mes. Y aun así, los Cazadores no están aquí. Pero tampoco Gabriel. Así que eso quiere decir que está muerto. Los Cazadores le dispararon esa noche que nos llevamos el Fairborn. Lo mataron mientras trataba de salvarme. Y aquí estoy, sentado en un árbol, tratando de ser optimista.

Si lo piensas, el optimismo es bastante enfermizo.

NO ESPERAR

Ya está amaneciendo cuando llego a la cabaña de Mercury. Después de que mi padre me diera mis tres regalos me escapé de aquí, perseguido por los Cazadores. Ésta es la tercera vez que vuelvo desde entonces. Mi oportunidad de observarlos a ellos, para variar.

La primera vez que volví fue hace dos semanas, cuando estaba absolutamente seguro de que no había Cazadores tras mis huellas. Había matado a la más veloz, y perdí a los demás. Estaba bastante seguro de que no estarían esperando a que volviera. Después de todo, no tendría ningún sentido que lo hiciera y sería estúpidamente peligroso. Dada esa lógica, esperaba que no hubiera muchos Cazadores en la cabaña. ¡Error! Había doce. Creo que la estaban usando como base de operaciones para tratar de encontrar a Mercury. Había una fisura mágica en el espacio que usó para viajar a su hogar de verdad. Un pasadizo como el que usamos Gabriel y yo para llegar de la cabaña al apartamento de Ginebra. Mi padre dijo que los Cazadores podían detectar esos pasadizos, así que supongo que para estos momentos Mercury ha destruido el que lleva a su verdadero hogar, o los Cazadores han encontrado la manera de entrar y también Mercury está muerta. Y si

Mercury está muerta, entonces no tengo idea de qué le habrá pasado a Annalise. Pero Mercury no es descuidada, ni lenta ni débil. Creo que habrá destruido el pasadizo, y cubierto sus rastros tan bien que este valle será un callejón sin salida para los Cazadores, y también para mí.

Esa primera vez que volví a la cabaña, Clay estaba ahí, de pésimo humor, y gritaba mucho. Jessica estaba con él. Tiene una cicatriz larga que baja desde su frente hasta su nariz y su mejilla, donde la corté, o más bien donde la cortó el Fairborn. Sin embargo, a Clay no parecía molestarle eso; él y Jessica todavía tenían aspecto de ser la pareja del momento. La rodeaba con el brazo y le besaba la punta de la nariz. En cierto momento se acercó al borde del bosque con las manos en las caderas y las piernas separadas. Parecía como si me estuviera mirando directamente. Yo estaba bien escondido y no podía verme, pero era como si me estuviera esperando.

Volví a la cabaña otra vez hace una semana. Sólo quedaban seis Cazadores, y esperaba que Clay fuera uno de ellos: pensé que él sabía que yo volvería, pero no estaba ahí. En su lugar, tuve el placer de ver a Kieran. Y esta vez había otro ambiente. Los Cazadores que quedaban, tomaban el sol, se reían, pasaban el rato. Era casi como un campamento de vacaciones, pero son Cazadores y nunca están de vacaciones. Definitivamente no parecía como si esperaran a que el hijo-de-ya-sabes-quien apareciera.

Examiné a Kieran: estaba desnudo hasta la cintura, con su pelo teñido por el sol, su rostro rojizo y bronceado y su cuerpo enorme y pesado por los músculos. Estaba casi tan fornido como Clay. Habían armado una pista de obstáculos con leña y asideros, sogas y una red para escalar. A pesar de su tamaño, Kieran siempre era el más veloz y se burlaba de los demás por ser lentos. Cuando se trataba de hacer *rounds* de boxeo, quedaba claro que las chicas eran principiantes; la pareja de Kieran era buena pero Kieran es excelente. Aun así, creo que podría derribarlo en una pelea justa, pero su Don lo complica más porque se puede volver invisible. Una de las chicas parecía tener la capacidad de incendiar cosas y otra podía lanzar rayos, pero ambos eran Doncs bastante débiles. No pude detectar qué podía hacer la pareja de Kieran ni las otras chicas.

Casi todos los Cazadores son mujeres, pero hay algunos brujos con habilidades. Sólo reclutan a los más fuertes y aptos, y forman parejas de hombres y parejas de mujeres. Nunca antes había oído hablar de Cazadores que no fueran británicos, pero ahora hay dos chicas que no lo son. Hablaban un poco de inglés, pero hablaban una con la otra y a veces con la pareja de Kieran en lo que creo que era francés. Hasta donde sé, los Consejos de Brujos Blancos de Europa nunca han entrenado Cazadores ni han cazado a los Brujos Negros como lo hacen en Gran Bretaña. Gabriel me dijo que aquí en Europa, los Blancos y Negros se quedan en sus propias áreas y se ignoran los unos a los otros, y a los Cazadores sólo los usan en circunstancias extremas para rastrear a brujos específicos, mi padre entre ellos. Si están reclutando a Brujos Blancos locales, puede ser señal de que los Cazadores estén expandiendo sus operaciones.

Los observé todo el día. Sabía que no debía hacerlo. Sabía que debía estar en la cueva esperando a Gabriel, pero no lograba apartarme. Miré a Kieran gritarle a su pareja y recordé el día en que él y sus hermanos me atraparon, me cortaron, me torturaron. Estoy más estupefacto ahora por lo que hicieron de lo que lo estuve en ese momento. Tenía catorce años;

era pequeño, un niño. Kieran tendría veintiún años entonces, e hizo que sus hermanos menores participaran, obligó a Connor a ponerme el polvo en la espalda, hizo bromas al respecto, hizo bromas sobre sus debilidades tanto como sobre las mías. Y no sólo me cortó y me marcó con cicatrices, sino que me herró también: N en el lado izquierdo de mi espalda y B en el derecho. Y eso es lo que soy: un Código Medio, mitad Negro, mitad Blanco, sin pertenecer a ninguno de los dos lados.

Y ahora estoy de vuelta una tercera vez. Me acerqué a la cabaña desde arriba, por el bosque. El sol no ha rebasado los picos de las montañas a mi izquierda pero el cielo está iluminado. No estoy seguro de por qué estoy aquí pero no me quedaré mucho. Sólo quiero echar un vistazo por última vez.

La cabaña está en lo alto sobre una empinada pared del valle, a la orilla del bosque, con una pradera abierta de pasto bajo. La mayor parte del valle está cubierta de bosque, aunque las altas crestas y picos están por encima de la línea de los árboles, y las rocas grises tienen un poco de nieve que se alberga en los huecos, incluso durante el verano. En la cima del valle hay nieves perpetuas y está el glaciar, y de ahí corre el río. El río está mucho más abajo de la cabaña y no se puede ver desde ahí, pero se puede escuchar: su rugido es constante.

Camino suavemente hasta el límite de los árboles. No hay sonidos excepto el siseo que sus teléfonos celulares desatan en mi cabeza. Sin embargo, el siseo es ligero. No hay muchos teléfonos. No son seis. Serán dos, supongo. Ambos en la cabaña. Así que básicamente deben haber abandonado la idea de hallar a Mercury, y deben creer que me fui y que no soy tan tonto como para volver. Pero, ¿adivinen qué? Aquí estoy.

Ya hay mucha luz.

Realmente debería irme.

Pero no me puedo enfrentar a quedarme sentado en la cueva, a la espera de Gabriel, cuando debe estar muerto. Pero quiero ver a Gabriel y le prometí que lo esperaría, como me lo prometió él a mí, y sé que él esperaría más de un mes y…

El pestillo de la puerta de la cabaña gira y sale un Cazador.

Reconozco su silueta de inmediato.

Kieran camina alrededor de la cabaña, se estira y bosteza, gira la cabeza sobre su cuello grueso como si estuviera a punto de comenzar un combate de boxeo. Va al montón de leña, elige un tronco grande y lo coloca con el extremo parado sobre el tronco serruchado que les sirve para cortar la leña. Levanta el hacha y se coloca en posición. La madera no tendrá la menor oportunidad.

Está de espaldas a mí. Deslizo mi cuchillo fuera de su funda.

Kieran se detiene. Se agacha para recoger los trozos de madera, los carga en sus brazos y camina al costado de la cabaña y apila la madera. Un pajarito vuela junto a él, cerca. Un aguzanieves. Desciende junto a la cabaña. Kieran lo mira unos segundos y luego se sube el hacha al hombro y elige otro tronco para cortar. Vuelve a comenzar.

El cuchillo sigue en mi mano. Puedo matarlo ahora. En diez segundos estará muerto.

Lo quiero muerto. Lo sé. Pero nunca he matado a nadie así, cuando podría darme la vuelta e irme. Y si lo mato tendría que escapar del valle definitivamente. Si Gabriel estuviera intentando volver a la cueva, yo estaría atrayendo a más Cazadores. Pero sé qué Gabriel está muerto; sólo que no lo quiero creer. Los Cazadores lo habrán matado: a Gabriel, a una de las personas más especiales, más honestas, más comprensivas que he conocido. Y aquí, vivito y coleando y cortando leña, está una de las personas menos especiales, más crueles que existen. Kieran merece morir. El planeta sería un lugar mejor sin él.

Kieran balancea su hacha hacia atrás mientras camino hacia él. Puedo matarlo antes de que se dé cuenta de nada. Es vulnerable: el hacha es inútil si soy veloz y entierro mi cuchillo directamente en su cuello.

Y lo quiero muerto.

Pero, pero, pero…

No lo puedo matar así. Lo quiero matar pero no rápidamente, no como tendría que hacerlo. Quiero que me vea mientras lo hago, que sepa que soy yo el que le arrebata todo lo que tiene, que le arrebata la vida.

¿O sólo estaré inventando pretextos? ¿O sólo estaré inseguro?

Y el animal que hay en mí, la adrenalina, no surge aquí para nada, como si no quisiera tomar parte alguna de esto.

La puerta de la cabaña vuelve a agitarse y se abre. ¡Mierda! Estoy a plena vista del Cazador, que sale a la hierba. Se está rascando la nuca, desperezándose, y mira hacia abajo.

Me retiro rápidamente. Aguanto la respiración mientras corro por la cuesta de un bosquecillo más espeso de árboles y me detengo bajo su cubierta para escuchar.

Todavía están cortando leña.

El sonido de los hachazos se detiene y escucho voces lejanas: el compañero de Kieran y luego Kieran, pero no puedo distinguir lo que dicen.

Silencio.

Comienza el sonido de los hachazos de nuevo.

Me he librado esta vez.

Corro.

NO ESTÁS MUERTO, ¿O SÍ?

Me voy a ir del valle. Me iré y nunca volveré. Tengo que encontrar a Mercury y elaborar un nuevo plan para ayudar a Annalise, un plan que no involucre a Gabriel. Pero primero me dirijo de vuelta a la cueva. Creo que debería dejar algo mío en caso de que suceda un milagro y Gabriel esté vivo y si, algún día, encuentra su camino hasta aquí.

Mientras regreso, me detengo y me siento en la hierba para tallar un trozo de madera que encontré. Estoy haciendo una talla de un cuchillito de cazador, igual al que estoy usando para tallarlo. Dejaré la figurita en la cueva, en un rincón de atrás donde Gabriel colocó su lata con las cartas, y luego me iré y no volveré jamás.

Mientras tallo, recuerdo a Gabriel cuando me dio el cuchillo…

Llevamos dos días en la cabaña de Mercury. Sólo me he encontrado con ella una vez, el día que llegamos, y desde entonces me dejó nervioso y preocupado de que no me ayudara con mi Entrega. Así que Gabriel y yo dedicamos los días a escalar y nadar. Hoy dejamos la cabaña de Mercury justo antes del amanecer y salimos con fuerza y velocidad. Gabriel va adelante y yo lo sigo. Incluso con su cuerpo de fain es veloz. Sus piernas son largas: una zancada suya cubre una tercera parte más que la mía. Subimos por un sumidero empinado de piedra de roca y logro hacerlo bien. Copio lo que hace y los asideros que utiliza, y consigo mejorar, pero él lo hace sin esfuerzo.

En la cima de un pico menor se detiene y me mira. Su ojo ya ha sanado, aunque tiene una costra en la ceja izquierda y creo que le quedará una cicatriz pequeña, un recordatorio de cómo lo ataqué cuando estábamos en nuestro departamento en Ginebra. Podría haberlo dejado ciego.

Me extiende la mano y la tomo para que me pueda ayudar en el último paso. No hay mucho espacio en la roca y nos colocamos muy cerca el uno del otro.

Los picos lejanos están cubiertos de nieve. El tiempo aquí está fresco, pero tengo calor.

—Estás jadeando —dice Gabriel.

—Estamos más alto. El aire es más escaso.

—Este poquito que estoy respirando no está tan mal.

Le doy un empujoncito con mi hombro.

—No comiences lo que no puedes terminar —dice, dándome un empujoncito de vuelta.

Hay una caída empinada y larga con rocas afiladas detrás de mí, y una caída pequeña que da a una ladera cubierta de hierba detrás de Gabriel. Lo empujo pero no muy fuerte y agarro su chaqueta para que no se caiga.

Se suelta de mi mano, levanta su antebrazo con ímpetu, y me empuja con fuerza hacia atrás con la parte plana de su mano. Agarro su otra manga, lo maldigo y lo empujo hacia arriba para quedar derecho. Tiene una sonrisa de idiota y nos empujamos y agarramos más, cada empujón es un poco más fuerte que el anterior, hasta que logro soltarme de él y le doy en los hombros con las dos manos y cae hacia atrás, tratando de alcanzarme, y ya no sonríe y tiene una expresión de estar preocupado. Lo agarro, pero me inclino demasiado y no puedo sostener el equilibrio y caemos juntos. Lo empujo hacia mí y me giro en el aire para caer de espaldas, con él encima de mí.

—¡Ah!

Estoy sobre la ladera cubierta de hierba, pero hay algunas piedras planas y suaves enterradas ahí que me hacen daño en la espalda.

Gabriel se quita de encima de mí y se ríe.

Le insulto.

—Creo que me rompí una costilla.

—Quejas, quejas, quejas. Ustedes los ingleses se la pasan gimoteando.

—No estoy gimoteando. Sólo estoy expresando un hecho. ¡Que pueda sanar no significa que no me duela!

—No pensaba que fueras tan blando.

—¿Blando? ¿Yo?

—Sí.

Ahora está arrodillado junto a mí y me clava el dedo en el pecho.

—¡Blando!

Ya sané mi costilla y le agarro la mano, la retuerzo y lo tiro al suelo para acabar encima de él.

Le doy un empujón en el pecho.

—No soy blando.

—Lo eres, pero no te preocupes. Es una de las cosas que me gustan de ti.

Le insulto a la vez que me levanto. Le extiendo mi mano, la agarra y lo ayudo a levantarse.

Volvemos a bajar al bosque, cruzamos un arroyo y subimos por una ladera empinada, tan empinada que tenemos que ayudarnos de nuestras manos para subir. A pesar de la inclinación, los árboles son altos, cada uno con una curvatura en la base parecida a la de un palo de hockey. Llegamos a un área pequeña de derrubios bajo la amplia y abierta boca de una cueva. La cueva no es profunda, sólo tiene unos cuatro o cinco metros y lo mismo de ancho, pero está seca y podría dormir en ella, creo, sin sentirme enfermo.

Su olor es ese olor a bosque: de putrefacción y vida.

Gabriel dice:

—He pensado que si sucede algo... si algo sale mal, aquí es donde deberíamos encontrarnos.

—¿Qué piensas que pueda salir mal?

—No estoy seguro, pero los Cazadores vienen por ti; Mercury es peligrosa y poco predecible —titubea y luego agrega—: también tú eres algo peligroso y poco predecible.

Tiene razón, por supuesto.

Saca una lata de su mochila pequeña, y dice:

—Dejaré mis cosas aquí.

Ya me había dicho que la lata contiene recuerdos: cartas de amor que su padre le envió a su madre, así como el objeto que Gabriel le habría dado a Mercury si es que lograba convertirlo de fain a brujo otra vez. Todavía no sé de qué se trata. No se lo voy a preguntar. Si me lo quiere contar, lo hará. Coloca la lata en un rincón de la cueva y luego saca algo más de su mochila.

Me ofrece un paquete.

—Es para ti... Pensé que te gustaría.

No sé qué hacer.

Dice:

—Tómalo. Es un regalo.

Puedo notar por la voz de Gabriel, por la manera en que titubea, por su mano menos firme de lo que es normalmente, que quiere que me guste. Yo quiero que me guste, por él.

El paquete es largo y plano. Por el peso podría ser un libro pero sé que no lo es... sería demasiado difícil que me gustara eso. Está envuelto en la bolsa de la tienda, de color verde pálido con algo escrito encima, doblada y arrugada de estar en la mochila. El papel de la bolsa es grueso y encerado.

Me pongo de cuclillas y abro un extremo con suavidad. Adentro hay papel de seda, blanco, en dobleces gruesos, nuevos, sin arrugar. Saco el paquete con cuidado y dejo caer la bolsa. Parece flotar hasta llegar al suelo. Todo parece especial. El regalo tiene un cierto peso en mi palma, y un equilibrio y un grosor.

—¿Cuándo fue la última vez que te dieron un regalo? —pregunta, bromeando, nervioso.

No lo sé. Hace mucho tiempo.

Coloco el paquete frente a mí en el suelo espeso de agujas de pino, blanco brillante sobre verde y marrón.

Despliego el papel de seda, con cuidado.

Lo más lentamente que puedo.

Lo más suavemente que puedo.

Todavía falta un doblez más.

—Más vale que te guste después de todo esto.

Ya me gusta. Y espero, disfrutando el papel sobre el suelo, con el regalo casi abierto.

Echo hacia atrás el papel otra vez con las puntas de mis dedos. El cuchillo está ahí, negro sobre el papel blanco. Está protegido por una funda de grueso cuero negro. Hay un broche para atarlo a mi cinturón. El mango del cuchillo cabe bien en mi mano, no es ni muy grande ni muy pequeño. Ni muy pesado ni muy ligero. Se desliza de su cubierta protectora con suavidad. Es un cuchillo de cazador, con la navaja curvada de forma espectacular. El metal atrapa la tenue luz del cielo y la refleja hacia el bosque.

Levanto la mirada hacia Gabriel. Está tratando de sonreír.

—Me gusta.

Nunca me disculpé por lo de su ojo.

Terminé la talla del cuchillo. Me encantaría que Gabriel la viera, pero sé que eso nunca sucederá. Me levanto y miro hacia atrás, a la cabaña, y quiero gritar por la frustración de la injusticia de todo esto. Nadie podrá ser un amigo para mí como lo era Gabriel, y me lo quitaron, como me lo quitan todo, y quiero matar a Kieran y a todos ellos. Pero sé que si mato a Kieran ahora, los Cazadores irían tras de mí y me podrían atrapar, y entonces no habría nadie que ayudara a Annalise. Por el bien de ella, debo ser cuidadoso.

Regreso a la cueva.

Está oscuro y ya casi llego y me acerco desde la falda de la colina, cuando veo una llama titilante. Una pequeña fogata.

¿Podría ser...?

Me detengo. Luego sigo adelante. Lentamente. En silencio. Me mantengo escondido en los árboles.

La fogata está en la boca de la cueva. Hay un pequeño círculo de piedras con ramas encendidas adentro y una cafetera apoyada en una de las piedras.

¿Pero quién ha hecho la fogata? No ha podido ser Gabriel, ¿o sí? ¿Quizás hayan sido unos excursionistas? ¿Seguro que no son Cazadores? No tendrían una fogata ni una cafetera.

No hay siseos, no hay teléfonos celulares. No son fains. Probablemente tampoco sean Cazadores.

¿Puede ser Gabriel?

Le encanta el café.

Vislumbro un movimiento en la cueva. La forma oscura de un hombre.

¿Gabriel?

Pero esta silueta parece más baja, fornida.

No puede ser un Cazador, ¿o sí? No hay siseos y habría dos de ellos... o veinte...

¡Mierda! ¿Quién es?

El hombre sale y pasa por delante de la fogata. Mira hacia mí. Está oscuro. Estoy bien oculto entre los árboles. Sé que no puede verme.

—Maldita sea, amigo —dice—. Tiene acento australiano.

Me pregunto si hay dos de ellos y si está hablando con un amigo que sigue en la cueva.

Pero camina lentamente hacia mí... titubeando pero directamente hacia mí.

Estoy congelado, sin respirar.

Se acerca un paso más. Luego otro. Y se me queda mirando. Está a cuatro o cinco metros de distancia, una silueta contra el brillo del fuego. No puedo ver su rostro, pero sé que no es Gabriel.

—Maldita sea —vuelve a decir—. Pensaba que estabas muerto.

Definitivamente está hablando conmigo. Debe ser que puede ver en la oscuridad. No me muevo, sólo le devuelvo la mirada fijamente.

Luego, con un sonido de voz más nervioso, pregunta:

—No estás muerto, ¿o sí?

NESBITT

Tengo el cuchillo en la mano mientras doy un paso hacia el hombre, agarro su chamarra, uso mi impulso para empujarlo al suelo y me arrodillo sobre su pecho, con la navaja en su garganta.

—Está bien, amigo, está bien —dice. Suena más irritado que asustado.

—¡Cállate! —le ordeno.

La navaja de mi cuchillo presiona su cuello, pero únicamente el lado romo, para no cortarlo. Examino a mi alrededor para ver si está solo. Creo que lo está pero podría tener un compinche. No veo nada más que las formas oscuras de los árboles, la fogata y la cafetera.

—¿Quién eres? ¿Qué estás haciendo aquí? —reclamo.

—¿Supongo que no me creerías si te dijera que simplemente me gusta estar al aire libre?

—¿Supongo que no te importaría que te arrancara la lengua con el cuchillo si no puedes decir la verdad?

—Caramba, amigo. Sólo era una bromita, un poco de humor ligero.

Presiono el cuchillo contra su cuello hasta que le sale un poco de sangre.

—Creo que te la puedo cortar desde aquí.

—Nesbitt, me llamo Nesbitt. Y tú eres Nathan, ¿verdad?

No logro decidir si confirmándolo habría alguna diferencia, pero no creo que ayude, así que le digo:

—¿Y qué estás haciendo aquí, Nesbitt?

—Me mandó mi jefa.

—¿Te mandó a hacer qué?

—Para hacer un mandado.

—¿Y el mandado es...?

—Un asunto privado.

—¿Un asunto privado que estás dispuesto a no llevar a cabo porque te arrancarán la lengua, tus entrañas se desparramarán hacia afuera, tus...?

Voltea su cuerpo, sacude mi brazo a un lado y me agarra. Es más grande que yo, mucho más pesado y fuerte también, pero logro soltarme y me alejo rodando hasta ponerme de pie. Él también está de pie ahora: es más rápido de lo que parece.

Dice:

—Eres rápido.

—Y tú serías más rápido si te pusieras en forma.

Frunce el ceño.

—No estoy tan mal para mi edad —se golpea la panza—. Y tú no estás tan mal para ser un chico muerto.

Me enderezo más, fingiendo estar relajado.

—¿Dónde escuchaste que había muerto?

Me sonríe entre dientes.

—No escuché que hubieras muerto. Lo *vi*.

—¿Me viste? ¿Muerto? ¿Qué? ¿En una visión o algo así?

—¡Visión! Nada de eso. No te acuerdas, ¿eh? Bueno, supongo que no estabas en muy buen estado. Sin embargo, sí me viste, pero... me llamaste Rose, lo cual yo...

—¿Cómo? ¿Me viste cuando estaba herido? ¿Estabas en el bosque también?

—Sí, oh, sí. Te seguí desde la estación de tren. Tuve suerte ese día. Iba de camino a… Bueno, eso no importa —me dedica una sonrisa amplia y hace un guiño—. Pero te divisé y vi a la Cazadora. Ella no te había visto, pero lo habría hecho, y rápidamente además, si no la hubiera distraído y te hubiera dado tiempo de alejarte. Eso sí, dejaste un rastro kilométrico. Hasta un niño podría haber seguido esa pista. No me lo pusiste fácil, tuve que limpiar tras de ti. Pero perdimos a la Cazadora y te seguí por el bosque. Te seguí de cerca, pero cuando me eché una siesta te alejaste. Te encontré en la tienda de un pueblo. Tratabas de leer el periódico, para descifrar qué día era. Era penoso verte, amigo. Faltaban dos días para tu cumpleaños. ¿De verdad no te acuerdas de nada de eso?

Niego con la cabeza.

—Pues te seguí al bosque, comprobé que nadie te siguiera, lo cual pensé que era indudable después de lo de la tienda. Para ser sincero, amigo, pensé que no te quedaba mucha esperanza… ¿Supongo que tenías una bala de Cazador adentro?

Asiento con la cabeza.

—Sí, bueno, fui a limpiar tu rastro, otra vez, y cuando regresé, parecía que habías tratado de hacerte un poco de cirugía, había sangre y porquería amarilla por todos lados, y… me pareció que estabas bastante muerto. Tu piel estaba gris, gris y fría, amigo, y tus ojos estaban abiertos a media asta también, en blanco, parecían muertos.

—¿Tienes mi cuchillo? ¿El cuchillo con el que me corté?

Mira alrededor como si estuviera pensando.

—No.

—Pero tú me lo quitaste.

—No, yo tomé un cuchillo que estaba junto a un cuerpo, que pensaba que era un cuerpo muerto, ya que se veía muy muerto y con los ojos medio abiertos y una mirada muerta.

—Quiero que me devuelvas el cuchillo.

—Me imagino que lo quieres. Pero ya no lo tengo. Lo siento, amigo.

—¿Lo tiene tu jefa?

Se encoge de hombros y sonríe.

Rose murió por ese cuchillo y Gabriel probablemente también esté muerto por él, y Nesbitt sólo se encoge de hombros y exhibe sonrisitas de superioridad. Así que lo pateo, en la parte alta el pecho. Es fuerte, pero lo tomo por sorpresa, y pongo todo mi peso sobre su pecho, empujo la punta del cuchillo contra su garganta. Un nuevo hilo de sangre baja corriendo por su cuello.

—¿Lo tiene tu jefa?

—Sí.

—¿Quién es tu jefa?

—Quita el cuchillo y te lo digo.

Empujo el cuchillo más adentro.

—Dímelo.

La sangre ya fluye libremente. El está sanando, pero no con suficiente velocidad.

—Tu argumento es convincente, chico. Mi jefe es Victoria van Dal.

Me da la sensación de que de todos modos me lo quería contar, para impresionarme.

—¿Victoria van Dal? —nunca había oído hablar de ella. Supongo que es una Bruja Negra si su amigo me estaba ayudando a escapar de los Cazadores. Le quito el cuchillo del cuello a Nesbitt y lo limpio sobre su chamarra. Le digo—: He escuchado su nombre. Es una Bruja Blanca, ¿no es así?

—¿Una Blanca? ¿Van? Vamos, chico. Caramba, hablas de la mujer equivocada. Es una Bruja Negra. Negra de pies a cabeza. Una gran admiradora de tu padre. Y muy admirada ella misma por todos los Brujos Negros.

—Entonces, volvamos a la pregunta original. ¿Por qué te mandó aquí?

Titubea.

—Todavía puedo arrancarte la lengua.

—No estoy seguro de que seas del tipo arrancalenguas.

—Admito que nunca antes lo he hecho, pero soy del tipo abierto-a-las-nuevas-experiencias, del tipo qué-me-importa-es-sólo-la-lengua-de-Nesbitt.

Y, aunque estoy bromeando a medias, veo que el rostro de Nesbitt pierde su aspecto bromista.

—Vine a recoger algo. Unas cartas.

Me paro y él comienza a levantarse, pero lo empujo de nuevo para abajo con mi pie.

Él dice:

—Supongo que tú las tienes —entonces abre completamente los brazos y dice—: Cosa que me parece bien. Me parece perfecto. Lo único que te pido es que me las des para que se las pueda dar a Van.

—Y, suponiendo que tuviera estas cartas, ¿por qué habría de dártelas?

—Pues Van se enfadará de lo lindo si no lo haces. Se enfadará conmigo, amigo. Cosa que estoy seguro de que para ti es una preocupación, aunque lo escondas tan bien —se relaja de nuevo contra el suelo y mira desde abajo—. Se enfadará conmigo y se enfadará con tu amigo también.

—¿Qué amigo? —lo empujo más fuertemente con el pie.

—Pues, supongo que es tu amigo —dice—. El tipo bien parecido, con pelo abundante. Francés. Tiene nombre de chica.

Le clavo la mirada pero no veo nada. Me siento enfermo del temor y la emoción, y no me atrevo a creerle.

—Gabri*el* —dice, enfatizando la *"elle"*.

—¿Está vivo?

Nesbitt sonríe ampliamente y asiente.

—¿Vas a dejar que me levante para que te lo cuente?

Y noto que todo esto ha sido un poco de diversión para Nesbitt. Ésta es la idea que tiene de un juego.

KIERAN Y SU COMPAÑERO

Nos sentamos junto a su fogata y Nesbitt prepara otra cafetera y me ofrece su comida: pan, queso, jitomates, papas fritas, una manzana y chocolate. Me le quedo mirando y me relamo los labios. Podría comérmelo todo en medio minuto, pero no estoy seguro de poder confiar en él, así que no toco nada.

—Tienes aspecto de estar muerto de hambre, amigo. ¡A comer!

No contesto y no me muevo.

Él toma la baguette, arranca la punta y le da una mordida, mastica, traga y me pasa el resto de la hogaza, diciendo:

—No está muy fresco, pero es lo mejor que tengo.

Engullo la comida tan lentamente como puedo. Nesbitt se toma su café y me mira.

Le pregunto:

—¿Por qué te me quedas mirando?

—Eres más o menos famoso, chico. Ya sabes: hijo de Marcus; mitad Blanco y mitad Negro… y, para ser sincero, tienes unos ojos extraños.

Lo insulto por lo de hijo-de-Marcus y lo insulto por lo de ser un Código Medio y luego lo insulto por lo de mis ojos.

—Oye, ¡no te lo tomes a mal! Me preguntaste, y yo contesté. Pero mierda, amigo, tus ojos tienen un aspecto muy desagradable cuando haces eso.

¿Cuándo hago qué? Lo único que hice fue mirarlo. Lo insulto otra vez.

—No puedo creer que nadie te lo haya dicho antes.

Recuerdo que Annalise decía que le gustaban mis ojos, los encontraba fascinantes, pero creo que no estoy mirando a Nesbitt de la misma manera en que la miraba a ella.

A la luz de la fogata puedo ver que también sus ojos son inusuales, de un azul y un verde aguamarina que se arremolinan como en una corriente. Ellen tiene los ojos como los suyos. Ella es Mestiza, mitad fain y mitad bruja, y supongo que también Nesbitt lo es.

Le pregunto:

—Tú eres mitad algo también. ¿Mestizo?

—Estoy orgulloso de ser mitad Negro.

—¿Y no estás orgulloso de ser mitad fain?

Se encoge de hombros.

—Soy lo que soy.

—¿Y estás orgulloso de trabajar para Victoria van Dal?

—Bueno, a Van la llamo "jefa" como una especie de broma personal. Más bien somos como socios.

—¿Sí? ¿Cómo es ella?

—Es especial: talentosa y hermosa. Pelo hermoso, ojos hermosos, piel hermosa. En general, es hermosa por todas partes. No es que la haya visto por todas partes, si es que me entiendes, chico. Nuestra relación es estrictamente de negocios. Y se mantiene bien tapada. Es como si fuera de otro tiempo. Ya sabes, de cuando la gente se ponía elegante y se tomaba su apariencia en serio.

Bajo la mirada y extiendo mis brazos.

—No, supongo que no sabes lo que digo —dice Nesbitt.

—Sé que es una ladrona.

—¿Una ladrona?

—Te envió para que robaras las cartas de Gabriel y tiene mi cuchillo.

—Bueno, como ya dije, robarle algo a un cuerpo muerto, técnicamente no es robar.

—¿Qué es entonces?

Nesbitt parece pensarlo seriamente, luego se encoge de hombros y dice:

—En tu caso, fue limpiar el paisaje, chico —sonríe de oreja a oreja—. Como recoger basura.

—Pero llevarte las cartas es robar; no son tuyas.

—Bueno, para empezar, no me las he llevado porque no están aquí. Aunque me imagino que tú las tienes.

Le dirijo una mirada en blanco.

Prosigue:

—Y de todos modos no sería robar, porque Gabriel le dijo a Van en dónde estaban. Le dijo que se las daba.

—Ajá. ¿Y por qué haría eso Gabriel?

—Quiere agradecerle su ayuda a Van —Nesbitt parece del todo inocente, como si me rogara para que le pregunte lo que hizo Van. Y tengo que obedecer.

—¿Qué ayuda?

—Gabriel estaba muy mal cuando lo encontramos. Le habían disparado. Balas de Cazador, dos. Sabes lo malas que pueden ser. No eran heridas graves, y las balas lo habían atravesado sin quedarse dentro, pero aun así, la magia hizo lo suyo. Quedó atontado durante una semana. Van lo cuidó. Es buena con las pociones, muy buena, la mejor. Lo salvó. De manera parecida a como yo te salvé y...

—Me dejaste morir lentamente con mi herida.

—Escondí tu rastro.

Niego con la cabeza:

—Para que no te atraparan.

—¡Chico! ¡Amigo! ¿Cómo puedes decir eso?

Entorno los ojos:

—¿Dónde encontraste a Gabriel?

—Se estaba tambaleando por un callejón en Ginebra. Había policías por todos lados. Cazadores también. ¡Qué desastre! Van manejó como una endemoniada a través de todo eso, agarró a Gabriel y salimos disparados hacia la noche.

—¿Y Gabriel ya está bien?

—Más sano que una manzana.

—¿Y por qué no vino él por las cartas?

—Ah. Bueno, en eso hay cierto problema de confianza, ¿verdad? No queremos que se vaya corriendo sin entregar el botín.

—Estoy seguro de que pueden confiar en que Gabriel muestre su agradecimiento si, como dices, Van le salvó la vida.

Nesbitt me vuelve a sonreír y se encoge de hombros:

—Sí, cierto, chico. Amor y paz y todo el rollo. Pero es parte de la naturaleza de los Brujos Negros no comportarse siempre como deberían. En particular los que son franceses y bien parecidos, por lo que he visto.

—¿Y entonces dónde está Gabriel ahora?

—Con Van, cerca de Ginebra. No muy lejos. A unas cuantas horas en auto.

—Entonces puedes llevarme, porque da la casualidad de que sí tengo las cartas. Yo se las daré a Gabriel, y él puede hacer lo que quiera con ellas.

Le clavo una de mis mejores miradas a Nesbitt.

Nesbitt se estremece, luego se ríe.

—Me parece un buen plan. ¿Nos vamos ahora o mañana?

Lo pienso. Llevo siglos sin dormir bien; estaría bien descansar antes de irnos. Pero no quiero dormir cerca de Nesbitt. Todavía no confío en él. Y tampoco confío en el animal que cargo dentro de mí.

—Mañana —le digo—. Tengo algo que hacer. Regreso en la mañana —aunque lo único que tengo que hacer es descansar y pensar.

Cuando estoy a punto de irme le pregunto:

—¿Tienes un Don, Nesbitt?

Es un Mestizo, pero creo que así es.

—Puedo ver en la oscuridad. Muy bien.

—Es útil.

—¿Y tú? —pregunta—. Tratabas de regresar con Mercury para tu cumpleaños. Puedo adivinar que tuviste tu Entrega. Pero, ¿ya encontraste tu Don?

—A mí me enseñaron que era de mala educación preguntarle a un brujo sobre su Don.

—¿Y entonces por qué me preguntaste el mío? ¿Estás olvidando los buenos modales, muchacho?

Le insulto, y le digo adónde se puede ir.

—Los Blancos tienen ideas extrañas sobre la buena educación, es cierto. Y tú te pareces mucho a ellos. Mitad Blanco, criado por ellos…

Nesbitt sólo está tratando de meter el dedo en la llaga, en un intento de encontrar algo que me haga reaccionar. Todo lo que dice es para fastidiar de algún modo o para buscarme las cosquillas o es una broma.

—¿Entonces? —pregunta—. ¿Ya encontraste tu Don?

No le contesto. Estoy demasiado cansado. Sólo me doy la vuelta y me alejo caminando. Sé que no soy nada parecido a ningún Brujo Blanco que haya conocido, ni a los buenos ni a los malos. Y tampoco Nesbitt se parece a nadie que haya conocido antes.

La noche está fresca. Es finales de julio, y aunque los días son cálidos, aquí estamos en lo alto de las montañas y hay cúmulos de nieve en los barrancos de la pared del valle que mira al norte. Mientras escalo y me alejo de Nesbitt, trato de descifrar cuánto de lo que dijo es cierto.

Suena a que a Gabriel le dispararon unos Cazadores mientras trataba de alejarlos de mí. Me salvó la vida, y al hacerlo, arriesgó la suya. Y Van y Nesbitt lo rescataron, pero no entiendo por qué. Sin duda no hicieron un esfuerzo de ese calibre sólo por unas cartas. Suena a que Van y Nesbitt vinieron a Ginebra al mismo tiempo que los Cazadores. ¿Habrán venido por mí? ¿Estarían colaborando con los Cazadores de alguna manera? Gabriel me dijo que los Cazadores usan a los Mestizos como informantes. Y hasta donde sé, Victoria van Dal no existe y a Nesbitt lo enviaron otros Cazadores. Pero eso no me cuadra. ¿Por qué no vendrían ellos y ya?

Y, si Victoria van Dal existe, ¿qué quiere realmente? ¿Me quiere a mí? ¿Quiere la lata con las cartas? Gabriel me dijo que hay algo especial en las cartas… una receta para una poción o instrucciones para un hechizo, fue lo que siempre supuse. Sea lo que sea, Gabriel se las iba a dar a Mercury si lograba ayudarle a convertirse de fain a brujo otra vez. Pero Mercury nunca pareció tener prisa para hacerlo. Si esto es tan increíble, ¿entonces no habría estado más ansiosa por ponerle las manos encima?

Luego, está la pregunta más grande de todas: ¿de verdad está vivo Gabriel? Debe haberle hablado sobre la cueva a Van, pero ¿quién sabe qué le haya pasado desde entonces?

No tengo manera de saber la verdad sobre nada de esto. Toda la vida me dijeron lo poco fiables que son los Brujos Negros, pero hasta ahora parecen ser tan confiables como cualquier otro. Lo único que puedo hacer es ir con Nesbitt y esperar que me lleve con Gabriel. No tengo otra opción.

Si miramos el lado positivo (y ése es mi segundo nombre), Nesbitt dice que Van tiene el Fairborn. Pasamos por tanto para conseguir ese cuchillo, se lo robamos a Clay, y quiero que me lo devuelvan. Si alguna vez tengo la oportunidad de restituírselo a mi padre, lo haré.

Encuentro un lugar protegido sobre una ladera empinada y me acurruco entre las raíces de un abeto. Inhalo profundamente, exhalo lentamente. Necesito dormir. Necesito descansar. Mañana veré a Gabriel.

Me despierto de un brinco. Todavía está oscuro. No tengo la menor idea de cuánto he dormido. Algunas horas, quizás. Escucho si hay algún ruido, observo cualquier movimiento entre las sombras oscuras de los árboles.

Nada.

Me recuesto otra vez y cierro los ojos, pero estoy completamente despierto. Ya no quiero dormir. Quiero ver a Gabriel.

Estoy completamente vestido, y siempre duermo con el brazo metido en una de las correas de mi mochila, así, lo único que tengo que hacer es ponerme en pie, y con eso estoy listo para irme. Salgo, ansioso por ver a Nesbitt, ansioso por comenzar.

El bosque está silencioso y sereno. Nada se mueve más que yo. Pero percibo algo distinto. Me detengo y escucho.

Silencio.

El cielo ya comienza a aclararse, de un azul pálido, casi blanco. Me detengo junto a un diminuto manantial. Sé que esta agua es buena: he estado aquí muchas veces antes. Hay musgo sobre las piedras escarpadas: el agua se filtra, y más que fluir, se escurre, y la vida que produce es ese esponjoso musgo color verde limón. Coloco la mano contra la roca y dejo que se llene de agua.

Entonces es cuando lo escucho.

chchchchchhchchchchchhchchchchhchchchchchhchchchhchchch hchchchhchchhc

No es un siseo. No sé por qué pienso en ello como un siseo: eso no lo describe para nada. Es energía estática. La única manera de ponerlo en palabras es decir que es el sonido de la electricidad. El sonido de un teléfono celular.

Nesbitt no llevaba teléfono antes.

Los que tienen teléfonos son los fains y también los Cazadores.

¿Me habrá traicionado ya Nesbitt?

Dejo caer el agua, me limpio la mano en los jeans y desenvaino mi cuchillo. La cueva está abajo, al otro lado de la pendiente desde donde estoy, a unos cuantos cientos de metros, y me dirijo hacia ella. El siseo es suave, pero se está volviendo ligeramente más fuerte. Puedo sentir que la adrenalina animal crece un poco, pero respiro lentamente, inhalo y exhalo, me calmo, me concentro en lo que está pasando.

hchchchchchhchchchchchhchchchchchhchchchchchchchchchhchchchhchchh chchchchchchchchchhchCHCHCHCHCHCHCHCHCHCHCHCH CHHCHCHCHHHCHCHCHCHCHCHCHCHCHCHCHCHCHCCH CH CHCHCHCCHCHCHCHCHCHCCHCHCHCHCHCHCHCHCH CHCHCHCHCHCHCHCH

70

Estoy a veinte metros de la cueva, al mismo nivel que ella, con mi cuchillo en la mano.

CHCHCHCHCHCHCCHCHCHCHCHCHCHCCHCHCHCHCHCH CCHCHCHCHHCCHC

Noto un movimiento debajo de mí, una figura negra parcialmente escondida en el bosque. Luego se oye un gruñido. Piso suave pero rápidamente para bajar. La figura negra se aleja de mí y se pierde entre los árboles. Sólo los Cazadores pueden ser así de veloces y silenciosos: ningún fain podría hacer eso. Y lo sigo. Estamos corriendo hacia abajo, veloz y silenciosamente, y comienzo a alcanzar a la figura y veo que no es uno, sino dos hombres de negro. Bajo de un salto de un risco pequeño y me deslizo de espaldas por la pendiente, y me levanto de nuevo y estoy debajo de ellos, pero ahora ya avanzan más y veo a una figura negra pegar un salto montaña abajo sobre el primero. Corro hacia ellos y aminoro el paso. Las dos figuras negras están luchando en una pequeña área de suelo más plano.

No son dos Cazadores. Es Nesbitt. El Cazador lo estaba persiguiendo, pero ahora Nesbitt tiene su brazo alrededor del cuello del Cazador. El rostro del Cazador se está poniendo rápidamente morado. Nesbitt levanta la mirada mientras doy un paso hacia él, pero no altera su sujeción del Cazador.

—Chico, me asustaste. Por un momento pensaba que eras el otro. Me encantaría hacerle algunas preguntas a este tipo.

Reconozco al Cazador que sujeta Nesbitt como el compañero de Kieran.

—No te dirá nada, y tenemos problemas mayores —digo—. El otro es invisible. Y veloz —me acuerdo de agregar.

—Estupendo.

Nesbitt mantiene su agarre del Cazador y su cuerpo se sacude y forcejea, pero parece saber que ya perdió. Se da por vencido. Se queda ahí colgado. Da otro tirón y luego se queda quieto. Nesbitt baja el cuerpo al suelo.

—Conozco al otro Cazador —digo—. Me quiere a mí.

Y sé que yo también lo quiero, y pienso que puedo enfrentarme a él pero no estoy seguro de si estará invisible. Y me pregunto si el animal que llevo en mí saldrá a ayudar.

Subo la mirada hacia la pendiente. Hemos llegado lejos. Digo:

—Tu mejor opción es correr. Yo me encargo del otro.

—¿Seguro?

Sigo analizando la ladera que hay sobre mí pero todo está quieto y callado.

—Te recomiendo que te mantengas alejado del camino unas cuantas horas.

—Éste no tiene pistola. Sólo un cuchillo —dice Nesbitt—. No estaban preparados.

—¿Te quedas o te vas?

Nesbitt me dedica una amplia sonrisa y me dice: "Buena suerte, chico", luego salta para abajo por la pendiente. Desaparece rápidamente, pero me imagino que regresará para ver cuál de nosotros sobrevive, si es que alguno de los dos lo logra.

Me giro hacia el otro lado, yendo tan silenciosamente como puedo pero con fuerza y velocidad también, de regreso a la cueva, atento todo el tiempo. Me agacho sobre la roca desnuda que hay sobre la cueva y coloco mi cuchillo en el suelo que está frente a mí. Estoy claramente a la vista para Kieran, pero él tiene que venir a mí. El bosque está tan tranquilo como siempre. El sol ya está alto, con esquirlas de luz que se inclinan hacia abajo entre los árboles. Una de las esquirlas a mi izquierda titila como si se prendiera y se apagara, como si un cuerpo invisible hubiera pasado a través de ella, y la adrenalina animal entra corriendo a mi flujo sanguíneo y quiero que el animal la domine. Una pequeña cascada de rocas repiquetea y me giro al escucharla. Otra esquirla de luz titila, se prende y se apaga, y la adrenalina animal se dispara y me relamo los labios y desde mi postura en cuclillas me incorporo.

chchchchchchchchhhchchchchchh

La adrenalina fluye dentro de mi sistema.

c h c h h c h c h h c h c h c h c h c h c h c h c h c

hhch CHCHCHCHCHCHCHCHCHCHCHCHC

H H H C H C H C H C H C H C H C H C H

C H C H C H C H C H C H C C H C H

C H C H C H C H C C H C H C H

C H C H C C H C H C H C H C H

C H C C H C H C H C H C H C C H

C H C H C C H C H C H C H C H

C C H C H C H C H C H C C H

C C C H C H C H C H C H C H

CHCCHCHCHC

HHHCCCHCHH

CCHCHCHCHCH

73

CHCHCHCHCH
CHCHCHCHC
CHCHCHCHC
CHCHCHCHCH
CHCHCH
CHCHC
CHCHC
CHCHC

UNA ÚLTIMA MIRADA

—¿Nathan? ¿Eres tú? —Nesbitt me llama mientras sube por la pendiente.

Se detiene.

No me muevo. Tampoco Kieran lo hace.

—Oh, mierda —Nesbitt se voltea, se inclina y tose. Tose otra vez y un vómito aguado se desliza hacia el suelo. Se endereza, respira y voltea hacia mí, manteniendo sus ojos sobre mí, sobre mi rostro, y no sobre el cuerpo de Kieran, que está tirado frente a la boca de la cueva.

—¿Estás bien? —pregunta Nesbitt.

No tengo ganas de contestar y únicamente me quedo quieto, sentado en el suelo. No recuerdo qué ocurrió una vez que me transformé. Sólo sé que me desperté cerca del cuerpo de Kieran, con su cuchillo enterrado en mi muslo izquierdo. Me lo saqué y sané. Encontré mi ropa, que estaba en una pila pequeña, exactamente en el mismo lugar donde esperé a Kieran, como si me hubiera encogido hasta desaparecer y la ropa se me hubiera caído cuando me convertí en… sea cual sea el animal en el que me convierto. El anillo de mi padre estaba junto a la pila también. Ahora estoy sentado y lo coloco alrededor de mi dedo. No paro de tratar de recordar algo, lo que sea, pero todo está en negro.

—¿Cuánto tiempo ha pasado desde que te fuiste? —pregunto.

—No lo sé. Supongo que unas dos horas.

La pelea debió haber comenzado unos veinte minutos después de que dejé a Nesbitt, y debió acabar en pocos minutos. Me desperté y me fui al arroyo para lavarme, y llevo como una hora esperando aquí. Así que parece que he dormido unos diez minutos, en realidad muy poco. Pero no recuerdo nada de lo sucedido entre el momento en el que estaba de pie arriba de la cueva y el momento en el que me levanté con el cuchillo de Kieran en mi muslo y su sangre en mi boca. Me tuve que acostar en el arroyo para limpiarme toda la sangre. Me cubría el rostro, el cuello y el pecho.

Ahora Nesbitt le está dando sorbos a una ánfora y me mira, luego baja los ojos hacia Kieran. Cuando nuestras miradas se encuentran dice:

—Pues, chico, supongo que tu Don es como el de tu padre, ¿verdad?

No contesto.

Nesbitt se cubre la boca con la mano, se acerca más a Kieran y se asoma para mirarlo.

—¿Le rompiste primero el cuello o eso pasó cuando le arrancaste la garganta?

—Cállate.

—Y su estómago está ahí por el suelo, así que supongo que tienes garras y grandes fauces y…

—Cállate.

—Sólo pensé que podría ayudarte, ya sabes… hablar de ello.

—Pensaste mal.

—¿Algo de tomar? —extiende su ánfora hacia mí—. Quizá te quite un poco del sabor.

Lo insulto.

—En un sentido práctico, la única solución sensata era matarlos a los dos.

—Te dije que te callaras. Tenemos que irnos.

—Sí, y rápido. Pero no tenemos que dejarnos llevar por el pánico.

—No me estoy dejando llevar por el pánico —pero estoy ansioso por irme.

—Esos dos no le han dicho a nadie lo que estaban haciendo, o la ladera ya estaría a reventar de Cazadores.

—¿Y qué te hace pensar que la ladera no esté a reventar de Cazadores?

Sonríe entre dientes:

—Porque seguimos vivos. Y, lo admito, amigo, me alejé bastante antes de decidir volver —le da otro trago a su petaca—. No creo que haya nadie más que nosotros y dos cuerpos muertos en varios kilómetros.

Y no trajeron pistolas. Los Cazadores normalmente llevan un maldito arsenal completo. Éstos son los tipos de la cabaña ¿no es así? Gabriel nos contó acerca del lugar y lo revisé hace tres días desde una distancia segura, una distancia considerablemente segura. De hecho, desde el otro lado del valle, con binoculares. ¿Has ido a la cabaña recientemente?

—Hace dos noches.

—Habrán encontrado tu rastro. Tu sabes, la primera vez que te vi pensaba que habías dejado un rastro porque estabas enfermo, no porque no supieras cómo mantenerte escondido.

Lo vuelvo a insultar. No fui muy cuidadoso, pero eso fue porque planeaba irme. ¿O lo hice a propósito? ¿Esperaba que Kieran encontrara las huellas? No estoy seguro de saberlo. Nesbitt prosigue.

—Supongo que salieron a pasear; jamás pensaron que serías tan estúpido como para regresar a la cabaña. Estaban paseando por ahí, recogiendo moras o algo así, cuando vieron tu rastro (definitivamente no el mío, porque jamás dejo pistas y no fui tan tonto como para acercarme a la cabaña) y lo siguieron hasta aquí. Deberían haber regresado por sus pistolas, pero no querían arriesgarse a perderte. Tuvimos suerte, pero pronto van a notar su ausencia. Tenemos que irnos. Tendremos que dejarlos donde están. No es muy agradable si los encuentran los fains, pero creo que los Cazadores lo limpiarán todo antes de eso.

—Vámonos de aquí.

Me echo la mochila al hombro.

El cuerpo de Kieran está a mis pies. Su ojo derecho no está del todo cerrado; el lado izquierdo está hecho papilla y hay moscas diminutas atrapadas en la sangre. Nesbitt revisa la ropa de Kieran, se lleva un cuchillo, una linterna, dinero, y aparta el teléfono. Coloca su botín en su mochila antes de echársela a la espalda y alejarse caminando.

Me pongo en marcha pero no puedo evitar mirar para atrás una última vez. Ya hay más moscas en el rostro de Kieran, así que desde la distancia parece que lleva puesto un parche negro. Su cuello casi desapareció, y bajo su cabeza está visible la parte ósea de su columna, pero la parte superior de su pecho está intacto. No me comí su corazón, de eso estoy seguro, pero su estómago está abierto, y sus vísceras cuelgan hacia afuera en un montón de color rojo y púrpura. Y me pregunto qué clase de animal le haría eso a un ser humano.

SEGUNDA PARTE

Regalos

VAN DAL

Escalamos rápidamente. Nesbitt debe tener treinta y pocos años. Está en buena forma y es claramente un buen luchador, pero tengo que reducir la velocidad por él, detenerme cuando quiere descansar. Yo podría correr todo el día, toda la noche y todo el día siguiente, aunque apenas he dormido. Podría casi dormir mientras corro.

Nesbitt no me dice adónde vamos, pero cuando dejamos las montañas y el bosque caminamos por un sendero entre los campos, hacia un pueblo que se extiende bajo nosotros. Puedo distinguir unas vías de ferrocarril y le pregunto si vamos a ir en tren. Me pregunta:

—¿Transporte público? ¿Para nosotros? No, amigo, tenemos que conseguir un auto.

—¿*Un* auto o *tu* auto?

No contesta pero da un brinquito de placer cuando divisa un reluciente sedán gris. Me dice:

—Me encanta el nuevo Audi. Y estas llaves —extiende un llavero frente a mí, sonriendo entre dientes mientras camina hacia atrás—, éstos de sensor eléctrico son mucho más fáciles que los del estilo antiguo.

Se acerca a la puerta del conductor y presiona el llavero. El seguro se abre. Nos metemos dentro y Nesbitt se frota las manos:

—Asientos de piel, aire acondicionado, regulador de velocidad. Precioso.

—Pero tú no eres el dueño.

Nesbitt se ríe:

—Poseer es robar, amigo. ¿No es eso lo que dicen los fains?

—No que yo sepa.

Levanto el llavero. No sé mucho de autos pero puedo ver que es para un BMW, no para un Audi.

—Van le puso su magia, y abre el auto para uno más cercano —Nesbitt arranca a paso desenfrenado con un chirrido. Me aprieto bien el cinturón de seguridad—. Estaremos en casa en un par de horas. Es una maravilla de lugar.

—¿Es la casa de Van?

—No exactamente. Hay muchas casas vacías, y es un desperdicio no usarlas. Maximizamos los recursos infrautilizados, como estos autos que dejan estacionados por ahí.

—Supongo que nunca preguntan primero si pueden maximizarlos.

Nesbitt sonríe entre dientes:

—Supones bien, amigo. Aunque si Van preguntara, la gente estaría de acuerdo. Tiene una poción para eso. Tiene una poción para casi todo.

Nesbitt tiene razón. Es una maravilla de casa… una maravilla de casa en el sentido moderno y espacioso del capo-del-mundo-del-narco. Está rodeada por un muro de tres metros de altura con una reja de metal sólido que parece que podría soportar un ataque aéreo y que se opera electrónicamente, presuntamente por la persona que observa a través de las cámaras aseguradas sobre los postes de las rejas. Queda claro que Van encontró una manera de evitar el sistema de seguridad. No sé cómo las pociones eluden los aparatos electrónicos, aunque supongo que de la misma manera en que pueden quitarle el seguro a los autos.

Dejamos el Audi y caminamos el último par de kilómetros hasta la casa.

—Lo encontrarán. Le falta un poco de gasolina pero no le ha sucedido nada —dice Nesbitt.

—¿De verdad te preocupa eso? —pregunto.

—Pues, algunos de estos autos tienen rastreadores. Te aconsejo que los uses y los deseches.

En la reja nos paramos bajo las cámaras y esperamos. Nesbitt ya presionó el timbre, y ahora habla al micrófono.

—¡Eh! Soy yo. Éste es Nathan. ¿Recuerdas que pensé que estaba muerto? Pues, resulta —Nesbitt se encoge de hombros— que no.

Lo fulmino con la mirada.

—En realidad es un buen chico —Nesbitt mira a la cámara, y con un falso susurro fuerte y lento dice—: Tiene las cartas.

No hay respuesta, ni siquiera el zumbido de un sistema de entrada.

El sol está feroz y siento el asfalto bajo nuestros pies como una caldera. La reja de metal parece palpitar por el calor, pero luego comienza a moverse, se desliza en silencio hacia un lado, y caminamos por la larga y recta entrada para autos. Miro hacia atrás y la reja ya se está cerrando. En el suelo, a lo largo del interior del muro y debajo de la reja, hay un rollo grueso de alambre de cuchillas. La casa es tanto prisión como fortaleza. Más adelante, apenas visible entre los altos pinos, hay un edificio bajo hecho de vidrio y piedra.

Un hombre sale de la casa y nos mira mientras nos acercamos. Viste un inmaculado traje azul pálido. El más pálido de los azules, casi blanco. Sus pantalones son anchos y también lleva un chaleco azul pálido. Mientras nos acercamos veo que su camisa es blanca y su corbata es de color rosa pálido, con un pañuelo del mismo rosa en el bolsillo del saco. Nos da la espalda mientras nos acercamos y vuelve a entrar. El hombre es alto, más alto que yo, y delgado. Su pelo me recuerda al de Soul O'Brien, con ese estilo rubio albino, extremadamente liso, cortado con precisión hasta la nuca. Sólo ahora me doy cuenta de que di por hecho que estarían aquí únicamente Van y Gabriel, pero parece que hay por lo menos otra persona.

—¿Quién es? ¿Quién más está aquí? —le pregunto a Nesbitt.

Me lanza una mirada y comienza a bailotear frente a mí, batiendo sus brazos, cantando:

—*Aquí no hay nadie más que nosotros los pollos, aquí no hay absolutamente nadie...* —y comienza a cacarear, aletear y cantar, y se ríe durante todo el camino hasta la casa.

Entramos en la casa por el amplio y fresco pasillo de entrada, hasta llegar a una sala con un muro de ventanales con vista a un jardín de césped largo y extenso que baja hasta el lago Ginebra. El cuarto es enorme, lo suficientemente grande para dar una fiesta, un baile, supongo, aunque está lleno de sofás y mesas bajas distribuidas en tres grupos.

El hombre está de espaldas a mí. Levanta su encendedor de plata de una mesa baja y se gira para encender su cigarro, con lo que me deja ver su perfil. Su piel es clara, pálida y tiene un aspecto increíblemente sano, y mientras inhala y traga el humo, me doy cuenta de que no es un hombre. Ésta es Van.

Nos voltea a mirar a los dos y me sorprendo de lo hermosa que es. Parece un chico y al mismo tiempo también una chica, quizá de unos veinte años.

—¿Entonces? —esto se lo dice a Nesbitt. Su voz no armoniza con su apariencia pero sí con su tabaquismo. Parece como si se fumara sesenta al día.

—Entonces. Hola, Van. Qué alegría verte, qué alegría estar de vuelta. Éste es Nathan.

Van inhala su cigarro profundamente y luego exhala un fino rastro de humo. Se acerca más a mí y dice:

—Encantada. Sinceramente encantada.

Sus ojos son de un color azul pálido, tan pálido como su traje. Antes de ahora, sólo he visto los ojos de dos Brujos Negros: los de Mercury y los de mi padre. Los de ambos eran diferentes y totalmente distintos a los de los Brujos Blancos que, para mí, tienen esquirlas plateadas que giran y dan volteretas en sus ojos. Pero los ojos de Van tienen joyas de zafiro que giran, crecen y disminuyen, y luego, cuando se tocan las unas con las otras, desprenden chispas que parecen convertirse en más zafiros. Son los ojos más hermosos que haya visto jamás.

—¿Tienes las cartas de Gabriel? —me pregunta. Noto que el rastro de humo que sube de su boca no es gris, sino de un rosa extremadamente pálido, como su corbata. El humo parece casi vivo mientras se enreda lentamente por la mejilla de Van, luego gira y se mezcla con el aire que hay frente a sus ojos y el profundo azul de éstos se acentúa aún más.

Estoy vagamente consciente de haber respondido, pero no estoy seguro de qué es lo que he dicho.

Los ojos de Van se quedan fijos sobre los míos y centellean incluso más mientras dice:

—Nesbitt, se suponía que debías conseguirlas —y dirige su mirada hacia él.

Doy un paso hacia atrás pero me cuesta trabajo. Tengo que forzarme para apartar la mirada de Van.

Nesbitt responde:

—Se suponía que debía traértelas, que es lo que hice. Si no hubiera tenido más remedio, se las podría haber quitado a Nathan, pero eso habría implicado violencia y me pareció mejor evitarlo. Este chico es un luchador decente, de una manera poco convencional: saca lo animal que hay en él. En fin, aquí está, tiene las cartas, y está ansioso por ver a su amigo Gabby.

—Entonces... —dice ella. Se acerca más a mí, más que antes, lo suficientemente cerca como para que pueda sentir su aliento en mi rostro. Me imagino que olerá a tabaco, pero huele a fresas.

—Entonces... —digo yo.

El aroma a fresas es ligero y lo inhalo más, para obtener más de él. Esta mujer es la más increíble que haya conocido jamás. Inhalo de nuevo y digo:

—Mi amigo Gabriel.... Nesbitt me dijo que le salvaste la vida. Gracias. Quisiera verlo.

—Estoy segura de eso —contesta Van—. Y estoy segura de que él te querría ver. Y a todos nos gustaría ver las cartas.

Las cartas están en la lata en la que siempre las ha guardado Gabriel y, excepto por cuando la encontré por primera vez en el departamento de Mercury, no la he abierto. Pero ahora tengo el deseo de sacar la lata de mi mochila. Mientras me agacho para buscar adentro, respiro otro aire, un aire que no huele a fresas. Me levanto de nuevo, sosteniendo la mochila y no las cartas.

Van me sonríe y siento que mis rodillas ceden una fracción. Annalise es hermosa, sin embargo hay algo en Van que hipnotiza. Es literalmente deslumbrante. Pero la tengo que mantener a cierta distancia.

—Necesito aire fresco —digo, y camino hacia las ventanas y abro la puerta—. Hablemos allá fuera.

El aire de fuera está limpio. Aunque hace un calor intenso. Van me sigue y señala hacia un área sombreada del patio para sentarse. Camino a un sofá bajo, pero no me siento hasta ver dónde se pone ella, y me coloco en el otro lado.

Ella llama a Nesbitt:

—Pídele a Gabriel que nos acompañe, y trae limonada y té para cuatro —señala hacia el sillón, diciendo—: Por favor, siéntate. Estoy segura de que Gabriel no se tardará mucho.

Nos quedamos en silencio varios minutos, mientras Van fuma su cigarro, y luego digo:

—Nesbitt me contó que le dispararon a Gabriel, pero que se recuperó. ¿Es cierto?

—Le dieron dos balazos y las balas de Cazador son cosas desagradables pero sí, Gabriel ya lo superó.

Tira la ceniza de su cigarro y da una larga fumada antes de agregar:

—Pero aún no se ha recuperado a *sí mismo* del todo. Te quiere mucho, Nathan, y me temo que Nesbitt, mi idiota asistente…

—Socio —corrige Nesbitt mientras sale al patio con una jarra de limonada que coloca entre nosotros. Masculla—: Gabby estaba en la cocina, así que le he dado la noticia de que estás aquí.

Van prosigue:

—Nesbitt, mi idiota asistente nos dijo que estabas muerto. Como te decía, le importas mucho a Gabriel. Él…

Veo un movimiento a mi derecha y, mientras me giro, Gabriel sale al patio y se me queda mirando. Noto que no puede creer que esté aquí. Tiene un aspecto frágil y delgado y dice algo en voz muy baja.

Me levanto y no estoy seguro de qué hacer. Las palabras no abarcarían nada. Quiero decirle que le debo mi vida, pero él ya lo sabe.

Doy un paso hacia él y él da una zancada hacia mí y me estrecha con fuerza y le devuelvo el abrazo. Vuelve a decir algo en voz baja, lo mismo que antes, creo, pero es en francés y no sé lo que significa.

Echa la cabeza hacia atrás para mirarme a los ojos. No sonríe y su rostro luce demacrado y gris. Sus ojos siguen siendo del mismo color marrón fain, pero la parte blanca está llena de venas rojas.

No estoy seguro de qué decir, y todo lo que pronuncio es incoherente:

—Esperé en la cueva. Logré salir de Ginebra gracias a ti. No perdía la esperanza de que estuvieras vivo. Estaría muerto de no ser por ti.

Normalmente él haría algún comentario sarcástico, pero ahora se inclina hacia mí otra vez y dice algo más en francés.

Nos quedamos juntos. Lo abrazo, sintiendo lo delgado que está, cómo se le notan las costillas. Pero no lo suelto, no antes de que él lo haga.

Dice:

—Pensé que estabas muerto —y me doy cuenta de que eso es lo que había dicho en francés—. Nesbitt dijo que vio tu cuerpo.

—Nesbitt es un tonto —acota Van.

Nesbitt sale con una charola repleta de cosas para el té y dice:

—Te escuché. Si hubieran visto su cuerpo... —baja la charola y distribuye la tetera de porcelana, la jarra para la leche, las tazas, los platos y el azúcar, balbucea al hacerlo sobre cómo tenía un aspecto gris y frío, con los ojos abiertos a media asta.

Cuando termina, Nesbitt se sienta y levanta la tetera.

—Yo sirvo, ¿les parece?

Pasamos la siguiente media hora poniéndonos al día sobre lo que ha ocurrido. Van comienza con:

—Por favor, cuéntanos lo que sucedió después de que Gabriel te dejara, Nathan.

Me encojo de hombros. No estoy seguro de si decir algo, no estoy seguro de cuánto sabe ya.

—Deja que yo comience. Tú, o más bien Rose, robaste un cuchillo de una casa en Ginebra. No era cualquier cuchillo, sino el Fairborn. No era cualquier casa, sino la base de los Cazadores, y no se lo quitaste a cualquier Cazador, sino a Clay, su líder. Sin duda, Rose era una bruja talentosa. Sin embargo, no era el mejor de los planes y Rose lo pagó con su vida. Y a ti también te dispararon —Van le da una calada a su cigarro y suelta una larga bocanada de humo hacia mí. Huelo las fresas ligeramente—. Cuéntanos qué sucedió después, Nathan.

Miro a Gabriel y asiente.

—Me dispararon e hirieron, y no podía correr. Gabriel me salvó al alejar a los Cazadores —trato de devolverle la palabra a ella y pregunto—: Y tú salvaste a Gabriel, pero ¿qué estabas haciendo en Ginebra esa noche? Pensaba que todos los Brujos Negros se habían ido. La ciudad estaba llena de Cazadores.

—Completemos tu historia primero —dice, el humo se enreda desde su boca con cada palabra—. Estabas herido pero tenías el Fairborn. Escapaste de Ginebra por el bosque...

Gabriel interrumpe:

—¿Pero por qué fuiste al bosque? ¿Por qué no volviste a la cabaña de Mercury por el pasadizo que había en el departamento?

—El veneno de la bala me enfermó. Me perdí. Me tomó mucho tiempo encontrar el departamento y cuando llegué, estaba repleto de Cazadores. Así que me fui a pie; pensaba que tendría mucho tiempo para encontrar a Mercury antes de mi cumpleaños. Robé un poco de comida, ropa y dinero. Al principio me sentí mejor con la comida, pero me puse cada vez más débil hasta que me desplomé. Me saqué el veneno de un tajo y luego me desmayé. No estaba muerto, obviamente, pero faltaba poco. Fue ahí cuando me vio Nesbitt. Me desperté después y volví a partir hacia Mercury.

Van inhala profundamente.

—Y claro, la pregunta que está en la mente de todos es: "¿Lo lograste?"

—Lo logré. Pero Mercury no llevó a cabo la ceremonia de Entrega.

—Ah. ¿Por qué no tenías el Fairborn?

—Porque estaba ocupada combatiendo con los Cazadores.

Todos aguardan, mirándome.

Digo:

—Mi padre me dio los tres regalos.

Van parpadea:

—Debe haber sido algo muy especial.

—Sí.

Noto que Van mira mi mano y mi anillo de reojo. Le pregunto:

—¿Lo conoces? ¿A Marcus?

—Me topé brevemente con él un par de veces, hace años. Ya no viene a las reuniones de Brujos Negros. No lo ha hecho desde hace mucho tiempo.

—¿Sabes dónde vive?

Niega con la cabeza:

—Nadie lo sabe.

Todos nos quedamos callados uno o dos segundos, luego Van dice:

—Y, por la bromita de Nesbitt, supongo que tu Don es como el de tu padre. Es un Don único.

Trato de permanecer sin expresión. No quiero pensar en el animal ahora. No lo he sentido para nada desde que maté a Kieran esta mañana.

—¿Y luego qué pasó? —pregunta Gabriel.

—Mi padre se fue. El valle estaba repleto de Cazadores. Mercury estaba furiosa conmigo. Me dijo que tenía a Annalise y que sólo la liberaría a cambio de la cabeza o del corazón de mi padre. Luego, los Cazadores estaban tras nosotros y salí corriendo. Al final, después de alrededor de una semana, los perdí. Regresé a la cueva y te esperé.

—Esperaste mucho tiempo.

Niego con la cabeza, pero no le puedo decir que estaba a punto de darme por vencido.

Van dice:

—Sí, es una suerte para todos nosotros que Nathan sea tan paciente.

La boca de Gabriel se arquea:

—Eso pensé siempre… Nathan: qué persona tan paciente.

—Y eso nos pone a todos maravillosamente al día —dice Van—. Nesbitt te encontró en la cueva cuando fue a recoger las cartas. ¡Ah! Hablando de las cartas, ¿me las puedes dar ahora, por favor?

Le pregunto a Gabriel:

—¿Qué quieres que haga con ellas?

—Prometí que se las daría a Van.

—¿Y quieres cumplir esa promesa?

—Me salvó la vida.

Miro a Van. Su rostro está serenamente victorioso.

Digo, de forma un poco pomposa:

—Claro, Gabriel, son tuyas, y debo dártelas a ti, así como Van debe devolverme el Fairborn, ya que es mío.

Van sonríe, aún serena:

—¿Tuyo? Se lo robaste a Clay. De hecho, Rose se lo robó.

—Y los Cazadores se lo robaron a Massimo, mi bisabuelo. Pertenece a mi familia.

Ella le da un sorbo a su té y luego le dice a Nesbitt:

—¿Crees que deberíamos darle el Fairborn? Después de todo, tú lo recuperaste.

Nesbitt muestra los dientes como un perro malo y niega una vez con la cabeza.

—Tengo que coincidir con Nesbitt. Fuiste bastante descuidado con él la primera vez. Si Nesbitt pudo quitártelo… hasta un niño podría hacerlo. Hay que guardarlo en un lugar seguro. Es un objeto peligroso y poderoso. Por el momento, creo que lo cuidaré yo.

—¡Es mío!

—En realidad, querido muchacho… —Van me mira y sus ojos resplandecen con una neblina intensamente azul— estoy de acuerdo contigo. Sin embargo, y esto lo digo de la manera más amable posible, no creo que debas tenerlo. Todavía no. Es un objeto desagradable, lleno de magia maligna. Te aseguro que lo mantendré a salvo.

Alcanza la tetera:

—¿Más té?

Nadie contesta. Mientras sirve, dice:

—Nathan, las cartas son de Gabriel. Por favor, devuélveselas.

Miro a Gabriel y éste asiente.

EL AMULETO

Gabriel abre la lata, hojea las cartas y saca una de en medio del montón. Tiene una mancha de hollín de cuando las revisé por primera vez hace meses, cuando encontré la lata escondida en la chimenea del departamento en Ginebra.

Gabriel coloca esta carta sobre la mesa entre él y Van, y dice:

—El amuleto. Es tuyo. Gracias. Estaría muerto sin ti.

Abre los dobleces de la carta y todos nos encorvamos para mirar.

Van dice:

—Gracias, Gabriel. Es realmente hermoso.

Me acerco aún más. No sé si *hermoso* es el término que usaría para describirlo. Es un fragmento de pergamino, amarillento, con marcas de tinta negra descolorida encima: escritura, pero nada que haya visto antes. Ésta está distribuida en una serie de círculos. Pero no hay círculos completos, sólo semicírculos, ya que el pergamino está rasgado a la mitad.

—¿Tu madre te habló de esto? —pregunta Van.

—No mucho. Pensaba que podría tener algún valor por su antigüedad. Me contó que su abuela lo encontró en una vieja casa en Berlín. Con "encontró" quería decir que su abuela la robó. Pero es lo único que sabía.

—¿Sabía dónde estaba la otra mitad?

—No, esto es lo único que tuvimos jamás.

—¿Y Mercury nunca lo vio? ¿Nunca le dijiste lo que era?

Gabriel se encoge de hombros:

—No le dije que estaba rasgado por la mitad. Pensé que no le interesaría si lo supiera. Le dije que tenía un amuleto que me había dado mi madre, que era antiguo y valioso. No preguntó nada más sobre él, y supuse que era porque hay bastantes como éste.

—Hay bastantes amuletos, es cierto, y la mayoría son de magia débil. Creo que tuve suerte de que no se lo describieras. De hecho, sospecho que tuviste suerte tú también. Creo que Mercury sabría lo que es y te habría matado sólo por esta mitad —Van vuelve a guardar el amuleto dentro del papel con mucho cuidado y lo desliza dentro del bolsillo de su saco.

—¿Por qué? —pregunta Gabriel—. ¿Qué tiene de especial?

Van se gira hacia Nesbitt:

—Me parece que necesitamos champán, ¿no crees? Estoy segura de que habrá una selección maravillosa en la bodega.

Le sonríe a Gabriel.

—¿O prefieren tomar únicamente té, chicos?

Más tarde, Gabriel y yo estamos solos en su habitación. No entiendo por qué estuve tomando ni qué es lo que se suponía que estaba celebrando, y en realidad no me gustó. Nunca antes había bebido champán; nunca antes había bebido alcohol. Gabriel y Van discutían de ello como discutirían acerca de un buen libro.

Mientras caminábamos hacia el cuarto de Gabriel, parecía que el pasillo se inclinaba. Cuando le dije esto, Gabriel me dijo que "qué poco aguanto" y siguió caminando. Volteó para mirarme caminar hacia él. Fue bueno verlo sonreír; casi como si volviera a ser el de siempre. Y ahora estamos solos, sentados juntos en su cama, y finalmente le puedo preguntar su historia.

—Después de que te dejé, corrí. Eso fue todo, simplemente eso. Corrí y los Cazadores me siguieron. Grité, te animaba para que te apuraras como si estuvieras conmigo. Los engañé lo suficiente como para que pensaran que estábamos juntos. Tuve suerte. La mejor protección que tuve fue la gente... los fains, quiero decir. Me quedaba donde había bullicio, y había mucha confusión, mucha gente, cosas que los Cazadores odian: fains, policía fain, ruido, pánico y muchos disparos. Esperaba que pensaran que yo era un fain, pero al mismo tiempo tenía que mantenerlos tras de mí. Me dispararon dos veces mientras corría. Ninguna de las dos heridas fue seria, pero el veneno de las balas de los Cazadores me debilitó y, como no puedo sanar, sabía que no duraría mucho. Lo único que podía pensar era que debía seguir corriendo. Recuerdo que vi un coche acercarse, que debe haber sido el de Van. Del resto no recuerdo nada hasta que me desperté aquí, en este cuarto, días después. Estuve enfermo, pero creo que después de eso, después de que me recuperé, Van me drogó y le conté todo. Todo sobre mí, sobre mi familia, las cartas y el amuleto... y sobre ti. Lo siento, Nathan. Sé que es privado. Yo...

—Está bien. No me importa nada de eso. Sólo me siento feliz de que estés vivo. Eso es lo importante. Pensaba que estabas muerto. No lo quería creer, pero era la única explicación lógica; sabía que habrías ido a la cueva si hubieras podido hacerlo.

—Estaría muerto de no ser por Van.

—¿Pero por qué estaba ahí en Ginebra? ¿Por qué arriesgar su vida por este amuleto?

—No lo sé. Me dijo que se había enterado recientemente de que yo podría tener una mitad. No fue difícil descubrir que yo estaba en Ginebra y que trabajaba con Mercury. Al principio, ella tenía miedo de que Mercury lo hubiera conseguido, pero después de que Nesbitt nos dijera que estabas muerto, se preocupó mucho más de que cayera en manos de los Cazadores.

—¿Por qué? ¿Qué hace?

—No hace nada. Sólo es la mitad de un amuleto. Pero los amuletos, los amuletos completos, sanan y protegen. Se esmeró mucho en conseguirlo y creo que su intención es hallar la otra mitad, y quizá juntos funcionen otra vez.

—¿Y de verdad no sabes nada más sobre él?

—No. Únicamente que era una de esas cosas que tenía mi madre. Valoro más las cartas.

Estamos sentados juntos en la cama y ahora arrastra los pies hacia atrás y se recarga contra la pared.

—Van puede quedárselo. No me interesa nada de eso.

—¿Nada de qué?

—Chucherías. Cosas. Amuletos, cuchillos, lo que sea.

—Nunca pensé que te interesara.

Inclina la cabeza hacia atrás, sin quitarme la vista de encima.

—Qué bueno verte, Nathan. Estoy contento de que estés vivo. Muy contento.

Se ve cansado: tiene la piel cenicienta y ojeras oscuras bajo los ojos. Dice:

—¿Quién pensaría que estaríamos aquí? Vivos. Sentados en una casa hermosa. Borrachos de champán.

Pero su comentario sobre las "chucherías" y las "cosas" me está haciendo pensar que está mal por mi parte querer el Fairborn. Creía que si lo tuviera podría mostrarle a mi padre que no lo mataré. Quizá no necesito el Fairborn para hacerlo.

—¿Qué estás pensando?

—En cosas. El Fairborn. Mi padre.

—¿Cómo es él?

—¿Mi padre? No lo sé. De verdad que no lo conozco. Es mucho más elegante de lo que pensaba, más limpio, quiero decir. Llevaba un traje. Con sólo mirarlo no sabrías que ha matado a cientos de personas.

—Pregunté cómo es, no qué llevaba puesto.

—¿Y qué quieres que te diga? ¿Que es increíble? ¿Poderoso? Pues lo es. Pero más de lo que pensaba que fuera posible. Hizo esa cosa que medio detuvo el tiempo… los copos de nieve quedaron suspendidos en el aire, esperando caer, pero seguimos hablando como si todo fuera normal. Todavía tenía la bala del Cazador adentro. Me la extrajo. Luego me dio tres regalos: un anillo, la bala de mi cuerpo y mi vida.

Extiendo el anillo para mostrárselo a Gabriel.

—Luego se cortó la palma y bebí su sangre. Creo que todo este tiempo, toda mi vida, planeó darme mis tres regalos. Estaba esperando a que volviera a casa de Mercury; sabía que me dirigiría de nuevo allí. E hizo todo eso, detuvo el tiempo por mí, me salvó la vida dándome los tres regalos, y luego… ¡luego se fue! ¡Volvió a dejarme! ¡Me dejó a merced de Mercury y de un valle lleno de Cazadores!

Gabriel no dice nada.

—Siempre pensé que cuando nos conociéramos le explicaría, le demostraría, que nunca lo mataré. E intenté hacerlo, pero fue como si no escuchara. Me podría haber matado pero me salvó la vida. Fue la cosa más increíble y maravillosa y luego... ya no lo fue.

—Es tu padre, pero también cree en la visión... de que lo matarás.

—Me dijo: "No soy un gran creyente de las visiones. Pero soy un hombre cauteloso", o alguna estupidez por el estilo. Básicamente no confía en mí. No creía que hubiera perdido el Fairborn. Así que parece que las cosas *sí* importan, Gabriel, porque no se lo pude dar, así que volvió a dejarme. Lo más estúpido es que lo odio por eso. No por matar a la gente, no por devorar sus corazones, sino porque me dejó cuando era niño, y luego volvió a dejarme.

—No lo odias. Estás enojado con él —Gabriel se ríe un poquito—. Lo que significa que al menos no le estás dando un trato especial, ya que la mayor parte del tiempo estás enojado con la mayoría de la gente.

Lo insulto y luego digo:

—Estoy contento de que estés vivo, Gabriel. Así hay alguien más con quien me puedo enojar.

La cabeza me está dando vueltas todavía y me desplomo en la cama.

—Necesito dormir. Tú también.

En realidad no duermo, pero me quedo con él todo el tiempo que puedo, que no es mucho, ya que casi ha oscurecido y no soporto estar adentro de noche. Tengo que salir.

Reviso el terreno. Es grande, boscoso, se empina hacia el lago, encerrado por todos lados por ese alto muro circundado por alambre de cuchillas. Pero el lago no se puede encerrar y hay una angosta playa de rocas, un pequeño muelle de madera, y no hay ningún bote. Las montañas al frente ya son siluetas. La luna aparece mientras las nubes se dispersan en una tibia brisa. Está perfecto para nadar.

El agua está fresca. Serena. El reflejo de la luna parece llenar el agua. Nado una larga distancia y floto sobre mi espalda, mirando al cielo.

Luego siento que algo me roza la pierna, y al instante se desencadena mi adrenalina animal y corre por mi cuerpo. Pero no tanto, no tanto, porque me digo a mí mismo que debo calmarme y que debo tomar aire lentamente, y me digo que sólo era un pez o algo que flotaba bajo el agua. Y sigo respirando pausadamente y la adrenalina se va, desaparece como si nunca hubiera estado ahí.

La luna todavía brilla en la superficie del agua y me pregunto si puedo hacer que la adrenalina regrese. Pienso en los posibles peligros del agua, en los monstruos que yacen en sus profundidades, escondidos en la oscuridad, que nadan hacia mí: una larga y gruesa anguila que me puede tragar entero. Me sumerjo, exhalando, sintiendo el frío, notando lo oscuro que está e imaginándome a la anguila que se me acerca…

No pasa nada. Claro que no aparece ninguna anguila, pero mi adrenalina animal tampoco lo hace. Vuelvo a nadar a la superficie y miro alrededor, casi esperando que aparezca un monstruo, pero no lo hace, y después de un minuto aleteo lentamente hasta la orilla.

Gabriel está sentado en la hierba cerca de la orilla, mirándome. Me visto y me acerco para sentarme junto a él.

Me dice:

—Voy a dormir aquí afuera contigo.

Recojo un poco de leña, enciendo una fogata y me siento junto a ella, la alimentó con palitos y ramas hasta que se acaban, y luego reúno más. Querría saber si Gabriel va a preguntarme por qué no duermo, pero no habla. Se queda dormido justo antes del amanecer. Y entonces siento que finalmente puedo cerrar los ojos. Nunca me he convertido en animal de día, a menos que me sienta amenazado por Cazadores, y no creo que ocurra. Pero de noche…. ¿quién sabe?

Los dos nos despertamos unas cuantas horas después, y Gabriel ya tiene mejor aspecto. Tiene más color y sonríe cuando me ve.

Necesito hablarle de Annalise pero quiero posponerlo un poco más.

—¿Dormiste? —pregunta.

—Lo mismo que tú. Lo suficiente.

—Bien.

Se levanta y se estira.

—Necesitamos desayunar. Café y *croissants* y bollos y huevos… estoy de humor para comer unos huevos.

Gabriel y yo pasamos el día comiendo. Los dos estamos por debajo de nuestro peso… o por lo menos, lo estamos al inicio del día. Por la tarde nadamos y nos acostamos al sol para secarnos. Es otro día de cielo azul puro y calor intenso y palpitante.

Gabriel dice:

—Hemos hablado mucho, pero no sobre ese tema sobre el que no estamos de acuerdo.

—No quiero que estemos en desacuerdo, en especial cuando apenas acabamos de volver a vernos.

Pero sé que tenemos que hablar de Annalise. La tengo que rescatar, cosa que suena ridícula y heroica y estúpida, pero tengo que hacerlo. No la puedo dejar como prisionera de Mercury. Le digo:

—Tengo que ayudarla.

—No. No tienes que hacerlo.

—Tengo que hacerlo, Gabriel. Annalise está en problemas por mi culpa. Está en estado de coma o lo que sea por mi culpa.

—No es un coma, y no le debes nada.

—Quiero ayudarla, Gabriel. Tengo que liberarla. Annalise es mi amiga. Me gusta... mucho. Entiendo que no confíes en ella, pero sé que no me traicionará, no me ha traicionado.

Ahora me mira.

—¿Cómo supieron los Cazadores sobre el departamento de Mercury en Ginebra?

—¿Qué?

—Me escuchaste. ¿Cómo llegaron ahí? Dijiste que el departamento era un hervidero de Cazadores. Yo no los llevé ahí. No me acerqué en lo mínimo hasta allí. Así que, ¿cómo supieron de él?

—Marcus me dijo que los Cazadores tienen una manera de encontrar los pasadizos. Deben haberlo detectado de alguna manera.

Gabriel se incorpora.

—No, Nathan. No creo que sea así como funciona. No creo que puedan detectarlos desde distancias largas. Si pudieran hacerlo, entonces habrían encontrado el otro pasadizo a la verdadera casa de Mercury.

—No sabemos que no lo hayan hecho. Y de todos modos, Mercury tuvo tiempo de destruir el pasadizo. No habrían podido encontrarlo.

—Construyes pretextos y creas explicaciones, pero la explicación obvia que no quieres admitir es que Annalise les dijo a los Cazadores dónde estaba el departamento.

—Tú mismo dijiste que no debía salir del departamento, pero lo hice. Alguien, no sé quién, un informante, un Mestizo, pudo haberme visto cuando te seguí. Pudieron haber alertado a los Cazadores y por eso estaban ahí cuando regresé.

Gabriel se queda callado pero se vuelve a acostar.

Le digo:

—Tienes que aceptar que es una posibilidad.

No me mira, lo cual interpreto como la aceptación de que tengo razón.

Le digo:

—Gabriel, confío en ella. Trató de ayudarnos. Me contó cómo los Cazadores protegen sus bases, los hechizos que usan.

—Tiene que fortalecer tu confianza para convencerte de su devoción. Nathan, los espías no se pasean por ahí con grandes letreros que anuncian: "Soy un espía". De eso se trata, de que se comportan como si estuvieran de tu lado.

Recuerdo a Annalise sentada junto a mí en el techo de la cabaña de Mercury, con todo su cuerpo temblando de miedo, y sé que no me traicionó.

—Tengo que tratar de ayudarla, Gabriel. Es lo que harías tú por mí y es lo que debo hacer yo por ella.

No dice nada.

—Me gusta mucho, Gabriel. Lo sabes.

Gabriel se cubre el rostro con los brazos. Todavía no dice nada pero puedo ver que su pecho se agita.

—Tengo que pedirte un favor muy serio —le digo.

Aguardo.

Gabriel también.

—¿Me ayudarías a encontrar a Mercury? —porque los dos sabemos que dondequiera que esté Mercury, tiene a Annalise con ella—. Necesito tu ayuda, Gabriel.

No responde. No se descubre el rostro.

No hay nada más que pueda hacer, así que bajo a la orilla del lago.

Un rato más tarde me alcanza y los dos miramos hacia el agua serena, las montañas que hay detrás y el cielo, claro y azul, por encima de ello.

Gabriel dice:

—Van me dijo que estabas muerto. Nesbitt describió tu cuerpo, tu herida. Él tenía el Fairborn y yo sabía que, de estar vivo, tú no habrías dejado que lo tomara. Sabía que estabas muerto. No tenía la menor duda —me lanza una mirada pero vuelve a desviarla de nuevo hacia el lago—. Lloré. Lloré mucho, Nathan. Y tuve la idea de que iría a encontrar tu cuerpo y lo estrecharía contra el mío y no lo soltaría, jamás. Me quedaría contigo, moriría de hambre, pero por lo menos moriría abrazándote. Eso es lo único que pensaba que me quedaba.

—Gabriel… —pero no sé qué decir. No quiero que muera, ni que muera de hambre—. Eres mi amigo, Gabriel. Mi mejor, mi único amigo. Pero…

Se gira hacia mí.

—Me quedaré contigo siempre; iré a donde vayas siempre. No quiero estar en ningún otro lado. No podría soportar estar en ningún otro lado. Si vas a buscar a Mercury, entonces yo iré también. Si quieres que te ayude a liberar a Annalise, entonces lo haré.

Me giro hacia él y veo lo enojado que parece estar. Le digo:

—Gracias.

Creo que es la primera vez que le doy las gracias a Gabriel por algo, pero sé que no quiere mi gratitud, no quiere nada de esto.

UNA PROPUESTA

—Tengo una propuesta.

Van comenzó la elaborada cena con este comentario, aunque todavía tenemos que escuchar cuál es la propuesta y la comida casi ha terminado.

Van está sentada en la cabecera de la mesa, yo estoy a su izquierda y Gabriel está sentado frente a mí. Él y yo hemos estado juntos todo el día, comiendo, nadando, tomando el sol y discutiendo ocasionalmente. Gabriel dice que estamos de vacaciones y que así son las vacaciones fain. No discutimos por Annalise; no la volvemos a mencionar. Discutimos sobre quién corre más rápidamente (yo, de lejos, y aun así Gabriel parece pensar que gana cada carrera por algún sistema de limitaciones que aplica para los cuerpos fain), quién nada más lejos bajo el agua (yo, por cincuenta metros, pero de nuevo su sistema revela mis fallas), quién escala más rápidamente (hay un muro para escalar en el jardín —como en la mayoría de las casas de los capos del narco, me imagino— y aquí Gabriel gana antes de que entre en funcionamiento el sistema de limitaciones; después de aplicar la limitación se me relega a la velocidad del caracol). Comemos mucho y discutimos mucho sobre la comida: si los *croissants* están más ricos remojados en café o en chocolate caliente, si es mejor el pan con crema de cacahuate o con crema de chocolate, las papas fritas con mayonesa o con catsup, ese tipo de cosas. Me doy cuenta de cuánto lo extrañé. Es bueno estar con él de vacaciones, pero los juegos ya terminaron.

La cena es formal, con mucha cristalería y cubiertos y velas, aunque estoy vestido con mi ropa vieja. Van luce inmaculada en un traje color crema y Gabriel lleva ropa nueva que encontró en la casa. Él y Van hacen una pareja hermosa. Nesbitt es mucho menos hermoso y lleva la misma ropa negra de siempre. Es tanto chef como mesero y debo admitir que es bastante bueno. De hecho, ahora que lo pienso, es bastante diestro para casi todo: cocinar, servir el té, esconder un rastro, ahorcar a Cazadores. En cuanto se refiere a asistentes, Van tiene al mejor.

Hemos tomado sopa, luego cordero, pero nada de postre. "Creo que ya somos lo suficientemente dulces", es el comentario de Van. Suelto un bufido de risa.

Ella voltea hacia mí y dice:

—Hablo en serio. Nesbitt me contó que amenazaste con cortarle la lengua, pero te resististe. Sospecho que tu padre no se habría contenido.

Van mira a Nesbitt alejarse con una pila de platos:

—De cualquier manera, me alegra que no lo hicieras.

Vacila y lanza una mirada a la puerta por la que acaba de pasar Nesbitt.

—Nesbitt y yo somos viejos amigos y, aunque mi vida sería infinitamente más tranquila si Nesbitt fuera mudo, es mucho más útil con una lengua en la cabeza.

Estoy tratando de descifrar su relación. Van dice que ella y Nesbitt son viejos amigos y ella parece tener sólo unos cuantos años más que yo, pero se comporta como si fuera mayor que Nesbitt. Parecen un amo y su sirviente que llevaran décadas juntos.

Le digo:

—Nesbitt me contó que eres una experta en pociones.

—Es muy generoso. Y ciertamente prefiero las pociones. Por ejemplo, nunca usaría nada tan vulgar como un cuchillo para arrancarle la lengua a alguien. Las pociones son extremadamente adaptables y más precisas que incluso la navaja más afilada. Si soltaran cierta poción en tu lengua, te la comerías... tu propia lengua, quiero decir.

—Nunca había oído nada de eso. El Don de mi abuela eran las pociones también. Tenía un Don poderoso.

—¿Supongo que te refieres a la abuela del lado Blanco de tu familia? —Van no espera a que yo le conteste antes de proseguir—. La mayoría de los Brujos Blancos saben muy poco sobre el poder de las pociones Negras. Las Pociones tienen usos y fuerzas infinitos. Son, en mi humilde opinión, las armas más poderosas.

—¿Y has utilizado esa arma? ¿Hacer que alguien se coma su propia lengua?

Van se encoge de hombros casi imperceptiblemente.

—Tengo pocos enemigos; ya despaché a la mayoría.

Nesbitt regresa para limpiar más platos y tazones, y mientras los apila todos, dice:

—Cuéntales acerca de la poción para los que no te pagan.

Nos sonríe a Gabriel y a mí entre dientes.

—Yo me gano mi pan, chicos. Deberían pensar en ganarse el suyo.

—No estoy segura de que esos detalles sean para comentar en la mesa —dice Van—. Pero sí, es muy efectiva.

—Creo que Gabriel te ha pagado con creces por tu ayuda —le digo a Van.

—Sí. Después de todo, creo que todos nos hemos ayudado mutuamente. Gabriel está sano y salvo, y yo tengo la mitad del amuleto, como me prometió. Gabriel ha sido atento y servicial: el paciente perfecto y el invitado perfecto. Y tú, Nathan, tienes tus propios encantos.

—¿Sí? —no puedo creer que Van encuentre nada encantador en mí. Miro a Gabriel, que tiene una sonrisa de oreja a oreja, sin duda por el comentario sobre mis encantos, pero le digo a Van—: Nos iremos mañana.

—Eso depende, por supuesto, completamente de ustedes.

—Así es.

—¿Les puedo preguntar por sus planes?

—Puedes preguntar todo lo que quieras.

—Supongo que tu intención es encontrar a Mercury y ayudar a que tu amiga Annalise escape. Una cruzada digna de un joven cegado por el amor.

Me sonríe y luego dirige su sonrisa hacia Gabriel.

—No estoy cegado por el amor.

—No. Claro que no —dice Van—. Y de todos modos la cruzada es digna.

Nesbitt trae café y coloca la cafetera en el centro de la mesa entre todos nosotros. Van prosigue.

—Me parece algo injusto que yo conozca todos sus planes y que ustedes no conozcan los míos. Y yo soy cualquier cosa menos injusta.

Gesticula a Nesbitt para indicar que puede servir el café.

—Yo también estoy en una especie de cruzada.

—¿Para encontrar la otra mitad del amuleto? —pregunto.

Van niega ligeramente con la cabeza:

—Eso es algo que espero hacer en algún momento, sí, pero no es mi prioridad principal.

—¿Y cuál es?

—Desde que dejaste el mundo de los Brujos Blancos, Nathan, han pasado muchas cosas. Expulsaron a la antigua Líder del Consejo, Gloria Dale. Soul O'Brien usó tu fuga del edificio del Consejo para llevar a cabo su destitución. Ningún prisionero había escapado antes y tú eres el hijo de Marcus. Tu huida fue un hecho sin precedentes, además de imperdonable.

—Pero yo era prisionero de Soul —o por lo menos creo que lo era.

—No importa quién te llevara ahí ni por qué. Los guardias del Consejo fracasaron en vigilarte y la magia que protegía el edificio no logró retenerte. El edificio, los guardias, la magia, son todos responsabilidad del Líder del Consejo. Gloria asumió la culpa y Soul se aseguró de que la recibiera toda.

—Siempre me pregunté si alguien me facilitó la huida. Sin duda no la obstaculizaron.

—Mis fuentes dicen que Soul permitió tu fuga. Aunque no sucedió del todo como planeaba. Se suponía que debían cortarte el dedo y transformarlo en una botella de brujos antes de que eso ocurriera. Te iban a forzar a matar a tu padre y luego te iban a asesinar. Pero veo que todavía tienes todos los dedos.

Señala con su cigarro hacia mi mano.

—Sin embargo, tu huida de todos modos funcionó para beneficio de Soul. Derrocó a Gloria y tomó el control del Consejo.

—¿Así que ahora hay un hombre a cargo del Consejo y otro que dirige a los Cazadores? Eso sí que es una novedad. No me imagino que le caiga muy bien a los Brujos Blancos.

—Pues no. La mayoría de las mujeres, claro, tienen Dones más fuertes que los hombres. Tú y Gabriel son inusuales en ese sentido.

Nesbitt tose para llamar la atención sobre él pero Van lo ignora.

—De cualquier modo, no son dos hombres los que ocupan esos dos puestos clave. A Clay tampoco le fue muy bien con tus acciones. Muchos Brujos Blancos murieron protegiendo el Fairborn, y aun así, lo robaron durante el turno de Clay sin que él quedara siquiera con un moretón. También hubo un llamado de atención para que se fuera... y se fue.

—Así que, ¿quién está a cargo de los Cazadores ahora?

Pero de alguna manera tengo la sensación de que ya lo sé.

—Hubo una persona que sí recibió más que un moretón la noche en que robaste el Fairborn. Es un poco joven y algo inexperta, pero inteligente y muy dotada. Y también horriblemente desfigurada, según dicen. Tu media hermana Jessica.

Recuerdo tener el Fairborn en mi mano, su poder y su deseo de cortar, y cómo se deslizó por su cara, rebanándola.

Digo:

—Era la amante de Clay. Supongo que su relación ya terminó ahora que cumplió su propósito. Debe amar el trabajo más de lo que amaba a Clay.

—Jessica le es leal a Soul y ya está extendiendo el alcance de los Cazadores por toda Europa. Soul está colocando bajo su influencia a los Consejos de Brujos Blancos de Europa. Los está convenciendo de su punto de vista. Quiere que todos le rindan cuentas a él y que expulsen a los Brujos Negros de aquí como lo hicieron de Europa.

Van niega con la cabeza.

—Soy una Bruja Negra y no tengo ningún amor por los Blancos, pero en Europa tenemos una larga tradición en vivir y dejar vivir. Ellos se quedan en sus áreas tradicionales y nosotros en las nuestras. Hay cierta armonía.

Van saca su delgada cigarrera de plata de su saco y extrae otro cigarro, a la vez que dice:

—A Soul no le interesa la armonía. Lo único que quiere es más y más poder —enciende el cigarro, inhala profundamente y exhala la nube de humo verde en alto sobre nosotros—. Su plan es matar a todos los Brujos Negros de Europa. Y matará a cualquiera, Blanco o Negro, que trate de impedirlo. No es un verdadero brujo.

—¿Y tu cruzada es detenerlo?

—Sí. Para restaurar la armonía y el equilibrio nosotros tenemos que evitar que Soul se apodere de todos los Consejos de Europa, y tenemos que detener a los Cazadores que trabajan para él.

—¿A quién te refieres con nosotros?

—A una alianza de todos los brujos.

—¿De todos los brujos? ¿Quieres decir Blancos además de Negros?

—Sí, todos los brujos que quieren conservar los valores tradicionales.

—¿Los valores tradicionales de odiarse los unos a los otros?

—Los valores tradicionales de la distancia mutua, el respeto y la tolerancia. Todos respetamos al individuo, ya sea Blanco o Negro. Y estamos buscando nuevos reclutas.

—¿Yo? No soy ni Negro ni Blanco.

—Eres ambos —mira a Nesbitt—. También se han unido Mestizos.

—Así que, déjame ver si te entendí bien: te estás uniendo a una banda de Brujos Blancos para luchar contra los Cazadores que se expanden dentro de Europa. ¿Y quieres que yo me una y luche junto a los Brujos Blancos?

—Sí.

—¡Ja! ¿Hablas de equilibrio? Pues yo odio a los Brujos Blancos y ellos me odian a mí. Ése es el tipo de equilibrio al que estoy acostumbrado.

—No odias a todos los Brujos Blancos. Tu medio hermano Arran y tu media hermana Deborah...

—¿Se han unido?

—Eso creo.

No estoy seguro de cómo me hace sentir eso, pero me imagino que es cierto. Que los dos creerían en la causa.

—No creo que ninguno de los dos sea muy útil en un combate —digo yo.

—Un ejército no está hecho sólo de soldados.

Van le da una calada a su cigarro.

—Cada uno aportamos distintos atributos a la causa. El tuyo es, sin duda, tu habilidad para pelear. Otros, como Arran, pueden sanar a los heridos. Otros, como Deborah, proporcionan información.

La observo.

—¿Cuántos reclutas hay?

—Unos cuantos. Algunos Brujos Blancos ya se escaparon de Inglaterra. Los que encuentran a Soul demasiado radical y que expresaron su opinión lo perdieron todo y quieren resistir. Algunos Brujos Negros también se unieron: los que ven un futuro sombrío si no hacen nada. No son muy numerosos, pero están creciendo.

—Entonces no me necesitan.

—Pocos de nuestros reclutas pueden luchar.

—Ah.

—Y tú, Nathan, nos necesitas. Aunque logres despertar a Annalise y escaparte de Mercury, ¿de verdad crees que tus problemas habrán terminado? Te perseguirán hasta el fin del mundo. Y, aunque tú seas capaz de correr, tu preciosa Annalise no durará, me temo, ni dos minutos.

—Nos esconderemos.

—Los cazarán.

Y sé que tiene razón, por supuesto. No acabará nunca.

Miro a Gabriel. Él dice:

—Iré contigo, decidas lo que decidas.

Niego con la cabeza.

—No es mi lucha.

Van sonríe.

—Es tu lucha más que la de cualquier otro.

Me levanto y camino alrededor de la mesa. De verdad que no me gusta esto. No tengo el deseo de pelear contra los Cazadores ni de arriesgar mi vida por ninguna causa. Y sin duda no me veo peleando al lado de ningún Brujo Blanco. Lo único que quiero hacer es encontrar a Annalise y vivir una vida tranquila junto a un río, tranquilo para siempre.

Salgo del comedor, llego al vestíbulo y me siento en el sofá, miro afuera, al lago, y más allá de las montañas.

BRUMA NOCTURNA

Parece que no me van a dejar solo ni siquiera aquí. Llevo apenas un minuto sentado en el vestíbulo cuando Van me sigue hasta el cuarto, Gabriel se sienta en una silla junto a mí y Nesbitt se recarga contra el marco de la puerta.

Van dice:

—Soul es un peligro para todos nosotros. La causa de la Alianza es...

La interrumpo.

—No me interesan las causas. Sólo quiero rescatar a Annalise.

—¿Y cómo piensas hacer eso? Mercury es formidable; su Don es excepcional.

Van recorre el piso de un lado al otro frente a mí.

—Déjame adivinar. Annalise está en un sueño cercano a la muerte del que sólo la puede despertar Mercury. Esperas que si Gabriel utiliza su Don para transformarse en Mercury, él pueda romper el hechizo.

Debo admitir, aunque sólo sea a mí mismo, que ése es mi plan, y que suena algo patético.

—Hay un problema más con tu plan.

—No dije que fuera mi plan.

—¿Tienes uno mejor?

Si lo tuviera, tampoco se lo contaría.

Van sigue hablando y caminando de un lado a otro:

—Primer problema: Gabriel todavía es incapaz de acceder a su Don. Segundo problema: no sabes dónde está Annalise. Tercer problema: aunque encontraras a Annalise y Gabriel pudiera transformarse en Mercury, todavía tendrías que descifrar cómo deshacer el hechizo. Cuarto problema: aunque encontraras una solución a los tres primeros problemas, Mercury trataría de matarte si supiera lo que te traes entre manos... y creo que tendría una buena oportunidad de lograrlo.

—Admito que hay algunos obstáculos.

—No me digas.

Van se sienta en el borde de la mesa de centro frente a mí.

—No obstante, yo podría estar dispuesta a ayudarte a sortear algunos de esos obstáculos.

—¿Si me uno a la Alianza?

—Sí.

—¿Cómo?

—¿Cómo te puedo ayudar? Bueno, comencemos por tu primer problema: Gabriel —le sonríe—. Sin ofender, cariño.

Él se encoge de hombros.

Van prosigue:

—Puedo ayudar a Gabriel a recuperar su Don.

—Hay otros que pueden ayudarme a hacer eso —dice Gabriel.

—Bueno, está Mercury, claro, y algunos otros, pero cada uno exigirá mucho a cambio.

Gabriel replica:

—¿Y tú no lo estás haciendo?

—Creo que encontrarás que es mucho más fácil lidiar conmigo que con la mayoría. Y estoy aquí y puedo ayudar de inmediato. Entiendo que no tienes ningún apuro por rescatar a Annalise, Gabriel, pero llevas ya muchos meses como fain. No has podido acceder a tu Don durante casi la misma cantidad de tiempo que pudiste usarlo. Tienes que regresar a tu verdadero ser pronto —responde Van.

Él me mira.

—No es el fin del mundo no tener un Don. Hay cosas peores.

—Ayudaré a Gabriel a recuperar su Don para que pueda transformarse en Mercury, pero incluso entonces es posible que no pueda despertar a Annalise. Todo depende del hechizo de Mercury. Sin embargo, tengo otra opción, si eso falla.

—¿Y cuál sería?

—Obligaré a Mercury a hacerlo.

—¡Ja! ¿Cómo?

—No es más difícil que hacer que se coma su propia lengua. Hay pociones que lo permiten. Puedo obligarla a querer despertar a Annalise.

—Y simplemente harás que ella se tome tu poción, ¿verdad?: "Toma, Mercury, dale un traguito a esto."

—No todas las pociones tienen que ser bebidas.

Me pregunto si eso significa que usará su humo o algo así. Pero, haga lo que haga, debo admitir que suena a que tiene más oportunidad que yo de lograr que Mercury despierte a Annalise.

—¿Y una poción ayudará a Gabriel a encontrar su Don?

—Sí —Van me mira, se inclina hacia atrás y dice—: Y puedo ayudarte a ti también, Nathan, si lo deseas. Controlar un Don siempre es difícil. Cuanto más poderoso es el Don, más difícil es de controlar.

—Estoy aprendiendo.

—Bien. Vas a necesitar tener pleno control de él para luchar con la Alianza y enfrentarte a los Cazadores.

—Todavía no he aceptado unirme.

—Pero lo harás, porque sólo con mi ayuda lograrás rescatar a Annalise. E incluso juntos no será fácil. No podremos entrar y salir como si nada. Acarreará mucha planificación y cuidado... pero es posible.

—Si me uno, quiero que me devuelvas el Fairborn.

—De acuerdo.

Esperaba que ella se quejara de eso, y ahora no tengo nada más que pueda discutir sin darle vueltas y vueltas. Está oscureciendo y realmente quiero estar afuera. Me levanto y digo:

—Lo consultaré con la almohada.

—Sí, está oscureciendo. Es desagradable estar aquí al atardecer. Pero tengo un remedio simple. Nesbitt —le pide ella—, trae la bruma nocturna.

Nesbitt va al extremo opuesto de la habitación y trae un tazón de líquido lechoso. Prende un cerillo en la superficie de la poción y una llama verde humeante se desliza sobre la superficie cremosa del líquido, se mueve como si estuviera viva.

—Si inhalas los vapores podrás quedarte adentro. Te aclara maravillosamente la cabeza.

Se inclina encima y respira profundamente.

Me acerco a la llama. Huele a leche, hierba y bosque. Mi dolor de cabeza ya casi se ha desvanecido. Pero digo:

—Prefiero dormir afuera.

—Estoy segura de ello. Soy una Bruja Negra también, Nathan. No lo olvides. Sufro como tú al estar adentro de noche, y Nesbitt también, en menor grado. Pero hemos aprendido a usar la bruma nocturna, y sugiero que tú lo hagas también.

Gabriel y yo seguimos a Nesbitt al dormitorio. Abro la ventana y me siento al lado pero Nesbitt dice:

—Sin trampas, amigo, es para tu propio desarrollo personal —apoya el tazón de bruma nocturna sobre el alféizar y cierra la ventana—. Sólo respira esto como lo harías con el aire fresco.

Después de que se ha ido, olfateo el humo con cautela.

—Nathan —dice Gabriel—, no me has hablado de tu Don.

Inhalo un poco más de humo verde. Sé que Gabriel es probablemente la única persona aparte de mi padre que tiene la menor oportunidad de entenderme, pero no quiero pensar en eso ahora. Tengo suficiente en la cabeza.

—¿Supongo, por esa respuesta tan efusiva, que no quieres hablar de ello?

Me acuesto boca abajo en la cama con la cabeza cerca del tazón, y asiento diciendo:

—¿Usaste esto alguna vez?

—No. Cuando tenía cuerpo de Brujo Negro prefería dormir afuera o tomar una siesta adentro durante el día, y quedarme fuera de noche.

Se acerca e inhala el vapor profundamente:

—No me afecta nada con este cuerpo. Casi no consigo oler nada.

—¿Qué piensas de lo que dijo Van? ¿De verdad funcionará esta Alianza? ¿Podrían alguna vez enfrentarse contra el Consejo y los Cazadores?

—No estoy seguro. Hay algunos Brujos Negros con poderes increíbles pero trabajar juntos no es su punto fuerte. De hecho, que trabajen juntos es casi imposible. Van es inusualmente tolerante, así que quizá podría colaborar con los Blancos, pero no estoy seguro de que otros lo hagan.

Paso mi mano por el humo verde y lo atraigo hacia mi rostro. Es un aroma limpio. De hecho, es más que un aroma: es una sensación limpia en mi garganta y cabeza. Es la sensación de estar afuera, en una pradera. Pero no estoy seguro de los efectos del humo: después de todo es una poción, una droga.

Abro la ventana y me siento en el borde.

—Dormiré afuera.

Gabriel coloca una toalla sobre el cuenco. La llama se apaga con un suave suspiro. Dice:

—En este momento no estoy seguro de que tengamos que preocuparnos por unirnos a la Alianza. Mercury es más peligrosa. No es ninguna tonta, Nathan. Ella es letal.

—Si lo planeamos con cuidado, tendremos nuestra oportunidad. Si es demasiado arriesgado, entonces no lo haremos.

—No importa cuánto lo planees, siempre puede salir mal. Léelo en cualquier libro de historia.

—Ya sabes que no puedo leer.

No hay nada más que decir, así que salgo por la ventana y camino hacia el lago. Necesito nadar, ver si soy capaz de ponerme en contacto con mi Don y quizá dormir un poco. No necesito pensar mucho en la propuesta de Van. Sé que, en realidad, no hay otra opción. Ésta es mi única oportunidad de ayudar a Gabriel a recuperar su Don y salvar a Annalise. Tengo que hacer que funcione.

LLUVIA

La noche ha avanzado. Estoy nadando. Todo a mi alrededor parece gris. Está nublado y bochornoso. La luna está completamente escondida. Las lejanas montañas son una silueta oscura contra el cielo opaco. El agua del lago parece negra. Como tinta.

Floto sobre mi espalda mirando el cielo. Creo que lloverá pronto. El viento parece estar aumentando un poco y en ese momento suceden varias cosas. Choco con una corriente de agua más fría, un cuervo emite un chillido agudo, una ola golpea un lado de mi cara y el agua entra en mis ojos y me sube por la nariz. Cierro los ojos. En vez de ver oscuridad, distingo el bosque sobre la cueva y sé que Kieran está conmigo. No puedo verlo, es invisible, pero puedo olerlo, sentirlo y probar su sangre. Me arde la pierna, tengo un cuchillo clavado dentro. Con mis fauces desgarro a Kieran y él aparece, y mis ojos están llenos de un líquido negro como la tinta; la sangre de su garganta me sube por la nariz. Kieran deja escapar un último chillido, como el llanto de un cuervo, y luego se queda quieto. La visión sólo dura unos segundos pero me queda claro. No es un sueño: es un recuerdo.

Más tarde estoy sentado junto a una fogata que hice en la orilla del río, y aún no siento del todo el calor. Comienza a llover pero me quedo ahí, tratando de recordar más cosas sobre ser un animal. Veo por los ojos del animal, siento su dolor, huelo y pruebo la sangre, escucho el grito de Kieran... es como si experimentara el cuerpo del animal al sentir lo que él siente, pero no estoy dentro de su mente. No tomo decisiones. Soy un pasajero.

La lluvia ligera se convierte en aguacero y estoy empapado y temblando. La fogata ya se apagó y me dirijo hacia la casa para buscar refugio bajo los aleros. Casi llego cuando veo a una figura salir como un rayo de la casa hasta el patio. Coloca cinco tazones grandes y anchos en la mesa, luego corre de nuevo alrededor de la casa y se mete adentro, para refugiarse de la lluvia. No estoy seguro de qué se trae entre manos Nesbitt, pero lo sigo y me asomo a los tazones mientras paso. Son sólo unos cuencos vacíos, aunque todos parecen inusuales: están hechos de piedra y tienen lados gruesos y disparejos.

Por el lado de la casa veo que Nesbitt entra a la cocina. Un fulgor verde sale de la bruma nocturna que enciende junto a la ventana. Abro la puerta trasera silenciosamente y entro al pequeño vestidor. Hay otra puerta que abre a la cocina. No está del todo cerrada pero Nesbitt no sabrá que estoy aquí si me quedo quieto. Luego escucho voces y me doy cuenta de que también Van está ahí.

—Saqué los tazones.

—Bien. Deberíamos tener suficiente con lo de esta noche. Nos vemos en el desayuno.

—Estuve pensando —dice Nesbitt.

—Oh, no, ¿tienes que hacerlo?

—Sobre el chico.

—¿Hum?

—Creo que deberías decírselo.

—¿Decirle qué?

—Con quién trabajas...

—Con quién *trabajamos* —le corrige Van.

—A fin de cuentas va a descubrirlo y... bueno, no creo que le guste.

—No tiene que gustarle. No espero que le guste. No me importa si le gusta. La cuestión es que lo hará. Se unirá porque no tiene otra opción. Así que en realidad, no tiene sentido enturbiar las aguas.

—Sí, pero...

—¿Pero qué? —ahora Van suena impaciente—. Realmente cada vez pareces más una viejita, Nesbitt.

—Es un Código Medio. Y... tú no sabes cómo es eso, Van, pero yo sí. O por lo menos sé cómo es ser un Mestizo. No sabe a qué bando pertenece y por el momento no pertenece a ninguno de los dos, ni al de los Brujos Blancos ni al de los Negros. Pero podría pertenecer a la Alianza. Sin embargo, para hacerlo, tendrá que confiar en ellos –confiar en ti– y, bueno, eso será un problema.

—Sí, tienes toda la razón, Nesbitt. Qué sorprendentemente considerado de tu parte. ¿Puedo preguntarte qué estás haciendo para construir un vínculo de confianza y amistad entre Nathan y tú?

Nesbitt resopla:

—Él no lo sabe pero ya es mi amigo.

Van deja escapar una risa, la cual nunca había escuchado antes; es agradable y genuina y divertida. Su voz es más suave ahora:

—Nesbitt, lo único que puedo hacer es asegurarte de que se trata de un problema del cual soy consciente y que lidiaré con él, pero tengo otros problemas acumulados frente a mí. Primero tenemos que rescatar a la chica y no estoy del todo segura de cómo lo haremos.

Nesbitt suelta una risa breve:

—Sí, bueno, eso es cierto.

Van abre la puerta y dice algo que no puedo escuchar y cierra la puerta.

¿Quién puede ser ese rebelde por el cual me ofendería? Prácticamente cualquier Brujo Blanco, sería la respuesta obvia.

La lluvia disminuye y pronto cesa. Bajo la mirada y veo un charco alrededor de mis pies. Nesbitt adivinará que estuve ahí pero no hay nada que pueda hacer al respecto. Me dirijo de nuevo al lago, caminando entre los árboles hasta el borde del césped. Encuentro un ciprés enorme y frondoso donde el piso está todavía seco bajo el follaje. Me detengo ahí y luego me muevo para esconderme más bajo el tronco.

Hay dos botes en el lago. Tienen luces pequeñas en sus popas y los dos viajan lentamente a la misma velocidad. Hay cuatro personas en el bote más cercano y dos en el más lejano, y todos están mirando hacia la orilla, hacia mí; todos tienen binoculares.

¡Cazadores!

Y hay algo en la postura de la Cazadora más distante que me dice quién es. Es alta y delgada y está perfectamente erguida.

Jessica.

Corro de vuelta a la casa y entro en la cocina. El tazón de bruma nocturna junto a la ventana es como un faro. Levanto un trapo y la apago. Nesbitt comienza a objetar y le digo:

—¡Cazadores! En el lago. Por lo menos seis.

Nesbitt sale del cuarto:

—Trae a Gabby y vengan al cuarto de Van. Hay cosas que tenemos que llevarnos. Salimos en cinco minutos.

—Si vieron la bruma nocturna no tendremos cinco minutos —contesto, y corro tras él.

—Entonces esperemos que no la hayan visto.

Menos de un minuto después, Gabriel y yo estamos en el cuarto de Van. Ella está empacando frascos con cuidado en un bolso de viaje que ya está lleno. Dice:

—Nesbitt fue a Ginebra ayer para comprar algunas provisiones. Creo que alguien debió haberle visto.

Abre el cajón que hay junto a su cama y saca el Fairborn. Lo echa en una bolsa grande de cuero que luego recoge. Mientras marcha hacia la puerta, señala la pila de libros grandes encuadernados en piel y el bolso de viaje.

—Recoge éstos.

Nos dirigimos a paso veloz al garaje, y nos encontramos a Nesbitt en el camino, con una bolsa grande echada sobre el hombro.

Un minuto después, Nesbitt, Van y yo estamos en el asiento de atrás de una limusina negra. Gabriel lleva puesta una gorra de chofer y está manejando. Salimos del garaje subterráneo, descubriéndonos a altas horas de la madrugada, por el acceso de autos y fuera de las rejas eléctricas. Probablemente sólo han pasado cinco minutos desde que vi a los Cazadores, pero parecen veinte.

El camino parece despejado, pero lo más probable es que los Cazadores no estén manejando en tanques de un lado al otro.

Gabriel sale y gira a la derecha, alejándose de Ginebra. Medio minuto después pasa una camioneta en dirección opuesta y Gabriel nos dice:

—Había Cazadores ahí adentro. Tres delante, quién sabe cuántos atrás.

Nadie contesta y todos observamos cada vehículo con el que nos cruzamos. Media hora después, dejamos el camino junto al lago y nos dirigimos al norte; ya no hemos visto más Cazadores.

Van dice:

—Por ahora está bien que vayamos al norte, pero pronto tendremos que girar hacia el este. Conozco el lugar perfecto. Es un castillo viejo pero bien apartado y notablemente bien mantenido. Debe estar libre en esta temporada del año.

ESLOVAQUIA

Llegamos a dicho lugar justo cuando está oscureciendo. Llevamos todo el día manejando, aparte de cuando nos detuvimos para cambiar la limusina por otro auto menos ostentoso. El castillo es más bien una casa de campo grande con torretas. Está situado en un bosque espeso y al final de un largo camino, sin duda está apartado.

Van y Nesbitt van adentro. Nesbitt dice que tendrá algo de comida lista en diez minutos. Tengo hambre pero llevo todo el día en el auto y no quiero estar adentro ahora y tener que usar la bruma nocturna. Le digo a Gabriel que iré a dormir al bosque. Cuando dice que me acompañará, niego con la cabeza.

—No. Estoy mejor solo, Gabriel. Quédate en el castillo.

—Pero...

—Por favor, Gabriel. Estoy demasiado cansado para discutir. Necesito estar solo.

Me dirijo hacia los árboles y encuentro un lugar aislado. Estoy casi mareado por la fatiga pero este lugar me sienta bien. Es antiguo y silencioso, y sé que Gabriel no vendrá si le pedí que no lo hiciera. Cierro los ojos y le doy la bienvenida al sueño.

Me despierto con un sonido lejano. Pasos. No son humanos, sino pequeños y vacilantes. Un ciervo.

Mi adrenalina animal se eleva rápidamente, pero inhalo y exhalo lentamente —muy, muy despacio—, y aguanto la respiración, y la aguanto y la aguanto y me digo: "Tranquilo, tranquilo". No quiero evitar que el animal me domine; estoy notando el aumento de adrenalina mientras se libera dentro de mí y dejo que crezca lentamente. Aguanto la respiración y luego la expulso. Cuanto más lenta sea la transformación, mejor, pienso. No quiero aturdir a mi cuerpo. Quiero acostumbrarme a ello y sobre todo, quiero recordar qué ocurre cuando me transforme. Inhalo lentamente y me digo a mí mismo que debo mantenerme consciente. Aguanto la respiración y luego la expulso en un flujo largo y constante, y dejo que la adrenalina fluya a través de mí.

Veo al ciervo. El animal en el que me he convertido la sigue. Está totalmente callado, se mantiene agachado, se mueve sólo cuando está seguro de que no lo verán. El ciervo se detiene. Sus orejas se crispan. Levanta la cabeza y mira alrededor. Es hermoso. No quiero matarlo pero el animal en el que me he transformado, junta sus piernas traseras, listo para abalanzarse. Le digo: "No, no lo mates". Estoy calmado, le hablo sigilosamente, tratando de domarlo. El ciervo se tensa. Percibe algo y se arquea, está listo para alejarse de un salto, pero el animal se abalanza y yo le grito "no, no"...

Me despierto. Todavía está oscuro. Sé por el sabor de mi boca que el ciervo fue mi cena. Mis manos y mi cara están cubiertas de sangre y, al levantar la cabeza, veo sus restos cerca de mí. Recuerdo parte de lo que pasó. Recuerdo escuchar al ciervo cuando yo era yo, con mi cuerpo humano, y recuerdo la adrenalina animal elevándose, y debo haberme transformado, pero eso no lo recuerdo. No, no recuerdo nada de eso. Sí recuerdo que traté de detener su ataque. Le estaba gritando desde el interior de su cuerpo, pero el animal en el que me transformé no me escuchó. Lo mató de todos modos.

Siento el cuerpo del ciervo: todavía está tibio.

Encuentro un remanso tranquilo en el río para lavarme y me acuesto cerca de él. No puedo dormir ahora. No estoy cansado sino confundido. El animal no me obedeció. Él es yo, pero no soy yo. Mató al ciervo aunque yo no quería que lo hiciera. Obedece a su propia voluntad.

Cuando ya hay luz, voy al castillo a buscar a Van. Estoy frustrado con mi Don; estoy frustrado con todo. No estamos más cerca de ayudar a Annalise, y Gabriel necesita volver a su forma de brujo. Marcho enérgicamente desde la cocina al comedor, pasando por el salón de música, el salón de baile y la armería, hasta que finalmente me topo con Nesbitt, que dice:

—Van está en el estudio. Quiere hablar contigo.

Me dirijo por donde vino Nesbitt, abro de un empujón la pesada puerta de roble, y me recibe un "Parece que necesitas uno de éstos".

Van enciende un cigarro y me lo ofrece, pero niego con la cabeza.

El estudio tiene paneles de madera. Hay un escritorio grande hecho de cromo y vidrio negro, cubierto de hileras de platos. Me aproximo para mirar más de cerca. En cada platito hay un montón con material de distintos colores. Las pilas son principalmente de granos finos, hierbas, quizá, pero algunos son más bastos que otros y algunos parecen semillas grandes.

Extiendo la mano para tocar una de las pilas.

—Por favor, no lo hagas —dice Van, y retiro la mano. Está sentada en una silla a un lado del cuarto, y hoy viste un traje de hombre de raya diplomática—. He estado trabajando en la poción para Gabriel, encontrando la combinación correcta de ingredientes.

—¿La tienes?

—Sí, ahora que los últimos dos ingredientes están aquí.

—¿Qué son …?

—La lluvia que cayó cuando estábamos en Ginebra es uno de ellos. Nesbitt reunió un poco: caída de noche, con la luna llena.

—¿Realmente marca eso la diferencia?

Me mira como si estuviera loco.

—Todo marca la diferencia, Nathan.

Recuerdo que mi Abu decía que las propiedades de las plantas eran distintas dependiendo del ciclo de la luna en que se recogían, así que supongo que el agua de lluvia podría ser distinta también. ¿Y por qué no cualquier otra cosa? Mis habilidades de sanación cambian con la luna.

—¿Y cuál es el otro ingrediente? —le pregunto.

—Ah, creo que ya sabes cuál es —dice Van, y apaga su cigarrillo.

Y por la manera en que lo dice y me mira, me da la sensación de que el ingrediente es algo mío.

—¿Mi sangre? —pregunto.

Van me sonríe.

—Oh no, querido muchacho; es mucho más oscuro que eso. Tenemos que usar tu alma.

130

GALIMATÍAS MÁGICO

Estoy sentado detrás del escritorio en el estudio de Van, mirándola fumar otro de sus cigarros.

—Gabriel no logra encontrar el camino de vuelta a sí mismo porque su Don es fuerte, excepcionalmente fuerte. Se volvió un fain tan bueno que no puede recuperar ese elemento suyo que es el de Brujo Negro.

—Supongo que eso suena plausible —contesto.

—Cielos, gracias, Nathan —se acerca para encorvarse en el escritorio junto a mí—. Pero ese elemento suyo de Brujo Negro todavía está adentro. Necesita encontrarlo y necesita un brujo fuerte que lo guíe hasta él.

—¿Pero por qué yo? No soy un Brujo Negro; soy un Código Medio.

—Blanco, Negro, mitad y mitad; no importa. Necesita un brujo en el que confíe. Y confía por completo en ti. También cree que eres un gran brujo.

Sacudo la cabeza.

—No, no lo cree.

—¿Tienes la menor idea de lo que piensa realmente de ti? —le da una calada a su cigarro—. Te ve como el brujo máximo.

—¿Qué?

—La reunión de lo Negro y lo Blanco en una persona. Como eran los brujos originales, con las fuerzas de ambos lados.

—¡Oh! Pero... —pero en realidad no sé cómo responder a eso.

Justo entonces alguien llama a la puerta y entra Nesbitt cargando una charola.

—¡La comida está servida! —dice—. Sólo te traigo un poco de té y pan tostado, Van.

—Gracias, Nesbitt. ¿Puedes pedirle a Gabriel que nos acompañe también, por favor?

—¿Ahora?

—Ésa sería la idea general —dice Van.

Y Nesbitt desaparece, diciendo:

—Para ser exacto, no soy un sirviente, ¿sabes? Soy un socio en esta relación y creo que los dos sabemos quién es el que trabaja más... —pero sus quejas se desvanecen mientras baja por el pasillo.

—Estaría perdida sin él.

No estoy seguro de cómo decir que parecen totalmente incompatibles, así que mejor opto por aseverar:

—Es muy hábil.

—Sí, lo es. Lo entrené en casi todo. Y, francamente, es bastante bueno para aprender. Llevamos veinticinco años juntos.

—¿Veinticinco? —no me parece que Van tenga más de veinte años, pero siempre se comporta como si fuera mucho mayor, con más experiencia—. ¿Cuántos años tienes, Van?

—Es una pregunta bastantes grosera, si no te molesta que te lo diga. Pero uno de los múltiples usos de las pociones es el de mantener una apariencia más juvenil.

Gabriel entra al cuarto y cierra la puerta prácticamente en las narices de Nesbitt. Sus quejas se pueden escuchar a través de la madera pesada.

—Gabriel, gracias por venir tan rápido. Justamente estaba contándole a Nathan que casi estamos listos para ayudarte a regresar a tu verdadero yo.

—Está bien —dice Gabriel con cautela, y se sienta frente a mí.

—¿Así que qué hacemos? —pregunto.

—Los dos se toman la poción que yo prepare. Estarán enlazados y entrarán en un trance, y juntos encontrarán la esencia que es el viejo Gabriel. Piénsenlo como si fuera una cuerda. La encuentran y luego se abren camino con ella de vuelta al aquí y ahora.

Miro a Gabriel y niego ligeramente con la cabeza. Encuentra mi mirada y, como si supiera lo que pienso, dice:

—Es magia. Nada tiene sentido... y al mismo tiempo, la tiene completamente.

Entorno los ojos y miro hacia Van.

—¿Y qué pasa si no encontramos la esencia o seguimos la cuerda en el sentido equivocado?

—Entonces se quedan en trance.

—¿Qué? ¿Para siempre?

—Hasta morir de inanición.

—No es una manera linda de irse —digo.

—Siempre pensé que sería del tipo que moriría en una lluvia de balas —Gabriel me sonríe—. Pero lo intenté y tampoco estuvo tan bien.

—¿Así que cuánto debería tardar? —pregunto.

Van enciende otro cigarro y exhala el humo.

—El tiempo que sea necesario.

—Quieres decir que no lo sabes.

No contesta.

—¿Y qué probabilidad tenemos de que no lo encontremos? —pregunto.

—En realidad no tengo ni idea. Está completamente en sus manos.

—No me gusta, pero lo haré.

—Qué gusto que seas tan entusiasta, Nathan. Eso siempre ayuda.

Van coloca su mano ligeramente en mi pierna y le da una palmadita.

—Por suerte, esta ubicación es ventajosa. Los árboles, el río y estas montañas ancestrales son mucho más tú—. Y me mira a los ojos, y el azul de los suyos centellea—. Desafortunadamente todavía tenemos un pequeño problema.

—¿Cuál? —pregunto.

—Sería demasiado peligroso llevarlo a cabo bajo cualquier circunstancia que no sea una luna nueva.

—¿Qué? Pero faltan dos semanas para eso —ya estoy en pie.

—Sí —Van exhala otra nube lenta y constante de humo en el aire.

—Pero Annalise... podría morir. Los Cazadores podrían encontrar a Mercury y matarlas a las dos o capturarlas.

—Creo que podemos confiar bastante en las habilidades de Mercury para esconderse de los Cazadores. Después de todo, lleva décadas haciéndolo.

—Pero Annalise se estará volviendo más débil. No podemos esperar aquí dos semanas.

—Sí podemos, y es exactamente lo que vamos a hacer, Nathan. Tienes razón: Annalise se estará debilitando más, pero todavía tenemos tiempo. Puede sobrevivir en esa condición muchos meses.

—Para ti es muy fácil decirlo cuando estás caminando por ahí sana y salva y libre.

Voy hacia el escritorio. Quiero tirar todas sus pilas de hierbas al suelo. Pero Gabriel debe haber visto hacia dónde me dirijo y me bloquea el camino. Lo insulto y salgo hecho una furia de la habitación, golpeo la puerta detrás de mí. Me siento infantil por hacerlo, pero entonces veo a Nesbitt de pie en el pasillo, quien me dirige una sonrisita de superioridad. No estoy seguro de si ha estado escuchando detrás de la puerta, pero lo empujo hacia un lado, y pateo y golpeo todo lo que puedo mientras salgo de la casa.

DECÍRSELO A GABRIEL

He encontrado una manera de emplear el tiempo durante esas dos semanas. Sé que necesito recuperar mi mejor forma física, y no hay mucho más que pueda hacer, así que comienzo a entrenar. Me estoy poniendo más en forma por el entrenamiento pero también por mi Don. Desde que lo tengo, siento mi cuerpo más fuerte, más vivo. Entreno con Nesbitt y Gabriel de día, y también entreno de noche. Puedo proseguir toda la noche con facilidad si me echo un par de siestas durante el día.

Casi todas las mañanas, lo primero que hago es ir a correr con Gabriel y Nesbitt, pero siempre termino corriendo solo después de un par de kilómetros. Nos encontramos al amanecer, se quejan un poco y hacen algunos comentarios sobre el clima y sus músculos adoloridos, y nos estiramos un poco. Creo que hoy podría ir todo bien con ellos pero cada día resulta básicamente igual, con Nesbitt que trata de provocarme. Se burla de mí por cualquier cosa, sobre todo por mi impaciencia, pero también por estar callado o triste, o se burla de mis botas o de mi pelo, de mi cara, de mis ojos. Siempre hace algún comentario sobre mis ojos. A veces creo que realmente quiere que lo golpee.

En general, pienso que si me quedo con ellos se aburrirá de molestarme, pero luego siento que comienzo a enojarme, así que, de una manera u otra, los dejo atrás y corro solo, y es mejor así. Para empezar, no sé por qué me molesto en lo más mínimo con ellos, pero cada día tengo la esperanza de que de alguna manera estaría bien salir juntos. Nunca es así.

Después de correr, desayuno. Preparo crema de avena. Nesbitt cocina cosas elegantes —ayer hizo huevos florentinos— para Van y Gabriel. Hace todo eso y atiende a Van mientras yo como en la cocina. Gabriel siempre se queda conmigo. A veces, Nesbitt come la avena con nosotros; eso sucede cuando es más o menos soportable. Entonces no habla mucho, y yo sólo como.

Después de eso me echo una siesta matutina, y me tumbo al sol, si es que hay. Después entreno un poco más, luego me voy a escalar, normalmente solo, a veces con Gabriel. Tras eso, el almuerzo seguido de otra siesta. Al final de la tarde o a principio de la noche hago un poco de práctica de combate con Nesbitt. Es bueno, pero siempre le gano. Siempre le digo lo viejo y lento y gordo que está, y siempre sonríe y se ríe y toma todo lo que digo como un elogio. En ocasiones Gabriel nos mira, pero no se une al combate ni al parloteo. En general practica su tiro: es bueno con la pistola y también con el arco y la ballesta. Como Van, logra que todo lo que hace parezca fácil y elegante. Yo también pruebo las pistolas, pero las odio.

Hacia la tarde me doy una ducha en el castillo y cenamos con Nesbitt haciendo de chef y mesero. Cuando oscurece me dirijo al bosque. Y luego termina el día y cuento uno menos para ver a Annalise.

He estado durmiendo en el bosque. Me gusta estar aquí. El bosque es un buen lugar; cuando estoy solo en él me siento relajado. Solamente me transformé la primera vez. Cada noche espero para ver si volverá a ocurrir. Quiero aprender acerca de ello, aprender a controlarlo, y reconozco que este lugar remoto y ancestral es perfecto para eso.

Me salté las comidas un día completo para ver si funcionaba, pero no fue así. Es posible que fuera porque ninguna otra presa potencial se cruzó en mi camino. Esta noche estoy probando algo distinto. No he comido en todo el día y voy a cazar, pero no quiero matar nada. Me quiero transformar, cazar pero no matar, y persuadir al yo animal de que regrese aquí. Traje carne de la cocina y ahora la coloco en el suelo.

Tan pronto como oscurece salgo al bosque. Sé que hay algunos zorros en la zona, así que me dirijo a una de sus madrigueras. Me abro paso por los árboles con lentitud y en silencio, hasta que consigo ver la maraña de ramas que rodea la entrada. Me agacho de cuclillas y espero.

Tengo que esperar casi toda la noche, pero tan pronto como una zorrita saca la nariz de su madriguera, se dispara mi adrenalina animal. Respiro lenta y constantemente, a la espera. Quiero controlarlo, ver si puedo por lo menos aguantar hasta que esté listo. No quiero matar a la zorra. Quiero transformarme y encontrar la manera de evitar matarla, aunque lo único que haga sea obligar al yo animal a volver a la carne que dejé atrás. Tengo que aprender a controlarlo. Evitar que mate.

Respiro lentamente y observo; la adrenalina está en mí pero no es abrumadora. Me digo a mí mismo:

—La seguimos. Eso es todo. La seguimos y la dejamos vivir.

La zorra todavía no me ha percibido y se va trotando. Detengo mi respiración controlada y me concentro en su olor.

Estoy en el cuerpo del animal. La madriguera está frente a mí. Hay un fuerte olor a zorro, mucho más fuerte ahora. La zorra se aleja rápidamente. Él, el animal en el que estoy transformado, la sigue. Le digo: "No, déjala", pero él sigue tras la zorra. Le digo: "No, detente", y otra vez: "No". Trato de hacer que el animal regrese pero sigue yendo tras la zorra. No tengo control sobre él. Está alcanzando a la zorra. "No" grito, ya enojado con él. "¡No!", pero la está alcanzando rápidamente. Sus zancadas son enormes comparadas con las de la zorra. La zorra se detiene, se gira, y yo grito: "¡No! No la mates. Hay carne mejor cerca. ¡No!", y trato de hacer que el cuerpo de animal se quede quieto, trato de contraer sus músculos, pero yo no tengo músculos y no funciona. Corre hacia la zorra, está encima de ella y yo grito: "¡No! ¡Detente!" pero pruebo la sangre...

Me despierto. Todavía saboreo la sangre. El cuerpo de la zorra está junto a mi cabeza. Una masa de piel, vísceras y hueso. Quiero recogerla y lanzarla lejos. Odio al animal que hay en mí. Lo odio. No puede ser yo. Yo no quería matar a la zorra. Le dije que no la matara. No necesitaba matarla. Grito y maldigo con frustración al cuerpo entumecido del zorro, pero en realidad le estoy gritando al animal que hay en mí. Con la esperanza de que pueda escucharme. Con la esperanza de que sepa que lo odio. No quiero este Don. Lo odio por completo.

Al llegar el amanecer, ya estoy más sereno. No estoy seguro de qué hacer con mi Don. Si no puedo controlarlo podría matar a cualquiera. No estoy seguro de si le debería preguntar a Van al respecto. Ella es conocedora de muchos aspectos de la brujería, así que quizá pueda ayudarme, pero no quiero depender de ella. Lo quiero descifrar yo solo. Y todavía no se lo he contado a Gabriel.

Al amanecer, me lavo rápidamente en el río y me reúno con Gabriel y Nesbitt para salir a correr. Están de pie juntos, hablando, y Gabriel me sonríe mientras me acerco.

Dice:

—Tienes un aspecto más alborotado de lo normal —y extiende su mano a mi pelo y me dice—: ¿Qué es eso?

Me alejo de él, agarrándome el pelo, y encuentro trocitos de cosas, sangre seca y otros trocitos... trocitos diminutos. Lo único que oigo es a Nesbitt que suelta risitas mientras dice:

—¿Las sobras de anoche?

Me giro de vuelta hacia él y antes de darme cuenta tengo mi cuchillo en la mano y marcho hacia Nesbitt, que también está sacando su navaja.

Gabriel se interpone entre los dos:

—Nathan. Cálmate.

Empujo mi mano contra el pecho de Gabriel pero no puedo hablar. Sé que no debería hacer nada, pero si Nesbitt dice una sola palabra más, de veras voy a enterrarle el cuchillo en su gorda barriga.

Gabriel se queda ahí, bloqueándome el camino, y Nesbitt permanece detrás de él, sonriendo.

—Nesbitt, regresa al castillo. Tengo que hablar con Nathan.

Y Nesbitt, todavía sonriendo entre dientes, saluda a Gabriel detrás de su espalda, luego se gira y se va bailando.

Gabriel me toca el brazo:

—Nathan. Sólo te está provocando.

—¿Y eso quiere decir que no debo matarlo?

Al principio no contesta. Luego niega con la cabeza:

—Por favor no lo hagas. Es el mejor cocinero en kilómetros. Y no quiero tener que acabar lavando los platos. Para vengarte, quéjate de que la sopa está demasiado salada. Eso le dolerá más que un cuchillo en la barriga.

—Me vuelve loco con todos sus comentarios estúpidos —tomo aliento y digo—: lo escuché hablando con Van cuando estábamos en Ginebra. Dijo que yo no lo sabía, pero que ya era su amigo —niego con la cabeza—. No lo entiendo.

—Creo que es la manera que Nesbitt tiene de mostrar que le agradas. Es mitad Brujo Negro, Nathan. No lo trates como a un fain.

—¡No lo hago!

—No le muestras ningún respeto.

Observo la figura de Nesbitt en la distancia. Ya no está bailando, sino que camina lentamente al castillo:

—No estoy seguro de sentir mucho respeto por él.

—Yo creo que sí. Es bueno para combatir. Es bueno para rastrear. Sólo es malo para hacer bromas.

Me siento estúpido con el cuchillo en mi mano y lo guardo.

Gabriel extiende la mano y me toca el pelo, sacando los trocitos que tengo enredados.

—Háblame de esto.

Trato de hablar pero no sé qué decir. El bosque tras de mí está callado. El viento se mueve sobre los árboles y parecen estar callándose los unos a los otros. Quiero encontrar la palabra correcta para empezar pero no puedo.

—¿Esto tiene que ver con tu Don? —pregunta—. ¿Me lo puedes contar?

Logro mascullar:

—Tengo el mismo Don que mi padre, esa cosa de convertirse en animal. Estoy tratando de aprender cómo controlarlo pero… no lo consigo.

—¿Por eso quieres estar solo de noche?

—Sí. Soy peligroso. No deberías estar cerca de mí. Nadie debería hacerlo.

Miro a Gabriel a los ojos pero no puedo mantener mi mirada, sólo consigo decir:

—Anoche atrapé a una zorra. Pensaba que lograría detenerlo pero no pude.

—¿Detenerlo?

—Al yo animal. Traté de decirle que no matara a la zorra pero no me escucha. Quería matarla. Comérsela. Y eso hizo. Yo experimento todo, lo veo, lo escucho, lo huelo. Lo pruebo. Pero no puedo controlarlo —desvío la mirada al suelo, luego de vuelta a los árboles que hay detrás de mí. No estoy seguro de poder confesarlo todo, pero me obligo a seguir adelante—. Su primera matanza, mi primera matanza, no fue un zorro.

—¿Qué fue? —pregunta Gabriel calladamente.

—Una Cazadora —recordé más desde que ocurrió, y ya no puedo olvidarlo—. Desperté con su sangre en mis manos… en mi boca. Sobre mi rostro. Me goteaba de las manos. Al principio no lo recordaba, pero ahora sí. Le abrí el vientre a la Cazadora con mis garras y sus vísceras colgaban hacia afuera, y enterré mi cabeza en su estómago. Eso lo recuerdo claramente: rojo por todos lados y el sabor y cómo empujaba mi rostro dentro de ella para morderla y desgarrarla. Quiero decir, maté a esa otra Cazadora en Ginebra. Le rompí el cuello. Eso ya me parecía suficientemente malo. Pero ésta… tenía la cabeza, el hocico, dentro de ella.

—Ése fue el animal. El otro tú.

—El animal sigue en mí. Es otra parte de mí.

Respiro antes de decir:

—Todavía estaba gritando, Gabriel. Tenía mi rostro enterrado en ella y ella seguía gritando.

Desvío la mirada, y vuelvo a mirar a Gabriel.

—Pensaba que tener mi Don sería estupendo y en un sentido lo es. Me siento más fuerte físicamente, pero adentro, en lo más profundo, en ese lugar donde uno queda perdido o lo que sea, estoy… es como si hubiera alguien, *algo*, viviendo dentro de mí. Y él sale y toma el control. Pero sé que todavía soy yo, otra parte de mí, un yo completamente salvaje e insensible —hago una pausa, respiro, y le digo—: También maté a Kieran.

—¿A Kieran? ¿Al hermano de Annalise?

Asiento.

—Lo vi en la cabaña de Mercury y pensé en matarlo —quiero decir, combatir con él y acuchillarlo— pero no lo hice. Me di la vuelta y me fui. Pero luego él y su compañero me rastrearon. Nesbitt mató a su compañero y yo maté a Kieran.

Y ahora empiezo a recordar más sobre eso:

—Kieran gritó también. Una vez. Le arranqué la garganta. Puedo recordar su sabor y cuán suave me supo en la boca. Lamí su sangre.

Los ojos se me empiezan a llenar de lágrimas y me siento estúpido y como si fuera un hipócrita por llorar, porque quería que Kieran estuviera muerto. Me enfado conmigo mismo por llorar. Le doy la espalda a Gabriel y trato de enderezarme, me limpio las mejillas mojadas con la manga. Cuando volteo de nuevo, los ojos de Gabriel todavía están sobre mí.

—Estuvo mal. Nesbitt vomitó cuando vio el cuerpo de Kieran. Si Nesbitt vomitó…

—Nada de esto significa que seas malo, Nathan.

144

—¡No significa que sea bueno!

—Lo mataste como lo haría un animal. Sé que eso podría no ser un consuelo para ti, pero el animal actúa por instinto. Un animal no es malvado, no es ni bueno ni malo.

Luego dice:

—¿Puedo preguntarte algo? —vacila y pregunta—: ¿Te comiste el corazón del Cazador? ¿O el corazón de Kieran? ¿Les robaste sus Dones?

Niego con la cabeza.

—El animal los mata, los desgarra. Pero no le interesan sus Dones. Sólo quiere matarlos.

—Creo que quiere sobrevivir. No es malo, Nathan.

Gabriel está a mi lado y extiende su mano hacia mí y me enjuga las lágrimas con las puntas de sus dedos. Su tacto es suave.

Es bueno sentirlo.

Y Gabriel se acerca más y muy, muy lenta y suavemente, me besa, en los labios, con infinita ternura, de manera que nuestras pieles apenas se tocan. Me aparto un poco de él pero se queda cerca de mí.

—No te odies. No odies un solo pedacito de ti.

Gabriel me lleva hacia él y me abraza y siento su tibio aliento en mi pelo.

No estoy seguro de qué hacer sobre el hecho de que Gabriel me abrace y me bese. No sé qué siento al respecto. Lo hace para mostrarme lo que siente. Pero debe saber que no siento lo mismo. Eso no lo puedo cambiar. Y sí que lo quiero. Es mi amigo, mi mejor amigo, y lo quiero muchísimo. Y sigo llorando y él sigue abrazándome.

Nos quedamos así un largo rato. Los árboles también permanecen inmutables y todavía los miro a ellos y sólo a ellos.

Cuando finalmente paro de llorar, Gabriel me suelta. Nos sentamos en la hierba, me acuesto boca arriba y me cubro el rostro con el brazo.

—¿Estás bien? —pregunta.

—Soy el hijo de Marcus, el más temido de los Brujos Negros. Soy un animal que come Cazadores. Y soy un completo llorón. Claro que estoy bien.

—Acepta tu Don, Nathan. No luches contra él.

—No estoy luchando contra él. No puedo combatir contra él. Me domina.

—Entonces acéptalo y aprende de él. No lo juzgues. Debe ser muy confuso para el pobre animal. Lo quieres porque es como el Don de tu padre, pero no lo quieres por la misma razón. Te gusta el poder. Odias el poder. Siento lástima por la pobre bestia que cargas dentro de ti.

—Eso dilo cuando te enfrentes externamente a la bestia.

—Lo único que me dices es lo malo, las cosas que odias. Cuéntame las cosas buenas.

—No hay cosas buenas.

—¡Mentiroso! Soy un brujo, Nathan. Sé lo que es tener un Don.

Cierro los ojos y recuerdo. Sé que debo ser honesto con Gabriel, así que le digo:

—Es agradable. Es agradable cuando la cosa, la adrenalina animal, lo que sea, surge a través de mí. Le tengo miedo pero aun así, es una sensación increíble y poderosa. Y… todos mis sentidos se ponen extremadamente alertas y conscientes. Y es como si lo observara, al otro yo, y él está… absorto. Así es ser él: estar completamente absorto en lo que haces, sin pensar, siendo puramente físico.

Volteo a mirar a Gabriel:

—¿Crees que ser un animal es eso?

—No lo sé. Pero por esa razón tienes este Don, Nathan. No porque seas un animal, no porque no tengas moral, sino porque necesitas sentirlo. Así eres, es como mejor existes... sintiendo las cosas.

—Oh.

—Eres un brujo de verdad, Nathan. No luches contra el animal. Experiméntalo. Para eso está.

Hace una pausa y luego agrega:

—Te puedo preguntar... ¿en qué animal te conviertes?

Ni siquiera eso lo sé. Recuerdo los ojos de la zorra que miraba a los míos anoche y le digo:

—En uno que está hambriento.

USAR MI ALMA

Es el día de la luna nueva. Van dice que cuando Gabriel y yo estemos listos deberemos tomar la poción que ella nos dé antes de cortarnos las palmas de las manos, que ella entonces atará juntas. Nos quedaremos así hasta que encontremos la salida del laberinto de la mente de Gabriel. Hay un pero, por supuesto:

—Los dos tienen que preparar sus cuerpos. Gabriel, tú tienes que hacer ejercicio suave y comer bien. Nathan, tú debes pasar la noche adentro antes del ritual.

—¿Qué? —digo—. ¿Por qué?

—Potenciará tus sentidos y hará que entres en un trance aún más real. Por eso hemos esperado hasta que hubiera luna nueva, para que te pudieras quedar adentro la noche entera.

—¿Y entonces por qué no habría funcionado si lo hubiéramos hecho un tiempo más breve con la luna más llena? —le pregunto.

—La luna llena te volvería loco, y Gabriel necesita que estés consciente y razonablemente cuerdo. La luna nueva será desagradable, extremadamente desagradable, pero sobrevivirás y estarás más fuerte al final.

Abre su cigarrera y saca un cigarro.

—Claro que podría estar completamente equivocada; siempre hay una primera vez. Sin embargo, creo que esto es lo mejor para ti. Es un instinto. Es mi Don, Nathan, y confío en él.

No me convence del todo esta idea pero no tengo opción. La última vez que estuve adentro toda la noche tenía dieciséis años. Todavía no había recibido mi Don y estaba mal. No pienso mucho en ello, y cuando lo hago no consigo descifrarlo. Así como parte de mi cerebro decía: "Qué estupidez, estás adentro, estás bien"; mi cuerpo entero agonizaba y rápidamente en lo único en lo que podía pensar era en los ruidos y en mi temor y en mis gritos por querer salir.

Paso el día solo en el bosque, descansando. El animal que reside dentro de mí parece estar descansando también. No lo he sentido moverse desde que hablé con Gabriel. Me acuesto en el suelo y veo cómo cambia el cielo del azul pálido de la mañana al azul profundo del mediodía y luego brevemente al violeta de la tarde, antes de volverse gris. Tengo hambre y sed; me ruge el estómago, cosa que me parece ridícula teniendo en cuenta por lo que tengo que pasar. Estoy seguro de que puedo hacerlo. Quiero hacerlo, por Gabriel, para demostrarle que sé que está haciendo un sacrificio por mí y que haré lo que pueda por él. Es la única noche que debo estar adentro.

Está oscureciendo mientras voy llegando a la puerta principal del castillo. Van la abre de inmediato. Debe haberme visto cruzar el césped. Me pregunto si dirá algo pero no lo hace; sólo me guía por el vestíbulo, por el pasillo, por el piso de madera oscura y resonante, hasta una puerta que hay al final. La sigo a través de la puerta y ahí es donde me detengo.

Hay unos escalones de piedra que descienden.

—El sótano —dice Van.

Me pregunto por el animal que hay en mí, pero no se mueve. Van me guía hasta una habitación vacía con piso de piedra y muros de ladrillo y una luz muy tenue en el techo. Es más una celda que un sótano.

—Nesbitt estará en la parte superior de las escaleras. La puerta estará cerrada con llave, pero si es demasiado insoportable para ti, te dejará salir. Revisará cómo estás cada hora.

No digo nada. El cuarto ya me parece agobiante. Me siento en el suelo frío y miro a Van subir por las escaleras. Luego se cierra la puerta y escucho una llave girar el cerrojo.

Sé que el animal no va a aparecer. Es demasiado molesto estar aquí. Sólo llevo un minuto adentro, dos a lo sumo, y ya me siento enfermo y mareado, pero no es para tanto, y al fin y al cabo es por Gabriel. Y por Annalise. Me levanto y camino hasta el muro más lejano y regreso, lo vuelvo a hacer, pero no me sienta bien. Es como si el cuarto se estuviera inclinando hacia arriba así que me vuelvo a sentar, y los muros parecen caerse sobre mí. Pero sé que no es cierto. ¡No es cierto! Son muros y están derechos. Estoy bien. Me siento enfermo. Y tengo un insoportable dolor de cabeza. No es agradable pero estoy bien. Me quedo quieto y me concentro en mi respiración y en no vomitar.

Escucho la puerta abrirse arriba de mí. Ya ha pasado una hora.

—¿Estás bien? —grita Nesbitt.

—Sí. Perfectamente —le grito en respuesta, haciendo que mi voz suene más fuerte de lo que me siento.

La puerta se cierra.

Me quedo ahí uno o dos minutos y me digo a mí mismo que estoy bien, que estoy bien, y luego tengo arcadas y vomito en el suelo y mi estómago está hecho un nudo y todos los músculos de mi cuerpo se acalambran. Siento que las paredes caen sobre mí pero sé, tengo la absoluta certeza de que no pueden hacerlo. Las paredes no hacen eso. No lo hacen. Tengo calor y el sudor brota de mí y vuelvo a tener otra arcada y mi estómago está en agonía y con las arcadas no sale nada más, pero mi estómago lo sigue haciendo y enrosco mi cuerpo en una bola apretada.

Entonces Nesbitt está de pie junto a mí. Debe haber pasado otra hora. Y lo vuelvo a buscar pero ya se fue.

Ahora estoy temblando, mi cuerpo está frío. Y de nuevo arcadas. No queda mucho por salir pero mi estómago parece decidido a ponerse al revés. Todavía estoy enroscado debajo de las escaleras. Y me quedo ahí. No puedo moverme. No me levanto. No puedo ni gatear. Pero puedo lidiar con ello. Puedo hacerlo.

Es ahí cuando empiezo a escuchar un chirrido. Al principio es silencioso pero empieza a subir de intensidad hasta que me llena la cabeza y de repente se detiene. Silencio. Y espero, tratando de escucharlo: sé que volverá a comenzar. Cuando es suave me digo a mí mismo que no es real: estoy en un sótano; no hay nada que pueda hacer ese sonido. *No es real.* Pero entonces se me llena la cabeza del chirrido, como clavos que rasgan un pizarrón, y embuto la cabeza contra los escalones y grito. Los gritos ayudan. Y maldigo. Si grito con suficiente fuerza, puedo ahogar los arañazos. Luego todo queda en silencio otra vez. Y puedo respirar y esperar el rechinido y entonces comienza de nuevo…

Nesbitt está aquí. Me da palmaditas en el hombro y levanto la vista para mirarlo y luego ya no está ahí y no estoy seguro de que lo estuviera antes. El chirrido se detiene. Se hace el silencio y lo único que distingo es el suelo, que está cambiando de piedra gris a roja. Roja oscura. Y allá donde mire, lo veo rojo. Todo a mi alrededor es rojo, así que siento que me está asfixiando. Y grito al rojo y me asfixio y me araño la garganta para respirar.

Luego siento que unas manos me rodean. Que llevan mis brazos hacia abajo. Y la voz de Gabriel, suavemente en mi oído que me dice:

—Ya casi ha terminado todo. Casi ha terminado.

Y mis calambres disminuyen y los golpes y chillidos desaparecen. Y mi estómago sufre una última arcada y el velo rojo se aparta y veo el suelo de piedra y el hombro de Gabriel. Y quiero llorar de alivio, por la alegría de la libertad, de poder ver otra vez. Le digo:

—Ya ha amanecido.

Gabriel se quita de encima de mí y me ayuda a levantarme.

—Si éste es el método gradual y menos intenso... —voy a hacer una broma pero no puedo porque me siento distinto. Me siento intensamente consciente de todo. Cada movimiento de mi cuerpo. La humedad del aire. El piso, los granos de tierra adheridos en las puntas de mis dedos. Y los *colores*, hasta en esta luz débil: los grises del cuarto y el negro y marrón del pelo de Gabriel. Lo miro a los ojos y veo que son fain, tal y como han sido siempre, pero veo otra cosa también.

—Veo algo en tus ojos. Nunca antes lo había notado. Apenas si está. Espirales de oro, pero como muy lejos y distantes. Cosas que tienen los brujos.

Gabriel sonríe.

—Vamos afuera.

Me ayuda a levantarme y tan pronto como salgo empiezo a sanar, y la intensidad va más allá de cualquier otra cosa que haya sentido antes. Siento el aire y sabe tan increíblemente bien que casi me embriago al respirar. Me siento en la hierba y el animal que hay en mí se reaviva y me llena de adrenalina otra vez, pero nada más, sólo por la alegría de estar libre.

Van y Nesbitt se acercan. Van coloca una charola en el suelo entre Gabriel y yo. En ella hay una tira de cuero fino y ancho; un tazón con la poción; dos tacitas hechas de piedra; y otra cosa: una estaca de madera de unos treinta centímetros de largo, que se estrecha en ambos extremos hasta terminar en dos puntas afiladas y se ensancha en el centro hasta alcanzar el grosor de un lápiz.

No sé para qué es la estaca. Van no la ha mencionado. Pensaba que íbamos a cortarnos las palmas y unir los tajos, pero no veo ningún cuchillo y tengo el mal presentimiento de que es ahí donde entra en juego la estaca.

Van recoge la poción y la deja caer gota a gota dentro de las dos tazas de piedra. Nos las tiende.

—Beban.

Nos miramos el uno al otro, levantamos las tazas y bebemos de ellas. Sabe asqueroso y arenoso, es como tomar lodo.

Levanto mi brazo para apoyar la taza y no distingo bien la charola, es como si estuviera muy lejos y mi mano no la pudiera alcanzar. Nesbitt toma la taza de mi mano.

Van levanta la estaca de madera. Lo sostiene con ligereza entre nosotros.

—Nathan, sostén la palma de tu mano derecha contra la estaca. Gabriel, tú la mano izquierda. Concéntrense en la estaca.

Hago lo que me pide y eso me ayuda: es lo único que no veo desenfocado. Luego Van dice:

—Empujen sus manos la una contra la otra.

Y sonrío porque parece una idea extrañamente buena y empujo y veo que el pincho de madera sale por el dorso de mi mano. Espero sentir el dolor, pero lo único que siento es calor y euforia al ver la sangre gotear por el extremo puntiagudo. Percibo mi mano caliente en el centro y la mano de Gabriel se aferra a la mía, palma contra palma, con la sangre corriendo por nuestras muñecas.

Van nos ata las manos con la tira de cuero y dice:

—No te sanes. Voy a atarla a la estaca y la volveré a atar al atardecer y al amanecer, hasta que Gabriel esté de vuelta con nosotros.

Siento como si saliera flotando de mi cuerpo. Miro a Gabriel y bajo nuestros brazos para que nuestras manos atravesadas descansen entre nosotros apoyadas en el suelo. La charola ya no está.

Tengo el impulso de tocar la estaca, así que extiendo mi mano izquierda hacia ella. Las puntas de mis dedos tocan el extremo que surge de la mano de Gabriel. Envuelvo mis dedos alrededor de ella y mientras lo hago siento mi cuerpo hundirse y en un instante comienzo a entrar en pánico. El lodo se levanta del suelo, burbujea a mi alrededor, el suelo desaparece y lo único que veo es lodo y lo único que siento es la mano de Gabriel en mi mano derecha.

LA PRIMERA ESTACA

Me despierto, adormilado, aturdido, con el cuerpo adolorido. Parpadeo hasta abrir los ojos. Es de día, y está soleado, y por encima de mí el cielo es de un perfecto azul profundo. Miro alrededor y reconozco la terraza del techo en el departamento de Ginebra. Gabriel está conmigo, agarrado de mi mano justo como lo hizo cuando estábamos a punto de entrar al pasadizo para conocer a Mercury. Gabriel está en cuclillas y mira para el otro lado, con el pelo colgando hacia adelante y los lentes de sol puestos. Su mano izquierda aferra mi mano derecha.

De alguna manera sé que tengo que encontrar el pasadizo, que ésa es la salida. La manera de encontrar el verdadero ser de Gabriel. Estoy agachado en un rincón de la terraza, de espaldas al techo inclinado de tejas. La entrada está arriba del tubo de desagüe. He visto a Gabriel usarlo, lo acompañé cuando deslizó su mano por él. Ahora tengo que encontrarlo y no soltarlo y ver adónde nos lleva el pasadizo.

Tengo la confianza de poder hacerlo. Sé dónde está el pasadizo. Levanto mi mano izquierda y la deslizo arriba del tubo de desagüe.

No pasa nada.

Pero quizá no acerté. Un poco más alto, pienso. Todavía no pasa nada. Así que debe ser un poquito a la izquierda. ¡No! Luego a la derecha. No, otra vez. Entonces más abajo. Quizá lo estoy haciendo demasiado rápido, estoy siendo demasiado impaciente.

Le pregunto a Gabriel:

—¿Dónde está el pasadizo?

No contesta y me giro hacia él, molesto. Él sabe dónde está: debería ayudarme.

Pero cuando miro hacia él, veo lo que está observando. Hay alguien sobre la cresta del techo. Una mujer. Alta, delgada, vestida de negro: una Cazadora. Y mientras miro hacia ella aparecen más Cazadores y se detienen a observarnos. Y mi mano izquierda ahora busca el pasadizo frenéticamente. Y le digo a Gabriel:

—¿Dónde está? ¿Dónde está?

Y puedo sentir su mano aferrarse a la mía pero no dice nada y le grito para que me diga dónde está. Trato de encontrar el pasadizo y los Cazadores se acercan a nosotros.

Ya debe haber unos veinte de ellos; hay más subiendo a la terraza a través de la ventana. Y todavía sigo buscando desesperadamente el pasadizo y le pido a gritos a Gabriel que me ayude:

—¿Dónde está? ¿Dónde?

Pero no contesta. Los Cazadores nos rodean por completo. Cada uno de ellos sostiene una cachiporra, como la que usó Clay conmigo la primera vez que nos encontramos. Me golpeó con ella hasta dejarme inconsciente. Una Cazadora levanta la suya y la desliza en el aire hasta golpear el hombro de Gabriel, y siento que el golpe reverbera en mi brazo. Otra Cazadora lanza su cachiporra con fuerza a un lado del rostro de Gabriel. Le ensangrienta y pulveriza los dientes, pero de nuevo lo único que siento es una oleada de conmoción que me sube por el brazo. Otro Cazador más da un paso adelante y trato de proteger a Gabriel… pero no puedo moverme, lo único que puedo hacer es mirar mientras forman un muro negro alrededor de Gabriel y se turnan para dar un paso adelante y atacarlo. Nadie me ha golpeado. Nada me ha herido. Y ahora sé que debería encontrar el pasadizo; si pudiera, todavía podríamos escapar. Pero ahora mi mano izquierda ni siquiera se mueve: estoy paralizado.

Luego, Soul sale por la ventana hasta llegar a la terraza. Me sonríe. Me dice:

—Siempre me agradaste, Nathan. Gracias por traerme a este Brujo Negro.

Se aparta y veo que el señor Wallend está con él. Tiene un par de tijeras brillantes de acero en la mano. Dice:

—De verdad que no va a dolerte nada.

Cierra las tijeras de golpe y me río porque realmente no duele. Me cortan el meñique y cae en la palma de su mano. Lo pone en una botella, la tapa con un corcho grueso, la levanta y me sonríe. La botella se llena de humo verde. Y yo también parezco estar rodeado de una neblina verde.

Me estoy ahogando en ella. No puedo respirar y tengo que jadear para conseguir aire mientras escucho al señor Wallend decir:

—Dispara al Brujo Negro. Dispárale y podrás respirar de nuevo.

Y siento una pistola en mi mano izquierda, y me ahogo, y en medio de todo esto veo la silueta gris de Gabriel, y sé que moriré. No puedo respirar. Tengo que respirar. Sé que sólo me quedan unos segundos…

Wallend dice:

—Dispárale. Dispárale.

—¡No!

Wallend me quita la pistola y apunta a la cabeza de Gabriel, aprieta el gatillo y el humo verde me envuelve.

Abro los ojos, Gabriel me aferra la mano y tiene la mirada clavada en mí, y sé que tuvo la misma visión que yo. Niego con la cabeza.

—No es real.

Pero antes de que Gabriel conteste, el dolor de mi mano se vuelve más fuerte. Van está girando la estaca. Antes, mi mano estaba tibia y adormecida, pero ahora la siento caliente y palpitante. Me doy cuenta de que ha atardecido. Un día entero ha pasado pero parecieron minutos.

Van dice:

—Más poción. Luego vuelvo a atar la estaca.

Extiende otra tacita hacia nosotros. Los ojos de Gabriel están sobre los míos. Quiero decirle que me aseguraré de que vivamos. No permitiré que muramos. Quiero beber ahora. Quiero sentirme mareado y fuera de todo, así que me la trago de un golpe y me estremezco por el sabor amargo y luego dejo que la taza caiga de mi mano. También Gabriel se toma la suya.

—La próxima vez encontraré el camino —le digo.

Él asiente.

Van dice:

—Ahora voy a sacar ésta y poner una nueva estaca.

Me sorprende cómo saca la estaca sin que sea doloroso, sino que sea agradable, un alivio. Tengo la mano caliente y adolorida. Van sostiene una estaca recién preparada y coloca la punta afilada contra la herida de mi mano. La empuja hacia adentro y el dolor es terriblemente intenso y emito un grito ahogado y...

LA SEGUNDA ESTACA

Estamos escalando por las rocas desnudas y escarpadas. Gabriel está encima de mí y me ayuda a subir hasta un saliente angosto, tira de mí hacia arriba hasta que quedo de pie junto a él, de tal manera que nuestros brazos se tocan. Miro a mi alrededor. Estamos en las montañas: en Suiza, a juzgar por las verdes laderas de abajo y los picos cubiertos de nieve que se ven en la distancia.

—Ya vienen —Gabriel apunta hacia el valle, a los múltiples puntos negros como hormigas que avanzan abajo, pero avanzan en nuestra dirección.

—Tenemos que irnos —digo, y volteo para dirigirme por la montaña.

—¿Cuán lejos está? —pregunta Gabriel.

—Justo después de este pico —le digo—. No está lejos.

Y de alguna manera sé que tengo razón. Si superamos el pico, estaremos seguros. Encontraremos el camino de vuelta al otro lado.

Me encamino, y por una vez, soy más rápido para escalar que Gabriel. Él se queda atrás. Pero es una ruta fácil y sé que me alcanzará. Estoy casi en la cima cuando desciende una niebla gris. Hay senderos angostos, todos se parecen, cada uno de ellos tiene unos treinta centímetros de ancho, como una telaraña entre las rocas. Sigo uno que me lleva al borde de un risco y luego sigo otro y llego al borde de otro nuevo risco. Corro de vuelta pero no tengo idea de por dónde subí o por dónde se baja.

—¡Gabriel! —grito—. ¡Gabriel!

—¡Aquí! —responde una voz, pero sé que no es él.

Corro presa del pánico y veo una figura en la neblina y luego me detengo y vuelvo a trazar mis pasos, pues sé que es otro Cazador. Corro en otra dirección y de nuevo vuelvo a llamarlo, alguien contesta pero sé que no es Gabriel.

Me detengo y me calmo. Sé que puedo desentrañarlo. Sigo hasta donde termina el sendero, salto sobre una peña larga y plana, me lanzo hacia abajo y llego a dos piedras grandes y erguidas y me meto a presión entre ellas. Se despeja la neblina durante unos pocos segundos y veo el valle de abajo. Un nuevo valle verde sin ningún Cazador en él. El sendero está empinado pero es fácil correr hacia abajo. Llamo a Gabriel a gritos.

No contesta.

—¡Encontré el camino! —grito—. ¡Lo encontré!

Espero y espero.

—¿Gabriel?

No sucede nada. La neblina se queda igual, tan espesa y gris como antes.

Sé que debo regresar por él. Me digo a mí mismo que recordaré este sendero, sobre la piedra plana y entre las dos piedras erguidas. Me dirijo de vuelta con lentitud, manteniéndome agachado, con la esperanza de que si los Cazadores están aquí, pueda escabullirme entre ellos sin que me vean. Unas figuras negras aparecen y desparecen, y me escabullo hacia atrás. Tomo otro sendero, escucho un quejido y sé que es Gabriel. Sé que lo tienen y lo están lastimando. Camino hacia delante y escucho otro quejido a mi derecha y lo sigo. Más a mi derecha veo una figura negra de pie sobre otra y sé que es Kieran. Tiene una pistola en su mano y levanta la mirada mientras me acerco. Me digo a mí mismo que Kieran está muerto y que no puede hacerme daño ni a mí ni a Gabriel.

Gabriel está en el suelo, tendido a sus pies.

Kieran lo patea fuertemente y Gabriel suelta un gemido y rueda boca abajo. Sus ojos abiertos se fijan sobre mí y me dice:

—Nathan.

Kieran aprieta el cañón de su pistola contra la nuca de Gabriel.

No puedo hacer nada más que rogar y rogar y rogar. Digo:

—Por favor, no. Por favor.

Y en mi cabeza me digo que Kieran está muerto, que esto no es real, que Kieran está muerto.

Kieran dice:

—Pero tú me mataste. Así que ahora voy a vengarme.

Y aprieta el gatillo y…

LA TERCERA ESTACA

Van extrae la estaca vieja. Gabriel está sentado cerca de mí, cabizbajo. Está cubierto de sudor. Yo también lo estoy.

Digo:

—Encontré el camino, pero tenemos que quedarnos juntos.

—Sí, juntos —masculla él.

Van nos da otra dosis de la poción. Ayuda a Gabriel a sostener su taza mientras bebe. Ya está aclarando, pero no estoy seguro de qué día es o cuánto tiempo llevamos aquí.

Van empuja la estaca por la herida que dejó la anterior, y ahora todo está adolorido y caliente y punzante, y agarro la estaca cuando sale de la mano de Gabriel.

—Tenemos que quedarnos juntos —digo, pero siento que mi voz está débil y que me caigo hacia delante.

Me despierto en un bosque, tendido en el suelo. Los árboles no son tan antiguos pero sí son altos y delgados. Son abedules.

—Francia —dice Gabriel—. Verdon.

Y su voz suena alegre.

—Tu lugar favorito —digo.

Ninguno de los dos nos movemos. Sólo quiero estar aquí, en este lugar especial y mirar los árboles.

—Llévame a Gales —dice—. Tu lugar favorito.

Estoy a punto de decir que es demasiado peligroso cuando me doy cuenta de que puedo hacerlo. Quiero mostrarle el lugar que amo. Quiero regresar allí. Me levanto y Gabriel se levanta conmigo, con mi mano agarrando la suya. La ladera desciende frente a nosotros y pregunto:

—¿Qué hay hacia allá?

—El desfiladero —contesta Gabriel.

No sé cómo llegar a Gales, miro alrededor y me pregunto si hay algún Cazador escondido entre los árboles.

—¿Has visto algún Cazador? —pregunto.

—No —contesta.

—¿Conoces el camino a Gales?

—No. Muéstramelo tú.

Pero no sé por dónde empezar: el desfiladero está demasiado empinado para bajar y el resto es sólo bosque y maleza.

Me quedo parado. Gales está al norte pero a cientos de kilómetros de distancia. Sin embargo, podríamos ir por ese camino. No hay Cazadores; no hay nada que nos detenga. Sólo tengo que escoger la dirección y guiar el camino. Y aun así me quedo parado. Tengo una sensación de lo más extraña. Una sensación que jamás pensé que tendría. Durante algunos segundos querría volver a mi jaula, para no tener que tomar ninguna decisión. Pero me he escapado de la jaula. Y tan pronto como recuerdo eso, tan pronto como me doy cuenta de que tengo la libertad de ir adonde quiera, siento la adrenalina animal en mí y sé qué hacer.

Corro.

Aprieto la mano de Gabriel y corremos rápido por el bosque y bajamos por la pendiente. Estamos yendo cada vez más rápido y lo único que hay frente a mí es el desfiladero. Aprieto el paso cada vez más velozmente, aferrando los dedos de Gabriel, y mientras nos acercamos veo lo ancho y profundo que es el desfiladero. Lo escucho en mi cabeza, al otro yo, al yo animal, y quiero reír mientras me ruge, no por miedo ni por terror sino para decir: "¡Sí!". Lo único que puedo hacer es correr más y más rápido y saltar desde el borde para alcanzar el otro lado. De alguna manera encuentro un pasadizo en el aire que me succiona a través de él, todavía agarrado de Gabriel y escuchando rugir al animal que hay en mí. Somos atraídos hasta el túnel negro del pasadizo, damos vueltas rápidamente en la luz, que nos golpea tan fuerte como si cayéramos al suelo.

Estamos en la ladera de la montaña y el aroma de ésta, el aire, la humedad, la luz: todo dice que estoy de vuelta en Gales. La ladera está cubierta de hierba con algunas piedras desnudas y a nuestra derecha un pequeño riachuelo se abre paso juguetonamente hacia abajo. Gabriel todavía sostiene mi mano, la miro y veo que está atada a mí con la tira de cuero y que la estaca también está aquí.

Vamos al riachuelo y bebemos. El agua está pura, cristalina y fría. Estoy en casa. El animal en mí lo sabe también. Y creo que sé qué hacer.

Agarro la estaca y la entierro a mi lado, en la tierra. No sucede nada. El animal que hay en mí aúlla en forma de queja. La tierra es el lugar correcto, pero todavía no lo estoy haciendo bien. Aprieto con firmeza la mano de Gabriel, lo miro a los ojos y lo traigo hacia mí. Nuestras manos atadas están entre nosotros, la estaca está entre nosotros, sobre cada uno de nuestros corazones. Y le digo:

—Éste es el camino de regreso.

Luego alejo a Gabriel de mí con un empujón, caigo hacia el frente y siento que la estaca entra en mi pecho —en mi corazón— y al mismo tiempo que penetra la tierra y el corazón del animal también. La tierra y mi sangre y mi espíritu se mezclan. Y la tierra me sostiene y algo está regresando por la estaca de madera en mi herida, y entre todo eso está la mano de Gabriel, que todavía sostengo en la mía.

Abro los ojos y veo a Gabriel mirándome. Sus ojos son los de un Brujo Negro. Marrón oscuro con esquirlas de oro y chocolate que giran, se desvanecen y estallan.

TERCERA PARTE

En el camino

IMITA A OBAMA

Gabriel, el nuevo Gabriel, se ducha primero. Hemos regresado a su cuarto. He sanado mi mano y ahora tengo una herida redonda en el dorso y en la palma que añadirle a las demás cicatrices. La sané en unos segundos. La mano de Gabriel sanó también. Lo miré hacerlo. Le tomó veinte minutos pero a un fain le tomaría semanas. Sonreía de oreja a oreja todo el tiempo. Creo que era por el zumbido de sanar y también por el zumbido de ser él mismo.

Está un poco tembloroso cuando se pone en pie pero insiste en que lavarse es más importante que comer. Yo estoy aturdido por la falta de comida y el sueño pero más que querer comer o tomar una ducha, quiero estar con Gabriel. Está tan contento, tan seguro. Tan Gabriel.

Van entra a la habitación.

—Lo hiciste bien, Nathan. Y te alegrará saber que quiero avanzar rápidamente. Necesito llegar a una reunión de la Alianza en Barcelona que tendrá lugar mañana. Salimos después de desayunar.

Se abre la puerta del baño ligeramente y Gabriel está ahí de pie, con una parte de su cuerpo al descubierto: el pecho desnudo y una toalla alrededor de la cintura, su pelo húmedo, exhibiendo una enorme sonrisa y unos ojos que son del color del grano de café con esquirlas doradas que se mueven pausadamente alrededor de su iris.

—Tengo la sensación de que esta discusión no tiene que ver sólo con lo que hay para desayunar —dice.

—Nathan te lo contará —contesta Van—. Nos vamos pronto, pero primero vamos a comer y a hacer una pequeña celebración... No es frecuente que funcione esa poción —y sale de la habitación.

—Creo que ésa es su idea de una broma —digo, volviendo hacia Gabriel.

—Sí —dice y abre completamente la puerta—. Así que, ¿qué opinas?

—¿Del nuevo tú?

Asiente.

—La versión original.

Extiende sus brazos y da una vuelta lentamente para que pueda verlo desde todos sus ángulos.

—Eres... sorprendentemente parecido a la versión fain. Salvo que tu sonrisa es tan grande que te va a partir la cara en dos.

Simplemente sonríe más.

—Pero tus ojos son diferentes, verdaderamente diferentes. Y hay algo más. Date otra vuelta.

Lo miro de cerca y trato de analizarlo pero no hay nada que pueda señalar de verdad.

—Supongo que es la manera en que se mueven los Brujos Negros, pero no puedo decir exactamente qué es.

De cualquier forma, apenas se mueve, pero algo en la manera en que se yergue es distinta.

—Pareces más cómodo en tu piel, más relajado —me encojo de hombros—. Pero no estoy seguro de que sea eso; siempre pareces cómodo.

Se vuelve hacia a mí y logra dominar su sonrisa.

—Gracias. Viniendo de ti es un gran cumplido.

—No te estoy haciendo cumplidos. Sólo trato de describirte.

—Y lo que yo estoy tratando de decir es que... —vacila e incluso creo que se sonroja un poco— tú estás muy cómodo en tu cuerpo.

—¿Yo? —para alguien que normalmente tiene tanta razón sobre la gente, no podría estar más equivocado.

—Pensaba que antes te entendía, pero ahora más que nunca me doy cuenta de lo fuerte que eres como brujo —dice—. Tu verdadero Don es tu conexión con el mundo físico y cuando fuimos a Gales...

—En realidad no fuimos a Gales. Estábamos en un trance.

—Fuimos a Gales. Tú y tu animal y yo, estuvimos ahí. No estoy seguro de cómo describirlo pero te volviste parte de la tierra y la tierra se volvió parte de ti.

Sólo niego rápidamente con la cabeza y estoy a punto de decir: "No fuimos a Gales", pero no lo hago. No estoy seguro de qué pasó. No sé adónde fuimos. Pero sí ocurrió algo significativo, y el animal que hay en mí también acudió.

—¿Y? —le dice Nesbitt a Gabriel mientras apila lonchas de tocino sobre un sándwich tostado y lo agarra para darle una mordida—. ¿Puedes imitar a Obama?

Gabriel suelta un suspiro dramático.

—Ése es el problema de mi Don. Todos creen que soy algún tipo de mono de feria: '"Imita a Obama", "Imita a Marilyn Monroe", "Me encantaría ver a la princesa Diana", "a Hitler", "a Kanye West"... quienquiera que sea ése.

Se queja pero sonríe todo el tiempo.

173

Estamos sentados en la ridículamente larga mesa del comedor. Nesbitt cocinó y dispuso un banquete para veinte. Huevos revueltos, tocino, salchichas, champiñones, algún tipo de pescado, crema de avena, huevos duros, bagels, miel, jamón y quesos. Metros de comida. Van come pan tostado y café.

Luego se me ocurre algo.

—Pero ellos son fains. No te transformaste en ellos, ¿o sí?

—Sí.

—¿Pero no te quedaste atrapado como ellos?

—No. Sólo me quedé atrapado como yo siendo un fain.

Van dice:

—Cuando Gabriel se transformó en Obama sólo estaba tomando su apariencia exterior. Por dentro todavía era Gabriel. Estaba probando cómo era tener la apariencia de un fain. Pero cuando tomó la decisión más radical de tratar realmente de *ser* un fain —por dentro— entonces se quedó atrapado. Lo hizo con demasiado éxito.

—Soy demasiado talentoso por mi propio bien.

—Sí, Gabriel, tienes una habilidad maravillosa; sin embargo, por favor, por el momento no te transformes. Disfrutemos de tenerte de vuelta entre nosotros como tú mismo.

Nesbitt comienza a limpiar la mesa. Está al otro lado de ella, frente a mí, cuando dice:

—Todavía estoy esperando ver cambiar a Nathan. No estoy seguro de en qué se convierte: en lobo o en perro salvaje.

—¿Quieres pasar la noche conmigo y descubrirlo?

—No, gracias, amigo —contesta—. Quiero preparar el desayuno, no serlo.

—¿Sabes, Nesbitt? Realmente no creo que te comiera. No me imagino que tengas buen sabor. Demasiada grasa para mí.

—No te preocupes por mí, chico. En el instante en que comiences a cambiar, saco mi pistola y te disparo.

Me le quedo mirando, pero antes de que pueda pensar en algo que decir, agrega:

—No te alarmes tanto, amigo, mi tino es perfecto. Sólo te rozaría. Sanas rápidamente… y como si no hubiera pasado nada.

Y por su voz, sé que habla en serio. Yo le mascullo a Gabriel:

—¿Ya ves? La gente te pide que muestres tu Don convirtiéndote en Obama; a mí me disparan y me dicen: "No pasa nada".

Trato de estar con un ánimo despreocupado y alegre por Gabriel. Necesito ignorar a Nesbitt, pero cuando voy a alcanzar más pan, veo mi mano y todas las cicatrices que tiene y el tatuaje negro y quiero gritarle a Nesbitt que me dolió, que cada cicatriz que tengo dolió, y que mi cuerpo está cubierto de cicatrices que sanaron rápidamente pero que todas me dolieron, y no puedo decir de ninguna de ellas que "no pasó nada".

Me levanto, empujo mi silla para atrás y salgo del cuarto, mientras digo:

—Pensaba que ya nos íbamos.

BARCELONA

Estamos de vuelta en el auto y salimos de la casa a toda velocidad con una ráfaga de grava. Nesbitt maneja. Gabriel y yo nos sentamos atrás.

Le digo a Van:

—Dijiste que ibas a una reunión de la Alianza pero todavía tenemos que encontrar a Annalise. Ésa es la prioridad número uno.

—Estamos haciendo las dos cosas. Tenemos que encontrar la casa de Mercury. Y Mercury sólo les confió esa información a unas cuantas personas. Pilot es una de ellas.

—¿Así que vamos a ver a Pilot? —pregunto.

—Lo haremos cuando sepamos dónde está —contesta Van—. Pero está siendo casi tan evasiva como Mercury hasta el momento. Escapó de Ginebra cuando llegaron Clay y los Cazadores y parece ser que se dirigió a España, pero no sé a qué parte de España, y es un país grande.

—Así que, ¿qué hacemos?

—Vamos a encontrarnos con Isch, una proveedora que tengo. Ella nos podrá ayudar.

—¿Proveedora de qué?

—De todas las cosas que un Brujo Negro pueda desear. Ingredientes, información, asistencia.

—¿Y esta reunión de la Alianza que mencionaste, también es en Barcelona?

Van le da una calada a su cigarro.

—Así lo quiso la suerte.

Pero la manera en que su rostro luce serio y desmejorado no me hace sentir para nada afortunado.

Cruzamos toda Barcelona en auto, nos detenemos sólo para cambiar de coche una vez y utilizamos el humo nocturno para hacerlo soportable después de que oscurece. Estacionamos en una ajetreada calle comercial de Barcelona la mañana siguiente. Nesbitt tiene un aspecto horrible con barba de varios días y se lo digo. Él me responde:

—Tú también eres una belleza.

Todos estamos cansados y con caras largas, excepto Van, por supuesto, que parece tan fresca como cuando salimos, tan fresca como siempre. Gabriel tiene buen aspecto, esté con cara larga o no.

Nesbitt sale del auto por dos pizzas para mí y para Gabriel. Tenemos que esperar en el auto mientras los adultos hablan de negocios.

Van mira las cajas de pizza con disgusto cuando regresa Nesbitt.

—Afortunadamente, Isch es muy hospitalaria. Estoy segura de que nos atenderán bien. Ella está de viaje casi todo el año pero siempre pasa algunas semanas del verano en Barcelona.

Ya es agosto y sólo puedo esperar que Isch sepa dónde está Pilot, porque estoy seguro de que se nos está acabando el tiempo para ayudar a Annalise. Ya pasaron dos meses desde mi cumpleaños, dos meses desde que a Annalise la indujeron al sueño. No tengo idea de si todo esto es en vano y si Annalise ya está de todos modos muerta. Pero, como siempre, es mejor no pensar demasiado en ello.

—Mantenlo fuera de vista, Gabriel —dice Van.

—Estoy aquí. Puedes hablar conmigo.

—Sí, por supuesto —Van dirige la mirada hacia mí—. Por favor, no salgas del auto. No hagas nada hasta que volvamos.

Nesbitt agrega:

—No queremos que un Cazador solitario te vea.

—Tú eres el experto en dejarse ver —contesto.

Nesbitt abre la boca pero por una vez no le salen palabras. Sin embargo, parece que lo lamenta sinceramente.

—¿Cuánto se tardarán? —le pregunta Gabriel a Van—. ¿Cuándo deberíamos empezar a preocuparnos?

Van sonríe.

—De verdad no necesitan preocuparse por nosotros. Tardaremos un par de horas, quizá más. No debemos apurarnos; los modales ante todo.

Es media mañana y el auto está caliente al sol de agosto. Me tumbo sobre los asientos, abro una caja y comienzo a comer una porción de pizza. Pero Gabriel dice:

—Voy a seguirlos. Quédate aquí —sale del auto y comienza a andar por la calle.

Lo alcanzo en unos pocos segundos y le digo:

—Yo voy contigo.

—Está bien, pero mantente bien atrás. Yo los sigo a ellos. Tú me sigues a mí.

Me quedo atrás mientras Gabriel gira hacia un callejón, pero no lo pierdo de vista. Se mueve rápidamente por otro callejón, que es más oscuro y mucho más silencioso. Sigo a

Gabriel por un par de callejones más, aún manteniendo mi distancia, y luego va a la derecha y cuando llego a la esquina desaparece.

¡Mierda!

Este callejón es incluso más angosto. Las casas son todas de cuatro pisos. Avanzo lentamente. Todas las puertas están cerradas y no consigo ver nada a través de las sucias ventanas. Llego a un callejón sin salida y me giro para abrirme paso de vuelta cuando Gabriel aparece por una puerta a la izquierda. Me hace señas para que avance.

—Están ahí dentro. Es una especie de reunión. Creo que es la casa de Isch pero los escuché mencionar la Alianza. ¿Quieres tratar de escuchar?

Asiento.

Voltea de nuevo a la puerta de la casa, que se volvió a cerrar.

Luego saca un pasador del bolsillo de su chaqueta. En la parte superior tiene una calavera negra bastante peculiar, pero ya la he visto antes. Es uno de esos pasadores que abre las puertas.

—¿Se lo robaste a Mercury? —pregunto.

Gabriel niega con la cabeza.

—Me lo dio Rose.

Mete el pasador en el cerrojo y empuja la puerta lentamente para abrirla. Lo sigo adentro. Parece ser la entrada a un departamento grande. Hay aroma de comida que viene de la habitación de enfrente. Sigo a Gabriel por las amplias escaleras de piedra y a través de una puerta en el rellano hasta el comedor. Al fondo hay unas puertas de vidrio que llevan a un balcón angosto que se extiende por la parte amplia del departamento. Las puertas del comedor llevan al balcón, pero también lo hacen las puertas de la siguiente habitación. Estas otras puertas están abiertas. Me muevo para quedarme contra la pared y fuera de vista del cuarto, pero lo suficientemente cerca como para escuchar a la gente de adentro hablar.

Van está hablando. Habla sobre un Brujo Negro. Parece estar evaluando si esta persona se unirá a la Alianza. Nesbitt da su opinión, que no es muy positiva. La voz de una mujer se une. Van le contesta. La llama Isch.

Y entonces escucho otra voz. Una voz que reconozco de inmediato. La reconocería donde fuera y siento que no puedo respirar. Mi impulso es correr. Miro a Gabriel y él ve que algo me pasa y me agarra mientras doy un paso hacia las puertas y me empuja de vuelta contra la pared. Logro contenerme. Me calmo, inhala bocanadas profundas de aire.

Gabriel articula con los labios: *¿Qué pasa?*

Le susurro:

—Está bien. Estoy bien.

Y se me queda mirando, me cuestiona con la mirada.

—Estoy bien —insisto, aguantando su mirada. Y creo que es así—. Sé quién está ahí. Sé por qué no querían que yo estuviera aquí.

Me mira atentamente todavía.

—¿Quién?

Es extraño pero no puedo decir su nombre. Niego con la cabeza, y siento como si otra vez llevara puesto el collarín y no puedo respirar, y todas las veces que me golpeó y me abofeteó y me puso grilletes y me ensordeció con su Don, todo eso llega fluyendo hacia mí. Empujo a Gabriel a un lado mientras saco mi cuchillo y doy un paso hacia la puerta abierta y digo:

—Mi maestra y guardiana.

MI MAESTRA Y GUARDIANA

Celia se levanta. Está vestida como siempre, con su uniforme del ejército: botas negras, pantalones de lona verde, camisa verde. Su pelo es el de siempre, corto y erizado, tan ralo que puedo ver su cuero cabelludo. Su rostro es tan pálido y feo como siempre.

—Nathan. Qué gusto verte.

Lo dice como si fuera algún viejo amigo que no ha visto en varias semanas.

Niego con la cabeza.

—No. No es así.

Doy un paso adelante, con mi cuchillo extendido. Entonces Nesbitt se pone en pie y veo que me apunta con una pistola. Gabriel también da un paso adelante y su pistola apunta hacia Nesbitt.

—¿Qué está pasando? —pregunto—. ¿Por qué está ella aquí?

Van se levanta y le indica a Celia que se siente.

—Celia está trabajando con la Alianza. Ella es una de las Brujas Blancas rebeldes que nos ayudará a derrocar a Soul, al Consejo Blanco y a los Cazadores.

Niego con la cabeza.

—No.

Van dice:

—Nesbitt, por favor, guarda esa pistola. Estoy segura de que Nathan no nos hará daño a ninguno de nosotros.

Nesbitt gira la pistola en su dedo.

—Yo no te mataría, chico, lo sabes.

Y vuelve a guardar la pistola en su chaqueta.

—Gabriel, por favor, tú también —dice Van.

Pero Gabriel mantiene la pistola apuntada contra Nesbitt.

—No, hasta que Nathan me lo diga.

—Apunta a la Cazadora Blanca, Gabriel —digo, y él gira su brazo para apuntar con la pistola a Celia.

Van suspira.

—Nathan, es exactamente por esto que no quería que estuvieras aquí, no hasta que me reuniera con Celia y tuviera la oportunidad de hablar contigo, de explicarte cómo funcionará la Alianza y quién se unirá a ella.

—¡Y tú esperas que me una! ¡Con ella!

—Sí, así es.

Van se sienta y saca su cigarrera.

—¿Quién pensabas que estaría involucrado, Nathan? ¿Quién? ¿Sólo los Brujos Blancos agradables? Necesitamos combatientes, gente que sepa cómo funcionan los Cazadores, y te puedo asegurar que no hay nadie mejor que Celia.

Van enciende su cigarro, inhala profundamente y manda una nube de humo rojo en mi dirección. No creo que esté tratando de tranquilizarme con eso, sino sólo de mostrar lo molesta que está.

—No te iba a contar lo de Celia hasta después de que rescatáramos a Annalise, pero quizá sea mejor así. Si no puedes trabajar con Celia, me tiene sin cuidado que te vayas a vivir debajo de una piedra. Si quieres mi ayuda para rescatar a Annalise, entonces serás parte de la Alianza después, y eso significa trabajar con Celia.

Ella sabe que en realidad no tengo otra opción. Pero también debe saber que todavía podría irme después de que ella cumpliera con su parte del trato. Supongo que da por hecho que el honor me obligará a ayudar a la Alianza una vez que me hayan ayudado a mí. Pues ya veremos.

Van le da otra calada a su cigarro y dice:

—Nathan, por favor dile a Gabriel que baje la pistola.

Vacilo y luego hago gala de guardar mi cuchillo. Le digo:

—Gabriel, por favor... dame tu pistola.

La extiende hacia mí sin titubear y la agarro, y camino hacia Celia y empujo el cañón contra su frente. Quiero que sepa qué se siente poder hacerlo, tener por una vez el poder sobre ella.

Celia levanta los ojos y resiste mi mirada. Sus ojos son azul pálido con pequeñas motitas plateadas. Imito el sonido de un disparo y ella ni parpadea. Mantengo la pistola ahí, sintiendo como sería.

Le digo:

—No has usado tu Don.

Podría hacerme caer de rodillas con él.

—No lo usaré contra ti, Nathan. Ya estamos del mismo lado.

—¿Ah, sí? —no le quito los ojos de encima a Celia, pero le pregunto a Van—: ¿Cómo sabemos que no es una espía?

—*Es* una espía, Nathan. Trabaja para nosotros. Celia ha sido muy útil para proporcionarnos información sobre Soul, el Consejo y los Cazadores.

—Estoy en España por asuntos oficiales del Consejo, Nathan —dice Celia—. Me sacaron de mi retiro. Se supone que debo rastrear una lista de los Brujos Negros más buscados. Te agradará saber que tu nombre está en la parte de arriba, junto al de tu padre.

—Soy un Código Medio.

—Desde que te escapaste del edificio del Consejo has sido designado como Negro. No sé cuánto te haya contado Van, pero tu fuga ha acarreado muchos cambios. Soul tomó el Consejo y le dio carta blanca a su amigo Wallend para hacer lo que quiera. Por eso estoy ayudando a la Alianza. No soy amante de ciertos Brujos Negros, Nathan, tú lo sabes, pero tampoco soy amante de los criminales ni de los monstruos, y Soul es lo primero y Wallend lo segundo.

—Antes Soul y Wallend no parecían importarte. No parecía importarte tenerme encerrado en una jaula bajo órdenes de Soul.

—Como te digo, las cosas han cambiado desde tu evasión.

—Sí. Ahora soy yo el que tiene la pistola contra tu cabeza.

Ella me mira, aún calmada, aún es la misma Celia con dominio total de sí misma.

—Entiendo que estés enojado conmigo, Nathan. Pero yo no soy tu enemigo. Nunca lo fui.

La insulto. Y una vez más.

—Soul es tu enemigo. Es el enemigo de todos los brujos verdaderos, como lo es Wallend. Son corruptos. No son brujos verdaderos. Soul es un peligro para todos nosotros, Negros y Blancos. He pasado la vida protegiendo a los Brujos Blancos de los peligros de los Negros, pero ahora son una amenaza menor para la comunidad Blanca de lo que lo es Soul —parpadea—. Lo creo honestamente, Nathan.

—Tengo una pistola contra tu cabeza. Soy un peligro para ti.

—Bueno, eso es así. Pero si no aprietas el gatillo, tengo la intención de trabajar con la Alianza para derrocar a Soul y a sus compinches. Es imposible hacer eso sólo con los Brujos Blancos. O están en la nómina de Soul o son demasiado débiles. Si alguien se queja de él, lo castigan.

Mis pensamientos se dirigen a Arran y Deborah, pero no puedo preguntar por ellos. No quiero oír a Celia hablando de ellos.

Van dice:

—Por favor, Nathan, baja la pistola.

—No.

—Puedo mostrarte las atrocidades que Celia ha descubierto —Van extiende unos documentos hacia mí—. Fotos de Brujos Blancos llevados a juicio y ejecutados por poner objeciones al régimen de Soul, notificaciones de cada uno de ellos. Detalles de quién, cuándo y dónde. Órdenes de ejecución firmadas por Soul —hojea más papeles—. Brujos Negros masacrados en Francia. Listas de nombres.

—No me interesa.

—Debería interesarte —ahora habla la otra mujer. Ésta debe ser Isch. También ella tiene documentos en sus manos—. Algunos Brujos Negros creen que no tengo sentimientos, que no me preocupan los demás, pero estas cosas... —y me tiende un trozo de papel— son una preocupación para todos los brujos.

Tomo el documento. Es una foto de tres personas: madre, padre e hija. El padre está colgado por el cuello de una viga. Supongo que es su casa. La madre y la hija están de rodillas. La madre, con el rostro amoratado, está llorando. El rostro de la hija es extraño. La sangre corre desde la cuenca vacía de un ojo. Le están metiendo un cuchillo en el otro.

—Tu hermana, Deborah, hizo todo lo posible por conseguirnos esta información. Está trabajando para nosotros. Ella cree, al igual que nosotros...

—Cállate —necesito pensar y no puedo hacerlo cuando hablan de Deborah. Pero puedo creer que sea una de las Blancas rebeldes; ella no puede soportar ninguna injusticia. Pero me concentro en Celia. Digo—: Llevan años matando a Brujos Negros en Gran Bretaña y Celia participó. Persiguió a los Brujos Blancos que ayudaron a los Brujos Negros. Y ella participó.

—La mayoría de los Brujos Negros se fueron de Gran Bretaña, Nathan —dice Van— aunque sé que a muchos los mataron. Pero esto es distinto. Soul los está masacrando; nos está masacrando. Ya está en una escala mucho mayor y está empeorando.

Celia dice:

—Y Soul no sólo es un peligro para los Brujos Negros. Nathan, tu padre mató a mi hermana, pero Soul ya ha hecho cosas peores. Mató a mi antiguo compañero, un Cazador jubilado, y mi sobrina está en el corredor de la muerte. Su único crimen fue objetar al régimen de Soul. Se supone que Soul debe proteger a los Brujos Blancos. Nos está traicionando.

Sé que Celia no está mintiendo. Eso lo reconozco. Podrá no haberme contado cosas cuando era su prisionero, pero jamás mintió. Bajo el brazo, me doy la vuelta y salgo de la habitación hasta llegar al balcón, donde puedo respirar.

ISCH

Gabriel está conmigo, sentado en el piso del balcón. No hablo, no quiero hablar. Todavía tengo la pistola en la mano pero ya me harté, así que se la tiendo a Gabriel y él la toma.

Después de varios minutos más le digo:

—Creo que quizá Celia sabe algo de Arran. Los Cazadores siempre lo estaban observando. ¿Puedes ir a preguntarle por él y por Deborah?

—Claro, si quieres, pero ¿no se lo puedes preguntar tú?

Niego con la cabeza. Estoy luchando contra las lágrimas, aunque no sé por qué... muchos recuerdos de Celia y yo. Le digo a Gabriel:

—Yo era sólo un niño. Me encadenó en una jaula, me golpeó... —y pienso en todas las veces que me golpeó y usó su Don contra mí—. Por su culpa traté de matarme, Gabriel. Sólo era un niño.

Una hora después, Celia ya se fue y estoy sentado adentro con los demás. Celia le dijo a Gabriel que Arran está trabajando en Londres, estudiando Medicina. Se unirá a los rebeldes —simpatiza con ellos—, pero corre peligro y siempre lo están vigilando. Todos saben que odia al Consejo. Deborah está trabajando para el Consejo en los archivos. Es un puesto menor, pero tiene acceso a todos los archivos antiguos y está logrando conseguir los más recientes también. Parece ser que tiene un Don inusual para eso. Arriesga su vida todos los días para enviarle información a Celia, pero Celia espera que Deborah escape pronto, ya que siempre está bajo sospecha.

Me está costando trabajo concentrarme en cualquier cosa. Celia no estaba en mi lista de odio, y creo que no la odio, pero estoy rabioso. Gabriel, parece ser, tenía razón en eso: estoy enojado con la mayoría de la gente, la mayor parte del tiempo, y estoy más enojado ahora que cuando era sólo un prisionero, porque ahora puedo mirar atrás y ver la injusticia y la brutalidad, y no puedo hacer nada al respecto.

Y, por más que me impactaran mis sentimientos por Celia, también me sorprenden mis sentimientos por Gabriel. Confió en mí. Sacó su pistola para protegerme y luego me la dio sin dudarlo, sin vacilar, cuando debe haberse preguntado si yo había llegado demasiado lejos. No pudo haber sabido lo que yo haría, porque ciertamente yo no lo sabía.

Miro a Gabriel. Está sentado en un cojín plano, como yo. Tiene el pelo metido detrás de las orejas. Es guapo y valiente y gentil e inteligente y chistoso: el amigo más perfecto. He tenido pocos amigos: Annalise, Ellen y Gabriel. Y sé que él es uno de los que mejor me conoce, que cree más en mí. Ni Arran confiaba en mí como lo hace Gabriel. Y, cuando Gabriel me besó, lo hizo para que yo no me sintiera mal. Lo hizo para mostrarme que no soy un monstruo. Debe haber sabido que se arriesgaba a que yo lo apartara de mí. Y sería mucho más feliz si yo no quisiera a Annalise como la quiero. Si sintiera por Gabriel lo que siento por ella. Él dice que no soporta estar

190

lejos de mí y yo me siento así con ella. Ése es el único lugar en el que quiero estar, a su lado.

Gabriel mira hacia mí, encuentra mi mirada y luego cambia su expresión.

—¿Qué? —pregunta.

Niego con la cabeza y articulo con los labios: *Nada*. Luego me obligo a darle la espalda y poner atención a lo que está ocurriendo a mi alrededor.

Estamos sentados en cojines grandes que forman un círculo en el cuarto. El piso está cubierto de alfombras... persas, supongo, no una alfombra, sino muchas; debe haber dos o tres capas de éstas, y son suaves y sedosas. El cuarto es oscuro pero suntuoso: todo en colores rojos y dorados.

Estoy sentado frente a Isch, una mujer alta vestida en estratos de color —morado, dorado, rojo—, desde su turbante hasta sus zapatillas de seda. Tiene manos regordetas que revolotean mientras habla. Sus uñas son largas y están pintadas de dorado, y sus dedos están casi escondidos bajo numerosos anillos incrustados de joyas. Ya se hicieron las presentaciones y se nos ofreció el té. Ahora entran dos niñas al cuarto, cargando charolas de madera grandes y redondas. El té se vierte en vasitos pequeños. Hay algo que parecen delicias turcas en un plato, y nueces y uvas negras gordas.

Isch mira mientras las niñas se van, y cuando se cierra la puerta le pregunta a Van:

—¿Qué piensas de ellas?

—¿De las niñas? ¡Quién sabe! Hasta que un aprendiz trabaja contigo es imposible saber cómo van a salir las cosas.

—¿Quizá debería preguntarte lo que piensas, Nesbitt?

Él bebe su té de un trago y luego dice:

—Estoy seguro de que obtendrás un buen precio por ellas.

—Yo no estaría tan segura. Los tiempos difíciles traen escasez de ciertas mercancías. La demanda de hierbas y flores para pociones protectoras está por las nubes, pero eso no significa que sea hora de tomar un nuevo aprendiz. Sus precios están cayendo.

Hasta ahora he estado sentado en silencio, pero no puedo resistir preguntar:

—¿Vendes a las niñas?

Isch me voltea a ver. Sus ojos son marrones, como los de Gabriel, pero más pequeños, perdidos en la regordeta piel beige de su rostro. Su nariz es pequeña también, pero sus labios son carnosos y están pintados de rojo brillante. Dice:

—Por supuesto que vendemos a las niñas. A los niños también, pero pocos quieren niños.

—¿Las vendes como esclavas?

—Para nada como esclavos. Son aprendices muy apreciadas. Piensa en ello como una cuota de transferencia. Son más parecidas a los futbolistas profesionales que a las esclavas.

—¿Les pagan ese tipo de salarios? ¿Salarios de futbol?

Isch se ríe.

—Reciben entrenamiento gratis. Consiguen disfrutar de la emoción de aprender de otro jugador estrella si son lo suficientemente buenas. Así es como yo aprendí. Y Van también.

—¿Y qué pasa si no son lo suficientemente buenas?

—Algunos dueños toleran los malos resultados; la mayoría no. De ahí el mercado de nuevos aprendices.

—A mí me contaron que Mercury se comía a los niños... ¿Serían sus aprendices fallidos?

—No estoy segura de que se los coma, pero sí encuentra usos para ellos... Como ingredientes, principalmente, embotellados para su posterior uso.

—¿Y mi padre? ¿Él tiene aprendices?

Isch vacila:

—A mí nunca me los ha comprado. Pero quizá busques a un aprendiz pronto. Y entonces me aseguraré de que consigas el mejor.

—No —digo—. No quiero un esclavo.

Levanta su vaso de té, da un sorbo y dice:

—Bueno, si alguna vez cambias de opinión...

—¿Es tu intención venderle alguna de esas chicas a Mercury? —pregunta Van.

—Por el momento, Mercury no trata conmigo directamente. Supe que los Cazadores le estaban pisando los talones en Suiza y desde entonces cortó comunicación con todos excepto con Pilot. Está siendo extremadamente cuidadosa. Ya le mandé una chica a Pilot para Mercury. Una chiquilla repugnante pero muy lista y que aprende rápidamente. Mercury estará buscando a las mejores para reemplazar a Rose, ahora que ya se fue.

—No se fue. Le dispararon. La mataron los Cazadores —digo.

—¡Ay de mí! —contesta Isch, pero su boca forma una sonrisita de superioridad amplia y roja—. De todos modos, como siempre, los desastres traen muchas oportunidades de negocio.

—Bien, espero que logres una buena ganancia —digo.

—¿Nos puedes decir dónde está Pilot? —pregunta Van—. También nosotros tenemos la intención de hacer negocios con Mercury.

Isch contempla a Van y luego dice:

—En los Pirineos, en una pequeña aldea más allá de Etxalar. En la última casa al final del camino.

—Gracias —Van toma una delicia turca, que es de color rosa pálido, al igual que su traje.

Veinte minutos después estamos en el auto.

Van se pone el cinturón de seguridad y dice:

—Vámonos.

Nesbitt escribe en el sistema de navegación mientras el auto se aleja chirriando de la banqueta.

—¿Confías en Isch? —pregunto—. ¿No nos mandaría directamente a una trampa? Parece que el dinero le motiva.

—Es una excelente Bruja Negra. No nos traicionaría.

—Vende a las niñas como esclavas.

—Las niñas son libres de irse si así lo desean.

—No son libres si no tienen otro lugar al que ir, si no tienen nadie que les ayude, que las cuide.

—¿Quieres regresar, comprarlas y cuidarlas?

No respondo.

Van voltea y me mira inquisitivamente.

—No creo que yo sea la respuesta a sus problemas.

Van sonríe.

—Sin duda no.

PILOT

Ya es bien pasada la medianoche cuando llegamos al diminuto pueblo de montaña. El viaje hasta aquí nos tomó casi seis horas pero no hemos parado. Dejamos el auto en otra ciudad, no tengo idea de cuál, y Nesbitt lo cambió por un todoterreno nuevo, pero lo dejamos abajo de una montaña con Van a su cuidado, ya que hasta eso llama mucho la atención por aquí. Hay pocos autos en esta zona y casi todos están viejos y desvencijados. Ahora Gabriel, Nesbitt y yo caminamos por la aldea y subimos la montaña. La casa de Pilot es la más lejana, y se distingue el débil fulgor amarillo de una luz en una de las ventanas de abajo.

Van piensa que su presencia será un problema. Ella y Pilot tuvieron desavenencias en el pasado, aunque no lo había mencionado hasta ahora. Pero de todos modos, esta negociación le toca a Gabriel, ya que conoce a Pilot y ella confía en él.

Yo voy por delante y vuelvo sobre mis pasos hasta donde están los demás, ya que son muy lentos.

—Pareces un cachorro de los que van a la cabeza de un trineo —dice Nesbitt. Está oscuro, pero seguro que podrá ver el dedo que le muestro—. Tómatelo con calma, mantente atento.

Nunca se es demasiado cuidadoso en momentos como éstos —murmura.

Llegamos a la casita, Nesbitt toca suavemente a la puerta y esperamos.

Y esperamos.

Y esperamos.

Una sombra pasa frente a la luz de dentro. No se oyen sonidos.

—¿Gabriel? —se escucha una voz bajita, pero no desde la puerta... hay alguien detrás de nosotros.

Volteamos como si fuéramos uno solo y hallamos una mujer de pie en el sendero, una mujer increíblemente alta con pelo negro que le llega casi hasta las rodillas.

Gabriel se hace cargo de la situación, abre bien los brazos y dice:

—Pilot, qué gusto verte.

Ella no sonríe, pero se encorva hacia él e intercambian dos besos en las mejillas, lo cual parece prometedor. Gabriel habla en francés, presentándonos, creo. Y es ahí cuando percibo que ni Nesbitt ni yo recibiremos besos, jamás. Apenas puede contener un gruñido al verme y parece como si quisiera escupir a Nesbitt.

Se aleja con un contoneo, aunque la palabra *contoneo* no le hace justicia a su estatura. La seguimos a la parte de atrás de la casa, con Gabriel delante, mientras le digo a Nesbitt:

—Parece que no soporta tenernos cerca.

—No lo tomes como algo personal. Sólo es una esnob. Algunos son así. Van es de mentalidad inusualmente abierta, y el joven Gabriel también, por supuesto. Isch sólo está interesada en los negocios. Te sorprendería saber lo liberales que son muchos Brujos Negros, pero algunos son... algunos son esnobs, como Pilot. No tolera a los *mongs*.

—¿Mongs?

—*Mongrels*[1]. Mestizos. Sólo le gustan los Negros.

—Apuesto que a sus ojos es peor ser mitad Blanco que mitad fain.

Nesbitt me da un golpecito en el hombro.

—No te preocupes, amigo, no me molestas —y me rodea con su brazo—. Nosotros los *mongs* deberíamos mantenernos unidos. Uno para todos y todos para uno.

Lo empujo a un lado y se ríe.

Detrás de la casa hay un área del patio protegida por enredaderas, con una fogata encendida en el centro. Parece que Pilot no estaba dormida. O quizá duerme aquí. Nos sentamos en unos cojines grandes y polvorientos que rodean la fogata... o más bien, son Pilot y Gabriel quienes lo hacen; a Nesbitt y a mí nos relegan al círculo exterior en unos tapetes hechos jirones.

Pilot llama adentro y aparece una niña. Está flaca y su pelo es un desgreñado desastre, de color castaño apagado, y está casi vivo de tantos piojos. Refunfuña cuando nos ve y parece que apenas si puede escuchar las instrucciones de Pilot antes de regresar adentro.

Nesbitt se encorva hacia mí.

—Le dijo que nos trajera un poco de agua. Pero yo no la tocaría, amigo; seguramente escupa adentro.

Unos cuantos minutos después aparece la niña con aceitunas y una garrafa de vino. Pasa los siguientes minutos entrando y saliendo de la casa, llevando pan, aceite de oliva, jitomates, pimientos, todo para Gabriel y Pilot. Nesbitt tenía razón: sólo nos toca agua y los vasos están asquerosos.

---

[1] En inglés esta palabra se refiere a los perros que no son de raza pura, a los cruzados, de ahí que tenga un carácter aún más peyorativo.

Gabriel habla con Pilot. Creo que le está explicando lo que sucedió; me parece escuchar mi nombre una o dos veces pero está hablando en francés así que podría estar diciendo cualquier cosa.

La charla sigue y sigue.

La casa es vieja y fea. Hay un muro enyesado bajito alrededor del patio que alguna vez estuvo pintado de blanco, pero ahora está gris. Un enrejado de madera se eleva desde la pared y se junta con la casa, y sobre éste hay un espeso matorral de enredaderas.

Gabriel y Pilot están sentados con las piernas cruzadas. Pilot coloca un leño en el fuego, Gabriel no aparta los ojos de ella y hablan.

Nesbitt está despatarrado sobre su tapete, medio dormido. Me dice:

—Parece que esto va a llevar su tiempo.

También yo me acuesto, tratando de recordar cuándo fue la última vez que dormí.

Me despierto. El sol me está punzando el rostro a través de un hueco de la pérgola.

Nesbitt está acostado boca arriba con el brazo sobre su rostro, pero veo que tiene los ojos abiertos y me parece que está escuchando la conversación que todavía mantienen Pilot y Gabriel. Nesbitt bosteza.

Me incorporo. Un grillo aterriza en la alfombra que hay junto a mí. Canta y desaparece de un salto mientras trato de atraparlo. Ahora me doy cuenta de que el sonido de los grillos está por todas partes, aumenta y se apaga, casi como si palpitara con el calor. Es un sonido parecido al de los teléfonos celulares, pero está en mis oídos y no en mi cabeza.

Me levanto, me estiro y bostezo, y luego camino a la orilla del patio para asomarme por el entramado y vislumbrar los montes secos que nos rodean.

Gabriel y Pilot acaban de quedarse callados.

Puedo escuchar los grillos. Muchos grillos. Pero también, quizás, a veces, en un momento de calma atrapo un *chchch-chhh* en mi cabeza. Es tan débil que podría ni siquiera estar ahí. Me dirijo al rincón para escuchar en vez de mirar.

Ahora Nesbitt está de pie junto a mí:

—¿Qué?

—No estoy seguro. ¿Ves algo?

Nesbitt se asoma por la pérgola. Niega con la cabeza:

—Veo mejor de noche.

Y creo que puedo escucharlo otra vez, tan breve y silencioso que casi lo ahogan los grillos… pero estaba dentro de mi cabeza, estoy seguro.

—Hay alguien allá fuera con un teléfono —digo—. Quizá sólo sea un fain.

—¿Sólo uno? —pregunta Nesbitt.

—No lo sé —digo.

—Echemos un vistazo.

Miro hacia Gabriel.

—¿Nos esperas aquí? Vamos a echar un vistazo.

Asiente. Pilot no parece muy preocupada.

Doy un círculo amplio por la izquierda, Nesbitt por la derecha. Los grillos saltan frente a mí y me llenan los oídos de ruido. Cuando la casa de Pilot es un cuadro distante, giro montaña arriba, ahora lentamente, me mantengo bien a la izquierda de la casa. La montaña parece seguir y seguir. Me dirijo ligeramente a la izquierda y llego a un valle seco, de tres metros de profundidad con pequeñas laderas empinadas.

Golpeo una roca y cae retumbando. Me maldigo por dentro mientras me detengo y me quedo quieto. Me sorprende que mi descuido me recompense, ya que a cambio escucho...

chchchchhhhhcchchchchchchcccchchchhchcchhcchchchchcc

No sé dónde está el teléfono, pero debe estar cuesta arriba y creo que puedo escucharlo cuando su dueño se mueve, como lo hizo cuando cayó la piedra. Supongo que si el dueño del teléfono es una Cazadora, estará acostada en el suelo a la orilla del valle, observando la casa de Pilot. Estará bien escondida y el sonido de su celular bloqueado, de tal manera que sólo escucho el teléfono cuando se levanta para mirar.

Me desplazo rápidamente colina abajo, luego me detengo y vuelvo a escuchar.

Sólo grillos.

Luego arriba, por el otro lado, lenta y cuidadosamente. Me mantengo agachado, corro rápidamente hasta un olivar y paso entre ellos, a la vez que miro a mi derecha. Ningún movimiento. Me detengo, miro a mi izquierda —nada— y me doy la vuelta para examinar el área entera. Distingo unas cuantas casas que forman la orilla del valle hasta abajo de la ladera, pero la casa de Pilot no queda a la vista.

Me giro para mirar montaña arriba, cierro los ojos y escucho...

chchchchcchchchchchcchhchchchcchchchch

Creo que sé dónde está el Cazador, y ya estoy seguro de que es un Cazador. No hay razón para que nadie más esté aquí arriba, escondiéndose. Por un segundo, considero tratar de desatar al animal que hay en mí, pero tengo una mejor oportunidad como humano. Celia me entrenó para el combate, y es hora de que utilice las habilidades que me enseñó.

Me muevo tan rápidamente como puedo de nuevo a la derecha, hacia el valle seco. Luego la veo: una figura negra acostada en el suelo, a plena vista de aquí pero escondida de la casa de Pilot. Y está observando por unos binoculares. Y parece que no se ha dado cuenta de que Nesbitt y yo estamos echando un vistazo.

¿Pero dónde está su compañera? ¿Y hay dos Cazadoras, o más? Muy posiblemente haya más.

¿Y cómo han encontrado a Pilot? ¿Nos habrá traicionado Isch, o Celia, o alguien nos habrá visto en Barcelona y nos ha seguido hasta aquí, o quizás han estado observando a Pilot durante días o semanas? ¿Y Van está a salvo o ya es su prisionera?

Será difícil llegar en silencio hasta la Cazadora. Está en un buen lugar, no es fácil de atacar desde atrás, pero eso es lo que tengo que hacer. Sé que puedo ganarle en una pelea pero el problema es acercarme a ella antes de que dé la señal de alarma. Honestamente, no quiero que se voltee y me dispare.

Me encamino, mantengo mis ojos sobre la figura negra... es como un juego de niños. Me quedaría a plena vista si se girara —reconozcámoslo, si me ve estoy *muerto*— pero su trabajo es observar la casa y si estoy callado no se volteará. Así que, lentamente por la ladera del valle, sin apenas respirar, ahora mantengo mis ojos en el suelo para encontrar mi próximo punto de apoyo y —ella se coloca sobre su vientre, reajusta sus binoculares— el suelo suelto y arenoso se desliza bajo mi pie izquierdo pero silenciosamente. Doy un paso más hacia la parte baja del valle. Tengo mis ojos puestos sobre la Cazadora, está a dos metros sobre mí. Tengo el cuchillo listo en mi mano izquierda.

Doy dos zancadas grandes y veloces hacia delante, le agarro el tobillo con mi mano izquierda y la jalo hacia abajo. Es buena: suelta un aullido y se gira y me patea, pero ya tengo el cuchillo en su garganta. La sangre sale a borbotones sobre mi mano. Los destellos de sus ojos se apagan. Me sorprende la rapidez con la que sucedió todo.

Me duelen las costillas. Creo que me rompió una con su patada. Sano, me da el zumbido y todavía estoy sosteniendo su cuerpo, todavía sostengo el cuchillo contra su garganta. Lo saco, y la mano me tiembla un poco mientras limpio el cuchillo en la camisa de la Cazadora. Tiene un radio y un auricular. Los tomo y la mano me tiembla otra vez mientras toco la piel de la Cazadora. Me pongo el auricular pero no soporto escuchar el siseo en mi cabeza. Por eso podía percibirla desde tan lejos: no sólo por sus teléfonos, sino también por sus radios.

Tomo sus binoculares y me desplazo arriba, al lugar desde donde miraba.

Los binoculares son estupendos. Puedo ver la casa de Pilot y el patio y las enredaderas; puedo ver parte de la cabeza de Gabriel pero no la de Pilot. Los binoculares hacen su trabajo, pero las enredaderas también hacen el suyo. Los Cazadores no podían saber que Nesbitt y yo habíamos salido de ahí, incluso si supieran que habíamos llegado.

Examino la ladera para encontrar a la compañera de la Cazadora y a Nesbitt. Muy lejos, al otro lado de la colina, distingo una figura negra, una Cazadora, luego, un poco más arriba, veo otra figura oscura. ¿Nesbitt? ¡No! Otra Cazadora. Luego, más arriba, veo otra figura más. Otra Cazadora. ¡Mierda! Y no tengo la menor idea de dónde está Nesbitt.

Sin embargo, habrían dado la señal de alarma si lo hubieran atrapado, así que...

Luego lo diviso. Está haciendo justo lo que hice yo, acercándose desde atrás a la otra Cazadora que está al otro lado de mí. Lo cual es perfecto, pero tengo la sensación de que Nesbitt no ha visto a los otros dos colina arriba y creo que podrían verlo. ¡Mierda!

Me deslizo abajo, hacia el valle, hasta el cuerpo de la Cazadora, y agarro su pistola. Preferiría no usarla, pero si tengo que hacerlo, lo haré. Luego corro colina arriba, me quedo junto al fondo seco del valle, con la mayor cautela posible para ser silencioso, pero la velocidad es más importante.

Avanzo trescientos metros; supongo que es suficiente. Luego subo por un costado del valle, me arrastró boca abajo y oteo por los binoculares. Nesbitt está mucho más abajo y frente a mí, arrodillado sobre la Cazadora, que se ve bastante muerta. Pero la Cazadora más lejana a mí está regresando y seguramente puede ver a Nesbitt. La Cazadora más cercana a mí está inmóvil pero atenta, y voltea a mirar donde está mi Cazadora muerta. Ya saben que estamos aquí. Han visto a Nesbitt y se llaman por radio y ahora se preguntan por qué la Cazadora número uno no responde.

Tengo que llegar rápidamente a la Cazadora que tengo más cerca y esperar a que Nesbitt pueda lidiar con la otra.

Mi Cazadora está a mi izquierda y a cien metros debajo de mí. Me imagino que el silencio ya no es primordial, así que me acerco tanto como puedo, lo más rápido que puedo, tan silenciosamente como puedo. Le apunto con mi pistola, pero sé que mi puntería no es lo suficientemente buena, a menos que esté muy cerca. Casi estoy sobre ella cuando me escucha y voltea. Disparo y le doy en la pierna. Se aleja rodando y dispara, y me sorprende que no me haya dado. Le vuelvo a disparar, vaciando la pistola mientras corro hacia ella, luego mi cuchillo está en su estómago y lo jalo hacia arriba, para afuera, y luego lo entierro en su cuello. Los destellos de sus ojos duran y duran, son de color plateado y marrón. Miro mi mano, su sangre la cubre. Cuando vuelvo a mirar sus ojos, ya no hay destellos, y me doy la vuelta rápidamente.

Siento un ardor en el costado de mi cabeza. Está brotando sangre. Su bala no falló, sino que me rozó el cráneo. Vuelvo a sanar mientras me coloco los binoculares de nuevo en los ojos.

Nesbitt está junto a su Cazadora muerta, recoge su pistola y luego mira hacia mí.

Miro colina arriba y veo a la última Cazadora. Ella mira de mí hacia Nesbitt y saca su teléfono. Está contactando con la base. El lugar va a estar repleto de Cazadores en segundos si lo hace.

Voy hacia ella. Le grito a Nesbitt:

—¡Dispárale!

Nesbitt dispara. Sin cesar. Pensaba que sería mucho mejor de lo que es.

La Cazadora está en cuclillas, llama por teléfono y le dispara en respuesta a Nesbitt, y ya casi estoy sobre ella. Pero ya hizo la llamada. Corro rápidamente hacia ella. Se gira y me dispara, pero falla por completo. Está espantada. Nesbitt también le dispara pero la Cazadora escapa a toda velocidad, corriendo por la ladera hacia la casa de Pilot. Es veloz, pero creo poder alcanzarla antes de que llegue. Doy tumbos por la ladera, pero la ladera también ayuda a la Cazadora y llega al patio, y le dispara a todo. A todo. Es como una película de Hollywood totalmente disparatada.

La alcanzo pero está subida a las enredaderas y cae hacia atrás, hacia mí, hacia el suelo. Hacia atrás, con su brillante pelo negro recogido en una coleta que se mueve hacia mí, y con su mano que todavía se aferra a las enredaderas, aunque sé, por su cuerpo, que ya está muerta.

Cae al suelo. Su rostro está sin expresión. Hay un orificio de bala, pequeño, profundo y perfectamente redondo, en su frente.

Y Gabriel está arrodillado ahí, apuntándome con su pistola. Su brazo está recto. Su rostro sin ninguna expresión.

—Soy yo —grito, levantando las manos por si las dudas.

Nesbitt se desliza hasta situarse junto a mí, mientras dice:

—Y yo —y luego dice—: ¡Mierda!

Pilot está acostada en el suelo, desplomada hacia un lado. La niñita está arrodillada junto a ella, con su mano agarrada. Hay dos manchas rojas en el cuerpo de Pilot, una en su hombro y otra en su estómago.

Gabriel se inclina sobre Pilot, tomándole el pulso.

—Todavía está viva.

Le digo:

—Había cuatro Cazadoras vigilando la casa. Hicieron una llamada, contactaron con su base, o lo que quiera que sea que hagan. Tenemos que irnos.

—Puede haber más junto al auto. Puede que tengan a Van.

Nesbitt dice:

—Voy a comprobarlo. Si no regreso con el auto en dos minutos, sabrán que algo va mal.

Y se va.

Gabriel se agacha al lado de la niña y le habla lenta y sigilosamente en francés. Ella no dice nada y todavía agarra la mano de Pilot. Gabriel le pregunta algo. Ella asiente. Él toma la mano de Pilot que ella agarraba y ella corre adentro de la casa.

Voy al borde de la casa y me subo a un muro bajo desde donde puedo distinguir el sendero, y escucho el motor antes de ver nuestro todoterreno llegar en reversa a toda velocidad hacia nosotros. Van y Nesbitt están adentro.

Regreso donde está Gabriel:

—Nesbitt ya llegó.

Se oye un chirrido de neumáticos al otro lado de la casa que lo confirma.

Gabriel levanta a Pilot y ella grita.

Gabriel le dice:

—Le dije a la niña que trajera todo lo necesario. Nos vamos en un minuto.

Y lleva en sus brazos a Pilot por el lateral de la casa.

Diez segundos después aparece la niña, que lleva puestas unas botas pesadas y una pequeña mochila rosa que parece que se va a abrir de golpe. Voy hacia ella y le tomo la mano. Pero ella la suelta y da la vuelta corriendo por la esquina de la casa hasta el auto.

EN EL CAMINO

Estamos en el todoterreno, nos precipitamos por un sendero, quizás escapando a demasiada velocidad, pero nadie se atreve a decirlo todavía. Por la manera en que Nesbitt está manejando, es más probable que nos matemos en un accidente que con balas de Cazadores.

Gabriel y yo estamos sentados en la parte de atrás del auto. Pilot está tendida sobre nosotros con sus pies descalzos sobre mi regazo. Sorprendentemente, huelen a menta. Pero el olor principal en el auto es el del miedo. Se siente densamente en el aire. Llevamos tres horas manejando y apenas hemos hablado: con cada minuto que nos alejamos, parece que en verdad nos hemos escapado. Puedo ver el perfil de Van, y su mandíbula ya está más relajada, pero hasta ella tenía miedo. Van le dio una poción a Pilot para quitarle el dolor y por suerte ha estado dormida desde que la tomó. Hasta entonces, sus gritos me estaban afectando, nos estaban afectando a todos, pienso.

Miro a Gabriel. Sostiene un trapo sobre el vientre de Pilot. El trapo ya es pura sangre. Parece que Pilot no sobrevivirá un minuto más, pero así era hace media hora. Todavía tiene dos balas de Cazador adentro. Van le echó una mirada a las heridas y dijo que no podía sacar la bala del vientre de Pilot y, por la manera en que lo dijo, supe que era el fin. No hay nada que hacer. Es sólo cuestión de tiempo antes de que Pilot muera.

La niña está hincada en el piso, junto a las piernas de Gabriel, alisa el pelo de Pilot y le habla en susurros.

Gabriel me pregunta:

—¿Estás bien?

No lo sé. Digo que sí y me volteo para clavar la mirada por la ventana.

—Pues yo no lo estoy —dice Nesbitt—. Estoy desesperado por orinar.

El auto se desliza hasta detenerse. Estamos en unas colinas bajas, son tierras de cultivo. Quién sabe dónde. Nesbitt apaga el motor y sale. Los demás nos quedamos sentados en silencio, dejando que se asiente el polvo.

Nesbitt se para junto al auto y orina:

—Vaya si lo necesitaba.

Van le pregunta a Gabriel:

—¿Cómo está el pulso de Pilot?

—Débil. Lento.

—Tiene fuertes poderes de sanación, pero llega un momento en el que el veneno de las balas lo domina todo.

Nesbitt se asoma dentro del auto y dice:

—¿Y entonces, Gabby? ¿Te dijo algo Pilot antes de que le dispararan? Estuvieron hablando un buen rato.

—Sí, pero no de mucha utilidad. Al principio dijo que no sabía dónde estaba la casa de Mercury, pero yo estaba seguro de que sí lo sabía. La halagué todo lo que pude, diciéndole que era la única que conocía a Mercury tan bien, pero que por supuesto me imaginaba que muy poca gente había sido invitada de verdad a su casa. De todos modos, no decía nada. Dije que era extraño que por encima de todos, Mercury confiara en Rose (una Bruja Blanca de nacimiento) como la única persona a quien le había dado acceso a su hogar. Y eso fue todo. Pilot no pudo resistirse a decir que a ella también la había invitado y que había ido a casa de Mercury varias veces. Fue ella quien "presentó" Rose a Mercury hace años. Fue ella misma quien llevó a Rose allí.

Pero dijo que como verdadera Bruja Negra y amiga de Mercury, tenía el compromiso moral de no revelar nada de aquello. Mercury quería que su hogar fuera un secreto.

—¿Así que nos estás diciendo que no reveló dónde está? —pregunta Van.

—Básicamente sí.

—¡Todo esto para nada! —Nesbitt patea la puerta del auto.

Gabriel prosigue.

—Dije que quizá Mercury ya habría abandonado su casa, teniendo a los Cazadores pisándole los talones. Que acaso habrían encontrado su ubicación. Pilot rio y dijo que nunca la encontrarían. Dijo que planeaba llevar a la niña allí como reemplazo de Rose —Gabriel mira de reojo a la niña sentada a sus pies.

—¿Supongo que no le habrá dicho a la niña dónde vive Mercury? —pregunta Van.

—Pilot insistió que sólo ella lo sabía y que no se lo contaría a nadie jamás. También dijo que estaba segura en esa aldea. Que no había habido Cazadores en ninguna parte cercana. Creo que deben haber llegado más o menos en el mismo momento que llegamos nosotros. Lo que me hace pensar que Isch le contó a los Cazadores adónde íbamos, o que nos siguieron desde Barcelona.

—No nos siguieron o yo estaría muerta también —dice Van—. Habrían visto el todoterreno. E Isch no se los habría contado voluntaria ni rápidamente. ¿Quizás una de sus chicas? —se gira a mirar a Nesbitt. Él asiente con la cabeza.

—Así que Isch, o está muerta o los Cazadores la han capturado. Si la han capturado, les contará lo de tu reunión con Celia y que yo estuve ahí —digo yo.

—Creo que es una suposición razonable.

Nesbitt maldice y camina alrededor del auto y vuelve a patearlo.

Ahora la niña se mueve y Gabriel le dice algo en francés. Ella contesta en francés.

—¿Pers? —Van le sonríe a la niñita—. ¿Se llama Pers?

—Sí —contesta Gabriel.

Dialogan más. Van los acompaña, hablando en francés también, y luego, para colmo de males, Nesbitt reaparece en la puerta del conductor y empieza a participar.

La niña vuelve a hablar y me mira, y me gustaría decirle algo, pero incluso en inglés no se me ocurren las palabras adecuadas, sobre Pilot y sobre cómo lo siento y sobre cómo no sé lo que le pasará ahora, y que la vida apesta, en general, pero que quizá Van la cuide, aunque en realidad no es una gran madre de alquiler y Nesbitt sería una figura paterna interesante, pero que de todos modos es mejor que ser esclava de Mercury.

Y luego veo que sus ojos no quieren nada de mí. Y comienza a gritar. No hablo francés, pero adivino que está maldiciendo. Su rostro está cerca del mío y me encojo hacia atrás, contra la puerta del auto, y me escupe en la cara. Gabriel la rodea con sus brazos, la aleja de mí, le dice cosas al oído, pero no creo que ayude mucho, ya que me patea y Gabriel tiene que envolver una de sus piernas sobre las de ella para mantenerla quieta. Abro la puerta y caigo afuera. Me levanto y me limpio el escupitajo de mi rostro, mientras miro el enmarañado ovillo de brazos y piernas y pelo.

—¿A qué viene todo esto?

—Para empezar, no le gustan mucho los *mongs*, pero parece culparte por el ataque de los Cazadores.

Van sale del todoterreno y da la vuelta para acompañarnos. Saca un cigarro y Nesbitt lo enciende. Luego Van le tiende la cigarrera a Gabriel. Pers grita algo y vuelve a patalear, y me doy cuenta de que Van le estaba ofreciendo el cigarro a ella. Van se gira hacia Nesbitt, diciendo:

—Muy pasional —y le da una calada a su cigarro tragando el humo. Le dice a Gabriel—: Descubre lo que puedas sobre ella.

Gabriel habla con Pers y ella le habla con una voz más amable. Van escucha y me traduce.

—Sus padres murieron, su padre hace años, su madre recientemente, a manos de Cazadores; ella escapó. Isch la recogió y le dijo que se convertiría en una gran bruja. Iba a llevársela a Mercury. Tiene diez años, o eso dice.

Van comenta:

—No estoy segura de que Mercury se hubiera quedado muy impresionada: es un bichito desagradable. Pero podría resultar útil. Si Mercury busca aprendiz, Pers podría ser nuestra entrada.

—Primero tenemos que encontrar a Mercury.

—Sí, esto se está volviendo un problema tedioso —Van le vuelve a dar una calada profunda a su cigarro—. Gabriel, ¿ya le preguntaste a Pers si sabe dónde está la casa de Mercury, verdad?

—Sí. Dice que no lo sabe. Le creo.

Van tira su cigarro al suelo y lo mira.

—Sí, yo también. Lo cual significa que la única manera de descubrirlo es lograr que Pilot nos lo cuente.

—¿Una poción? —pregunto.

—Sí, pero no es tan simple. Lo mejor sería usar una poción de la verdad, pero toma tiempo prepararlas y hay que adaptarlas a cada persona, y funcionan mucho mejor si la persona es débil de voluntad y está sana. Aquí tenemos a una paciente flaca y moribunda y empecinada. Es mucho más complicado.

—¿Entonces?

—La otra opción es preparar una poción para acceder a su recuerdo de ese lugar, ir adonde fue, ver lo que vio.

—¿Una visión de aquello?

—Sí. Puedo preparar una poción con alguna pertenencia de Pilot y alguna de Mercury —mira a Gabriel sin mucha esperanza—. ¿Supongo que no tienes nada?

—Tengo un pasador para el pelo que tomé de Rose. Mercury lo hizo y se lo dio a ella —Gabriel se lo muestra a Van, quien niega con la cabeza—. Es mágico. Si lo uso, interferirá con la magia de la poción.

—No hay otra alternativa. Tenemos que probar la poción de la verdad —digo.

—No tenemos tiempo suficiente —insiste Van—. Dormirá un par de horas con el medicamento que le di. Hablaré con ella cuando se despierte. Quizá su situación le ayude a cambiar de parecer. Pero ahora todos estamos cansados. Descansaremos hasta entonces.

—¿Nos quedamos aquí? —pregunta Nesbitt, mirando alrededor de la vasta nada.

—Sí —contesta Van—. Ésta será la última morada de Pilot.

EL MAPA

Está oscureciendo y me voy hacia un campo y me acuesto en la tierra desnuda y cierro los ojos. Tengo el cerebro hecho papilla.

Pienso en Annalise mientras me quedo dormido. Estoy caminando con ella junto a un río, por una pradera, con el cielo azul sobre nosotros. Nos acostamos juntos en el suelo y se escuchan los pájaros que se llaman el uno al otro. La brisa agita mi camisa, siento el sol tibio sobre mi rostro. Ruedo hacia un lado. Annalise mira al cielo; su piel está reluciente, sonrojada por el sol, y me habla, mueve los labios, pero no le presto atención, sólo pienso en cómo me gusta verla. Le soplo en el oído, espero que me sonría, pero no lo hace; sigue hablando. Así que me inclino sobre ella y la beso, pero no me devuelve el beso y esta vez me acerco para estar encima de ella, para mirarla a los ojos. Sus ojos son del mismo azul de siempre, pero no están enfocados en mí: parecen no estar enfocados en nada, y las esquirlas plateadas están inmóviles. Congeladas. Y es como si volara hacia arriba, como si no pudiera tocarla. Está acostada en el suelo, sus labios se mueven, pero no dicen nada; está dando bocanadas de aire, tomando sus últimos respiros. Me alejo más de ella volando y veo que está en el suelo de la cabaña y Mercury está de pie sobre ella y el vendaval me retiene y le grito a Mercury. Y me despierto y me incorporo.

Gabriel está conmigo:

—¿Qué pasa? Estabas gritando.

—Estoy bien. Estoy bien. Tengo algo de Mercury.

Van sonríe entre dientes.

—Es perfecto.

—¿Sí?

—Sí —sostiene el trozo de papel que me dio Mercury. El trozo de papel donde dibujó el mapa para que yo pudiera encontrar la casa que Clay estaba utilizando como base.

El trozo de papel doblado que lleva meses en mi bolsillo: aplanado, empapado y desgastado, tiene los bordes redondeados y hay un agujero en el centro. Pero es de Mercury; al menos era suyo. Mejor incluso, tiene la letra escrita de Mercury, que todavía está visible, y, lo más importante según Van, Mercury me lo dio: no es algo robado, sino un regalo.

Es el artículo perfecto para la poción.

—Por supuesto que esto significa que tú tendrás que recibir la visión de Pilot.

—Está bien.

—Harás la poción y te la tomarás. La poción es como un río que corta los terrenos de la mente, llevando los recuerdos de Pilot hasta ti.

—Está bien —digo ahora con un poco más de cautela.

—Tú deberás hacer el corte por el que fluye, y ser aquello en lo que fluye.

—¿Tengo que hacerle un corte a ella?

—Necesitamos su sangre para la poción. Mucha. La tienes que desangrar hasta que muera.

214

—¿Qué?

—De todos modos se está muriendo, Nathan.

Antes pensaba que nunca mataría a nadie. Recuerdo, de niño, escuchar historias sobre los Cazadores que mataban a los Brujos Negros e historias sobre mi padre que mataba a los Cazadores, y pensaba que yo no lo haría nunca. Pero hasta la fecha, a la avanzada edad de diecisiete años, he matado a cinco personas. Y ahora voy a tener que matar a otra. Pero Pilot no está tratando de matarme. Está muriendo de todos modos, sin embargo, yo seré el que la mate. Cargaré con otra muerte en mis manos.

Y me alarmo por lo poco que pienso en esas personas a las que maté. Creía que a los asesinos los perseguían los recuerdos de sus víctimas, pero no pienso ni un segundo en ellos. Quiero hacerlo ahora, como una especie de muestra de respeto, y posiblemente para convencerme de que no carezco totalmente de sentimientos. La primera fue la Cazadora a la que le rompí el cuello en Ginebra. La recuerdo bien. Luego la Cazadora del bosque, la veloz, la que maté cuando era un animal. Luego siguió Kieran, a quien no le quiero mostrar nada de respeto. Por último, las dos de España. La primera estaba en el valle seco. La acuchillé en el cuello. La segunda estaba bajo un olivo. El suelo estaba alfombrado de aceitunas. Las recuerdo bien: aceitunas verdes, gordas, maduras, algunas partidas en dos, manchando el suelo. No recuerdo muy bien a la Cazadora. ¡Recuerdo mejor el suelo que pisaba que a ella!

He matado a cinco personas.

Pronto serán seis.

Si es que puedo llevarlo a cabo.

Pilot yace en el suelo. Su cabeza está sobre una almohada creada con un tapete del auto. Pers está sentada junto a ella, sosteniendo su mano. Van lleva la última hora rodeada de frascos de su bolso de viaje. Ha estado mezclando y moliendo ingredientes, preparándolos para mí, y ahora dice que está lista. Habla con Pilot. Gabriel dice:

—Le está diciendo que no tenemos que hacer esto. Que lo único que tiene que hacer Pilot es revelarnos la ubicación. Le está diciendo que puede ayudarla a sobrellevar el dolor.

—¿Y qué le está respondiendo Pilot? —pero creo poder adivinarlo.

—Básicamente que no.

Luego Van habla con Pers, y le dice lo que va a pasar. Espero que Pers le escupa a Van, que combata y se queje, pero sólo agarra la mano de Pilot y le susurra.

Van me dice:

—Pers es una fierecilla astuta. Que no te engañe su adorable apariencia exterior, Nathan.

Pers no me da la impresión de ser adorable de ninguna manera. Yo ya sé que me odia, y sé que me odiará más por hacerle esto a Pilot. Siempre hay lugar para más odio.

Van me dice qué hacer: Debo tajar el brazo de Pilot verticalmente, en la vena. Pilot debe ver y saber lo que estoy haciendo. Debo recoger su sangre y agregarla a la poción que Van hizo con el mapa. Debo beber toda la sangre que pueda. Pilot morirá. Pilot debe morir. Es mejor si tomo la poción mientras muere.

Van dice:

—Pilot tiene muchos recuerdos en su cabeza; debe entender de verdad lo que necesitas saber y cuánto lo necesitas. Cuando la cortes, piensa en Mercury, piensa en la sangre de

216

Pilot y piensa en recuperar los recuerdos de Pilot del hogar de Mercury.

Pilot lleva un vestido con mangas amplias; Gabriel le levanta una para revelar la pálida piel en el interior de su largo y escuálido brazo. La vena azul parece yacer en éste, nítida pero profunda.

Tengo el cuchillo en la mano, coloco la punta contra la piel de Pilot y luego la quito. No estoy listo. Tengo que poner en orden mis ideas. Tengo que concebir los pensamientos correctos.

—Es la única manera de encontrar a Mercury, Nathan —dice Van—. La única manera de ayudar a Annalise. Pero debes estar seguro. La poción no va a funcionar si no estás seguro. Recuerda, Pilot se irá de todos modos en una cuantas horas. No hay nada que podamos hacer por ella; está muriendo.

Gabriel dice:

—Pero la vas a matar. Le vas a quitar las últimas horas que le quedan de vida. Tienes que estar seguro.

Van lo mira.

—Gabriel, ¿qué harías si Mercury capturara a Nathan? ¿Si tuvieras que cortar a Pilot para encontrarlo y tratar de rescatarlo?

Gabriel no contesta. Se queda mirando a Van y luego se da la vuelta.

Ella dice, en voz lenta y baja:

—Creo que la desollarías viva.

Él se vuelve para mirarme y veo los destellos dorados dar vueltas lentamente en sus ojos mientras dice:

—Diez veces.

—Pero no crees que debería hacer esto. ¿Por qué? ¿Porque Annalise no me importa lo suficiente?

217

Él niega con la cabeza.

—Sé que te importa, Nathan. No me tienes que probar nada.

—No estoy probando nada. Estoy tratando de encontrar la manera de ayudar a Annalise.

—Y ésta es la única manera —dice Van.

Pienso en Mercury y en encontrar su casa y empujo la punta del cuchillo en el brazo de Pilot y arrastro la navaja hacia abajo. Pilot no se encoge de dolor pero gruñe y dice algo, una maldición, creo, y aunque me convencí de no mirarla a la cara, lo hago. Sus ojos son negros; tan negros como los míos. Dice más cosas, más maldiciones. Puedo oler su aliento, que está rancio. Es bueno que pueda concentrarme en el rostro de Pilot. Sé que tengo que creer en lo que hago. Pilot deja de maldecir y sus párpados pestañean, pero no se cierran. Se me queda mirando al final y luego más allá, pero las centellas grises de sus ojos, que estaban débiles incluso antes de que yo cortara, finalmente desaparecen, y su sangre fluye más lentamente y luego se detiene.

—Rápido —ordena Van—. Antes de que muera.

Agrego parte de la sangre al tazón de piedra que me pasa Van: la pasta del mapa y los otros ingredientes de Van están en el fondo.

—Agrega más —dice Van—. Remuévelos con lo demás.

Creo que en la sangre habrá veneno de Cazador también, pero Van me dijo que eso puedo contrarrestarlo. Dice que puedo contrarrestar lo que sea.

—Encuentra a Mercury, Nathan. Encuentra a Mercury y salva a Annalise. Recuerda, eso es lo que tienes que hacer.

Me llevo el tazón a los labios y le doy un sorbo a la poción. Sabe a piedra, extrañamente seca, casi a pimienta, y le confiere una sensación caliente a mi garganta y estómago.

—Piensa en Mercury —me recuerda Van. Y me trago toda la poción mientras recuerdo a Mercury de pie sobre Annalise. Dejo caer el tazón cuando termino.

Pers me mira, sus ojos negros y llenos de odio, y de repente estoy furioso con ella por juzgarme por lo que soy y por lo que tengo que hacer. Tengo que alejarme antes de golpearla, así que me levanto pero se me desploman las piernas y me sorprende encontrar a Nesbitt que me atrapa y me apoya en el suelo.

Mi cuerpo está débil pero mi mente está que arde. Quiero encontrar los recuerdos de Pilot pero no sé dónde buscarlos.

Cierro los ojos.

Veo a Pers. Está arrodillada sobre mí. Estoy acostado en el patio en España. Me acaban de disparar. Luego Pers desaparece y camino por un olivar y me detengo a recoger algo: una piedra, una piedra afilada. Luego estoy en la playa y recojo un guijarro y siento el sol caliente en mi rostro. Luego estoy junto a un río y coloco piedras en un pequeño dique. Represándolo.

Éste es el modo que tiene Pilot de resistirse a que yo acceda a sus recuerdos. Van me había dicho que Pilot podría hacer esto, llenar su mente de falsos pensamientos, que no son recuerdos en lo más mínimo. Me concentro en Mercury, en su pelo, su vestido gris, el frío que podía convocar en un segundo. La veo. Y luego estoy de pie junto a un lago grande y azul. Hace frío y el pálido cielo azul se refleja en el agua. Levanto una piedra, la más grande que puedo encontrar. La voy a llevar al final del lago y voy a hacer una presa en el río. A medida que camino, cargando con la piedra, levanto la mirada y veo que en el lago hay una isla y es la cosa más extraña. Una isla blanca. Y me doy cuenta de que no es para nada una isla, sino un glaciar que flota en el lago. Todavía cargo con la piedra pesada por la orilla, pero quiero mirar el glaciar, sentir el frío y la brisa, pensar en Mercury y su aliento gélido. Pero me quedo mirando hacia abajo, busco piedras a mis pies y camino hacia el río, y luego vuelvo a soltar la roca en el agua, represando el río.

La visión está cerca de casa de Mercury. Van está segura de eso. Pero no sirve de mucho. Ya lo repasé muchas veces, pero no encuentro nada nuevo. Lo único que consigo son las mismas cosas una y otra vez. Yo en la cabeza de Pilot, levantando piedras y colocándolas en una represa.

Pido consejo y Van dice:

—Está muerta. Y no son recuerdos de verdad. Encuentra los verdaderos.

—Gracias. Muy útil —le contesto.

Trato de nuevo y me vuelve a aparecer lo mismo.

Es tarde, está oscuro. Camino de un lado a otro afuera, en el jardín. Nos hemos desplazado del lugar donde murió Pilot, donde la maté. Tenemos otro auto y otra casa donde quedarnos. Creo que estamos en Francia pero no estoy seguro. Los demás están adentro. Al menos Nesbitt nos proporciona una buena comida para todos, pero se queja de cuánto tiempo estoy tardando en encontrar a Mercury. Está nervioso por la información que Isch habrá revelado a los Cazadores si es que la atraparon. Celia está en peligro, podrían acusarla de espía, pero Van dice que no hay nada que podamos hacer más que confiar en que ella pueda cuidar de sí misma.

Llevamos todo el día aquí. Esperando a que yo descubra adónde iremos después. La puerta trasera se abre y Gabriel sale.

—¿Cansado? —pregunta.

—Cansado... sí. Enojado... sí. Encabronado... el noventa y nueve por ciento del tiempo. ¿Es divertido estar conmigo...? Nunca.

Gabriel sonríe.

—¿Quién quiere lo divertido cuando se puede tener lo interesante?

Nos sentamos sobre unas cobijas bajo uno de los árboles. Anoche dormimos aquí mismo.

—¿Alguna idea brillante? —pregunto.

—¿Sobre cómo encontrar los recuerdos?

—Sí.

—Sigue intentándolo. Encuentra la manera de entrar.

Descanso la cabeza hacia atrás contra el árbol y digo:

—Es tan aburrido. Lo mismo una y otra vez.

—Aburrido pero necesario —me mira—. Si quieres encontrar a Annalise, vuélvelo a hacer.

Lo miro. Me doy cuenta de que tiene razón. Él lo haría todo mil veces por mí.

Reviso cada recuerdo: el olivar, la playa y el lago. Pero creo que el lago es el recuerdo verdadero. Eso fue lo que apareció cuando comencé a pensar en Mercury. Voy atrás y lo vuelvo a ver. El lago, el sol reflejado en él, y siento una brisa fría que parece real: es una sensación que no he tenido en otros recuerdos. Me concentro en la brisa. Me estremezco y miro a mi izquierda. Estoy en la cabeza de Pilot. Escucho algo. Hay una colina rojiza, cubierta de árboles. Hay cúmulos de nieve. Hay un camino junto al lago y camino por él. En el lago está el glaciar, su reflejo reproducido perfectamente en el agua. Vuelvo hacia la colina y veo a Mercury que me llama con un gesto y camino hacia ella, a su hogar.

LA FORMA DE UNA PALABRA

Paso la noche examinando el recuerdo una y otra vez. Buscando más claves. Veo la casa de Mercury cada vez con mayor claridad. No es un castillo, ni una casa de campo ni una cabaña ni una casa colgante: es mucho más difícil de encontrar que eso. Es un búnker. Completamente subterráneo, completamente apartado a la vista, adentro de la colina.

La siguiente mañana trato de describir el lugar, el lago y la colina.

—¿Puedes dibujar? —pregunta Gabriel.

Eso puedo hacerlo. Todos miran mientras dibujo el lago con el glaciar flotando encima. La tierra alrededor se ondula; no hay árboles ni arbustos, sólo hierba amarillenta y suelo desnudo; yacen manchas de nieve en amplias hondonadas. Mientras dibujo me doy cuenta de que hay un letrero por el camino que discurre junto al lago.

—¿Puedes ver el nombre del lugar? —pregunta Van.

No sé lo que dice el letrero. Cierro los ojos y describo lo que veo.

—Comienza con V y es una palabra más o menos de tamaño mediano.

—Pues eso ayuda mucho —dice Nesbitt—. ¿Está en un lugar frío y comienza con V? La verdad es que descarta un montón de lugares.

—Sí, lo hace, Nesbitt, gracias —lo interrumpe Van—. Necesitamos mapas. ¿Sabes leer mapas, Nathan?

—Sí. Hay algo más también. Conozco la forma de la palabra.

—¿La forma? —Nesbitt se ríe—. ¿Y por qué no lo dijiste antes? La *forma* de la palabra… eso marca la diferencia.

—Nesbitt, si no puedes contribuir con nada positivo, ¿te molestaría terriblemente mejor no contribuir en nada? —Van se gira de nuevo hacia mí—. ¿La forma?

Me encojo de hombros. La dibujo en el aire con mi dedo.

—Bien. ¿Y cuán larga es la palabra? ¿Sabes qué cantidad de letras tiene?

—¿O qué son las letras? —Nesbitt vuelve a meter el dedo en la llaga—. Digo, podría valer la pena hacer esa pregunta.

—El letrero estaba junto al camino, después de un largo recorrido —pero sé que no estaba *tan* lejos, y lo que sucede es que no puedo leer el letrero y, cada vez que trato de recordarlo o concentrarme en él, se vuelve un revoltijo de negro sobre blanco.

Gabriel me da un libro mientras me dice:

—¿A qué palabra se parece más?

Nesbitt aletea los brazos y niega con la cabeza.

—No me lo puedo creer.

Apoyo el libro y me le quedo mirando. Van y Gabriel se le quedan mirando también.

—¡¿Qué?!

—¿Por qué no traes el Atlas, Nesbitt? —dice Van—. Luego prepara el almuerzo y vete a dar una larga caminata.

Mientras no está, busco en el libro y trato de encontrar una palabra que me recuerde el nombre del lugar que vi. No encuentro ninguna.

Gabriel trae unas tijeras y recorta algunas letras. Las agrupa hasta que digo alto.

—Ésa se parece, más o menos. ¿Qué dice?

—*Volteahn*. No significa nada. Y —hojea el índice del atlas— no está listado como lugar.

—¿Hay algo parecido? —pregunta Van.

Gabriel estudia el índice.

Me levanto y voy a la cocina. Nesbitt rebana una hogaza con un cuchillo de pan. Levanta la mirada cuando entro.

—Hola, amigo.

Supongo que no tengo aspecto de estar contento porque dice:

—Sabes que no lo decía en serio.

—No sé leer, ¿de acuerdo? —camino hasta él. Su cuchillo apunta contra mi pecho. Es un cuchillo de pan, pero de todos modos podría matarme.

Camino más para que la punta del cuchillo quede sujeta contra mi piel.

Empujo. La punta empieza a entrar pero entonces Nesbitt quita el cuchillo. Hay sangre en la punta.

—¿De acuerdo? —insisto.

—Sí, claro, Nathan, sólo estaba bromeando —su voz y su sonrisita estúpida son las mismas, pero ahora estoy tan cerca de él que veo que sus ojos pierden su movimiento: el flujo del azul y del verde se congela. Tiene miedo.

Y estoy tan sorprendido que me detengo. Nunca me había dado cuenta de que me tenía miedo.

—Parece ser que no es necesario que sepa leer —le digo a Nesbitt—. Y —agrego— tu sopa está demasiado salada.

Me doy la vuelta y me voy.

Nesbitt dice:

—¿Demasiado salada? ¿Demasiado salada? Yo… pero…

Mientras salgo de la cocina me fijo en Pers. Está sentada en la esquina de una banca. Debe haber estado ahí todo el tiempo. De nuevo reconozco esa mirada en sus ojos, y ella me enseña los dientes para soltar un bufido mientras me voy.

Gabriel apunta al nombre del pueblo en el atlas:

—¿Es ése? Veltarlin. ¿Es ése el nombre que viste?

—No puedo estar seguro. Tiene el mismo aspecto. El lago parece ser el correcto, pero necesitaría un mapa más detallado para estar seguro.

Nesbitt nos acompaña a la mesa.

—¿Lo tienes?

—Sí —respondo—. Tiene que ser ese lugar: es frío y comienza con V.

—Seguro —Nesbitt me dedica una amplia sonrisa.

—¿Ahora qué? —pregunta Gabriel.

Van se levanta, se estira para atrás formando un arco rígido y luego comienza a dar vueltas por el cuarto. Saca su cigarrera pero juega con ella en lugar de abrirla.

—Nos dirigiremos hasta allí. Podemos conseguir mapas más detallados en el camino para asegurarnos de que estés en lo correcto. Suponiendo que sea así, Nesbitt será parte del grupo de avanzadilla.

—¿Un grupo de avanzadilla de una persona? —pregunta.

—No finjas que no te halaga.

—¿Con el objetivo de…?

—De explorarlo con cuidado extremo. Mirando. Observando. Localizando la entrada o las entradas. Mirando para ver si alguien entra o sale. Evaluando qué hechizos podría estar usando Mercury como protección. Y lo más importante, asegurándote de que no te vean. Y luego volviendo a la base.

—¿Y dónde está la base?

Van vuelve al atlas y coloca la punta de su dedo, su uña perfecta, en un lugar a unos cuantos centímetros de la colina de Mercury y de su búnker.

CUARTA PARTE

Los diarios del búnker

SER POSITIVO OTRA VEZ

Estamos en la base, en otra casa vacía, a varios kilómetros del búnker de Mercury. Verificamos el lugar en un mapa detallado y ya estoy seguro de que es el correcto. Llevamos setenta y dos horas aquí, y Nesbitt ha estado afuera setenta y una y media. Van ha pasado todo el tiempo preparando una poción de persuasión que pueda usar con Mercury para obligarla a despertar a Annalise. Está mezclando y probando, y nos fulmina con la mirada si hacemos ruido. Pers sigue llena de odio y de miradas de maldad, pero se las devuelvo con la misma intensidad. Gabriel y yo nos mantenemos alejados de los demás, pasando el rato en su habitación o en la cocina.

Las primeras dos noches dormí afuera. Estamos al norte, muy al norte, y hace frío. La primera noche me preguntaba si me transformaría pero no pasó nada. La segunda noche me senté con las piernas cruzadas en el suelo y miré ponerse el sol y examiné todo lo que pude recordar de cuando estuve en forma animal, cuando *él* tomó el control, y pensé en cómo sería estar en el otro yo y ver las cosas de una manera distinta. Nada. Pero entonces regresé a la visión que tuve cuando ayudé a Gabriel. Recordé estar en Gales, con la estaca atravesada por mi corazón, conectándome a la tierra y a él, al yo animal.

Y luego ocurrió; sentí la adrenalina animal crecer en mí lentamente, y le di la bienvenida y me transformé.

Recuerdo la mayor parte de ser el animal, no toda. No cacé nada. Era como si él me estuviera mostrando el lugar, como si me estuviera ayudando a desentrañar cómo era, me ayudaba a acostumbrarme, pero yo siempre era el pasajero; él estaba en el asiento del conductor. Yo sólo estaba en su cuerpo, aunque no sé de qué era el cuerpo. A juzgar por las huellas de las patas, creo que era un lobo o un perro grande.

Siento como si hubiera logrado tener cierto control sobre cuándo puedo transformarme. Estoy seguro de que puedo detenerlo ahora y hacer que ocurra también.

Así que esta noche voy a quedarme adentro, como yo, en parte porque espero que Nesbitt regrese, en parte porque no quiero transformarme tan pronto otra vez. Estoy acostado en una de las dos camas del cuarto de Gabriel y me siento positivo.

Pensamiento positivo número uno

Estoy vivo. Tengo mi Don y comienzo a poder controlarlo. Esto es algo importante. *Estoy vivo. Tengo mi Don y comienzo a poder controlarlo.*
Esto es algo superpositivo.

Pensamiento positivo número dos

Me gusta Annalise. He estado pensando bastante en ella y me gusta. Mucho. Y yo le gusto a ella también. Creo.

Pensamiento positivo número tres

Annalise probablemente no está adolorida o sufriendo en este momento. Está en un sopor parecido a la muerte y eso es peligroso, pero el aspecto que es parecido a la muerte probablemente no sea tan obvio para ella.

Pensamiento positivo número cuatro

Ya sabemos dónde está el búnker de Mercury. Si Annalise está ahí dentro, creo sinceramente que encontraremos una manera de sacarla sin problemas. Tenemos una buena posibilidad de ganarle a Mercury. Cuatro contra uno es una probabilidad bastante buena. Está en su casa, pero nosotros tenemos el elemento sorpresa de nuestro lado. Ella es muy poderosa. Nosotros somos bastante poderosos. Tenemos una buena oportunidad. Claro que ella podría simplemente congelarnos a todos al instante en una tormenta de hielo o hacernos volar por los aires, literalmente, o, no sé, hacer que caigan enormes granizos que nos golpeen hasta la muerte.

Pensamiento positivo número cinco

Somos cuatro contra Mercury, lo cual significa que todavía no he matado a Nesbitt. Y creo que ya no lo voy a matar. No logra molestarme como antes.

Pensamiento positivo número seis

Si sobrevivimos esto, estaré con Annalise. Sé que nuestras dificultades no habrán terminado, está todo el tema de la Alianza y vivir una vida tranquila todavía quedaría muy lejos, pero estaré con ella. Realmente quiero besarla, de verdad, y hacer otras cosas que he estado pensando hacer con ella durante años y que nunca tuvimos la oportunidad y...

—¿Estás bien?

Es Gabriel. Está aquí conmigo, como siempre.

—Sí. Sólo estoy pensando en cosas... ya sabes. Cosas positivas.

—Ah, sí. Estás pesando en ella. En Annalise.

—Un poco. Creo que tenemos una oportunidad decente de hacer que esto funcione. De salvarla. Y de sobrevivir.

No contesta.

—¿No lo crees?

—Mercury intentará matarnos, y creo que se esforzará al máximo para ello. Es muy buena para eso.

Estoy tratando de mantener mi actitud positiva, así que digo:

—Y creo que también la Alianza tiene una oportunidad. Me refiero a que esto podría significar un cambio enorme. En un año, todo el mundo de los brujos podría ser distinto.

Gabriel se levanta y lo miro. Se recarga contra la pared y se queda mirando por la ventana. El cielo está oscuro, nublado. El cuarto tiene un débil fulgor verde por la bruma nocturna de Van.

Me observa y luego mira de nuevo por la ventana. Sus movimientos son rígidos, erráticos, como si estuviera a punto de decir algo pero hubiera cambiado de parecer.

—¿Estás enojado? —pregunto.

No contesta de inmediato pero luego dice:

—Un poco. Quizá mucho.

—¿Conmigo?

—¿Con quién más?

—¿Por qué?

—No quiero morir, Nathan. No quiero morir salvando a una chica que desprecio. Una chica en la que no confío. Una chica que creo que te traicionó y que te volverá a traicionar. Y, siendo egoísta por un momento —me voltea a mirar—, no creo que estés ni vagamente interesado en lo que yo quiero, ¿o sí?

Trato de pensar en qué decir: cuánto me agrada, cuánto lo aprecio, cuánto me ha ayudado. Palabras estúpidas, pero quizá sean mejor que nada. Comienzo a decirle:

—Gabriel, eres mi amigo. Eres especial. Yo no podría…

Ahora me interrumpe con voz fuerte.

—¿Sabes cuán especial soy? ¿Siquiera te importa? Estás tan envuelto en tus propios dramas que no ves nada a tu alrededor.

—Gabriel…

—A la primera persona a la que maté —volvió a interrumpirme—, le disparé en la cabeza. A quemarropa. Estaba arrodillada a mis pies; le había atado las manos, los tobillos. Estaba llorando. Rogando. Rogando que la dejara vivir. Le disparé en la cabeza, estaba de pie frente a ella y tenía el cañón de la pistola contra su frente. Ella me estaba mirando. Bajé la pistola, apunté, empujé la pistola contra su piel y apreté el gatillo. Para asegurarme, le volví a disparar en el costado de la cabeza, mientras su cuerpo yacía en el suelo. Para asegurarme de verdad, empujé su cuerpo boca arriba y le volví a disparar en el corazón.

—Estás tratando de escandalizarme —me levanto y voy hacia él, pero por un momento su semblante me desconcierta.

Se ve atormentado.

—¿Quién era? —pregunté.

—Una chica. Alguien que traicionó a mi hermana con los Brujos Blancos. Se llamaba Caitlin. Era una Mestiza en la que mi hermana confiaba, en la que yo confiaba. Y llegados a este punto podrías decir: "Ah, así que Gabriel se equivoca;

confió en alguien que lo traicionó; no es perfecto juzgando a la gente". ¿Y sabes qué respondo yo a eso? Respondo: "Tienes razón. Claro que tienes razón". Es difícil entender cuáles son las verdaderas intenciones de la gente, ¿y sabes qué es lo más complicado de todo? Que la gente cambia, Nathan. Las personas cambian. Mi hermana confió en Caitlin y tenía razón en hacerlo porque Caitlin era buena y gentil y amable y estaba tratando de ayudarla. Ella estaba de nuestro lado, al principio. Pero, ¿sabes qué? Hicieron que nos traicionara. Ellos hacen eso; cambian a la gente.

—Eso no significa que haya ocurrido lo mismo con Annalise.

—No, no significa eso. Y podría equivocarme, Nathan. Quizá no te haya traicionado. Pero, cuando veo a Annalise, hay algo en ella que me recuerda a Caitlin.

—Gabriel...

—A decir verdad, soy consciente de que Caitlin no tenía muchas opciones, pero sí tenía *una* opción. Ella era mitad Bruja Blanca, y si no hacía lo que querían, entonces habrían convertido su vida en un infierno. Pero por culpa de ella atraparon a mi hermana. Mi hermana amaba a un Brujo Blanco. Caitlin les llevaba los mensajes que se escribían entre ellos. Pero luego mi hermana fue a verlo, entró en el territorio de los Brujos Blancos. Siempre fue tan impulsiva, tan llena de vida y emoción. La atraparon. Tenía diecisiete años. Al chico también lo atraparon. A él lo encarcelaron un mes y lo soltaron. A mi hermana la ahorcaron. No sé qué le hicieron antes de matarla. ¿Qué crees que le habrán hecho, Nathan?

No contesto. Sé que no quiere que le dé una respuesta.

—Todavía odio a Caitlin. Semanas después de haberle disparado, deseaba poder hacerlo de nuevo, para hacerlo más lentamente, para causarle más dolor y miedo, para hacerla sufrir como sufrió mi hermana.

Me acerco a él. Lo abrazo. Es la primera vez que hago esto... acercarme a él.

Pienso que podría derrumbarse, que podría llorar. Pero me aparta y se me queda mirando a la cara:

—Pienso mucho en mi hermana, en cuánto sufrió, en lo que le habrán hecho. Te amo más que a mi hermana, Nathan. Nunca pensé que eso sería posible, pero es cierto. Y creo que tienes razón. Creo que sí tenemos oportunidad de ganarle a Mercury, y creo que hasta la Alianza tiene oportunidad. Pero más que eso pienso en que te matarán, Nathan, y pienso que sufrirás una mala muerte, una muerte dolorosa, larga y lenta. Soy incapaz de detenerlo porque no puedes ver que Annalise no es para ti. Te niegas a verlo. Así que lo único que puedo prometer es tratar de ayudarte, y si fallo, y tú mueres, a quien lo haga le infligiré más dolor del que le hice pasar a Caitlin.

Sale de la habitación.

Eso sí que ha sido positivo.

PREPARAMOS NUESTRO PLAN

—No. No. No —Nesbitt ha vuelto y no es optimista—. Mira, te lo dije. Habrá un hechizo de protección.

Es la mañana siguiente y estamos sentados alrededor de la mesa de la cocina, preparando nuestro plan. Estamos tratando de averiguar cómo entrar al búnker sin que Mercury lo sepa.

—¿Qué tal si cavamos un túnel para entrar? —pregunta Gabriel.

—Claro —Nesbitt golpea la palma de su mano contra su frente—. Lo único que necesitamos es un equipo minero, explosivos, maquinaria elevadora, unas cuantas excavadoras. No debería tomarnos más de un par de semanas.

Sabemos que tiene razón. Y yo sé que la única manera de entrar es en la que he estado pensando todo el tiempo.

—Tengo que tocar a la puerta.

Todos me miran, excepto Gabriel, que mantiene la cabeza baja para reconocer que tengo razón.

—No me matará. No inmediatamente, al menos. Querrá saber si tengo la cabeza o el corazón de Marcus.

—¿Cuánto tiempo crees que pasará antes de que descifre la respuesta? —pregunta Nesbitt.

—Unos diez segundos —contesta Gabriel, levantando la mirada.

—Sí —confirmo—. Pero va a querer escuchar lo que quiero ofrecerle. La última vez que la vi, acababa de enterarse de que Rose estaba muerta, Marcus me había dado mis tres regalos y los Cazadores estaban invadiendo su valle. Estaba furiosa y enojada. No será así cuando entre esta vez.

—Eso esperas —dice Nesbitt.

—Así que —prosigo— le diré que quiero que libere a Annalise. ¿Qué aceptará a cambio de la muerte de Marcus?

—La tuya, probablemente —dice Gabriel.

—Está ese riesgo, pero quiero apostar a que Mercury querrá provocarme el mayor dolor posible. Va a querer mostrarme a Annalise, regodearse en su victoria. Creo que me invitará a pasar. Creo que hablará conmigo.

Todos se me quedan mirando.

—¿Y luego qué? —dice Gabriel—. Después de lograr hacer eso con tanto éxito.

—Y luego… Ustedes habrán entrado a hurtadillas tras de mí, subyugarán a Mercury, le darán la poción de persuasión, descubrirán cómo despertar a Annalise y nos escaparemos.

Nesbitt se ríe. Gabriel entorna los ojos.

Van dice:

—Podría funcionar.

Todos la miramos sorprendidos.

—El truco es que entremos todos. Mercury sabe que Pilot le iba a llevar una nueva aprendiz —dice Van, mirando a Pers, que frunce el ceño en un rincón—. Quizás haya manera de usarla.

—Yo podría llevarle a Pers a Mercury. Confiaría en mí —dice Gabriel—. Puedo vigilar a Mercury para ver qué hechizo protege la entrada.

Silencio. Van fuma su cigarro.

Le digo:

—No creo que Gabriel deba venir —si Mercury nos ve juntos, le parecerá más que sospechoso—. Qué tal si... yo llego con Pers. Le digo que la he rescatado de los atacantes de Pilot. No sé qué hacer con ella, aunque pensé que estaría bien contigo, Mercury. ¡Ah!, y por cierto, ¿cómo está Annalise? Mercury me lleva con Annalise, y Pers tiene tiempo de descifrar el hechizo de entrada.

—Es francesa. No entiende una sola palabra de inglés. Y de todos modos no quiere ayudarte —dice Gabriel.

—Dile que lo más probable es que me maten y que tendrá oportunidad de verlo. Eso debería motivarla.

—No —dice Van—. Te necesitamos a ti y a Pers para entrar, pero alguien más tendrá que descifrar el hechizo de acceso. Sin embargo, la idea es buena. Con unos pequeños cambios podría funcionar...

EL BÚNKER DE MERCURY

A la siguiente mañana estamos listos. Es temprano. Hay un cielo azul pálido y despejado. Va a ser un día hermoso. Nesbitt dice:

—Revisé todos los alrededores. Ésta es la única entrada. Mercury debe tener un pasadizo adentro porque no me explico cómo trae las compras desde aquí. La gran pregunta es... ¿está en casa?

—Sólo hay una manera de descubrirlo —le digo yo.

La entrada del búnker es un túnel angosto excavado en la colina. No hay ningún indicio de cuánto se extiende hacia adentro, ya que no se ve nada pasado un metro. La boscosa colina tiene vista al lago. No hay ni senderos ni paseadores de perros ni gente. Esto no es Inglaterra; es Noruega. Noruega remota.

Gabriel y yo llegamos a la entrada: la primera oleada de nuestra infiltración. Gabriel se transformó en Pers y lleva su ropa puesta. Se parece a ella, camina como ella, habla como ella y frunce el ceño como ella. Estoy bastante seguro de que me escupirá en algún momento, para darle autenticidad.

Nuestro plan es que Gabriel y yo entremos primero al búnker. Le diré a Mercury que traigo a Pers de parte de Pilot y que mientras esté ahí necesito ver a Annalise, para estar convencido de que todavía sigue viva. Mercury me llevará junto a Annalise, y Gabriel se escabullirá para dejar entrar a los demás. Nesbitt y Gabriel sorprenderán y subyugarán a Mercury y le darán una poción del sueño que elaboró Van. Creemos que los dos tendrán la fuerza suficiente para hacer esto, si se pueden acercar lo suficiente sin que ella sospeche. Mientras Mercury está inconsciente, Van le administrará la poción de persuasión.

Hay muchas maneras en las cuales el plan podría salir mal y, si Mercury olfatea siquiera que hay truco, todos estaremos en problemas, en cuyo caso todos hemos acordado olvidar el plan de salvar a Annalise y concentrarnos en salvarnos primero a nosotros. Como dijo Nesbitt: "No podemos ayudarla si estamos todos muertos".

Nos internamos por el túnel. El aire está quieto e incluso más frío que afuera. Enciendo mi linterna mientras caminamos lenta y cuidadosamente hacia delante. Los muros están disparejos, sólidos como piedras, al igual que el piso, y siento como si estuviéramos siendo acorralados: los pasillos se vuelven más angostos hasta que ya no podemos caminar cómodamente el uno al lado del otro.

Más adelante hay una puerta, o más bien dos puertas. Hay una reja con barras de metal y directamente detrás hay una puerta de madera sólida que queda a la vista, tachonada con clavos de metal negro.

Tiro de la reja pero está cerrada con candado. La luz de la linterna parece haberse atenuado y el silencio a nuestro alrededor es más profundo.

Me estiro entre las barras de la reja y golpeo con fuerza sobre la puerta de madera con la parte plana de mi mano, luego con el puño, pero no consigo hacer mucho ruido. Golpeo de nuevo, con más fuerza, utilizando la base de mi linterna. Incluso ese sonido parece ser tragado por el túnel, y no estoy seguro de que Mercury nos pueda escuchar. Pero quizá pueda percibir que estamos aquí. ¿Quién sabe qué magia tendrá protegiendo su hogar?

Vuelvo a golpear y grito:

—¡Mercury! Tienes visita.

Esperamos.

Estoy a punto de golpear de nuevo cuando creo que he escuchado algo y Gabriel se inclina hacia delante como si lo hubiera escuchado también. Es el sonido de un cerrojo arrastrado sobre el metal oxidado. Hace un chirrido y se queja y luego queda en silencio. Otro cerrojo y más chirridos de metal y luego... silencio. La puerta de madera se abre lentamente y, mientras lo hace, huelo algo inusual, algo especiado. Miro a Gabriel y asiente rápidamente para confirmar que también lo ha olido y que tiene algo que ver con cómo se abre la puerta. No requiere una llave ni una contraseña, ¡sino algo que huele especiado!

La puerta se abre a la oscuridad. Pero sé que Mercury está ahí, porque la temperatura baja dramáticamente.

Levanto mi linterna y está ahí de pie. La misma figura horrenda que recuerdo: alta y gris, como una estaca de hierro torcida y oxidada, su cabello es un montón de lana de alambre apilado en la cabeza, sus ojos negros relampaguean.

Manda un soplido de aire helado en mi dirección. Se me forman carámbanos en el pelo y en las fosas nasales. Tengo que cerrar los ojos y darle la espalda. La espalda se me entumece por el frío, el viento es tan fuerte que me encorvo y me sostengo de las paredes del túnel para apoyarme, tratando de proteger a Gabriel con mi cuerpo.

Luego, tan pronto como comienza, el viento se detiene. Me enderezo y me giro para enfrentarla.

—¡Mercury! —exclamo como saludo y ahora me arrepiento de no haber planeado qué más debo decir.

—Nathan. Qué sorpresa. Y veo que tienes una nueva amiga.

—No es una amiga. Ésta es Pers. Pilot te la iba a traer para que fuera tu aprendiz, me parece, pero... está muerta.

Mercury no dice nada pero sus ojos sueltan un destello brillante.

—Los Cazadores la mataron. Yo estaba allí. Escapé con Pers.

—¿Y por qué viniste aquí? ¿Querías arrastrar a los Cazadores tras de ti a mi casa... otra vez?

—No. No me siguieron. Eso pasó hace una semana.

—Una semana. Un año. Te estarán siguiendo de todos modos.

—Los perdí.

Mercury encorva los labios.

—¿Y cómo me encontraste?

—Eso no importa —sé que si le digo que Pilot me lo dijo, no lo creerá—. La cuestión es que estoy aquí.

—¿Y por qué estás aquí? Te dije que mataras a Marcus y me trajeras su corazón. No lo veo por ninguna parte.

—Quería hablar de eso contigo. No tuvimos mucho tiempo para discutir tu ofrecimiento mientras los Cazadores nos disparaban.

—No es negociable.

—Eres una mujer de negocios, Mercury. Todo es negociable.

—Eso no.

—En un principio querías que yo matara a Marcus a cambio de darme los tres regalos, pero antes de partir para robar el Fairborn acordamos que en vez de eso yo podría trabajar contigo durante un año.

Mercury me mira con desprecio:

—¿Y es eso lo que me estás ofreciendo ahora?

—No. A cambio de Annalise te estoy ofreciendo a Pers.

Mercury estudia a Gabriel y finalmente dice:

—De todos modos tenía que venir conmigo. Me quedaré con ella —Mercury abre el candado con uno de sus pasadores, agarra a Gabriel por el hombro, lo arrastra por la puerta y jala las rejas para cerrarlas—. Pero tú y tu padre son otro asunto.

—Pero —agarro la reja.

—No hay negociaciones. Regresa cuando tengas la cabeza o el corazón de Marcus.

Ésta es la peor respuesta posible, y al mismo tiempo completamente previsible.

—Tengo que ver a Annalise —digo, aferrándome a la reja.

—No, no tienes que hacerlo —replica Mercury.

—Sí, lo necesito. ¿Cómo sé que está viva? Ni siquiera sé dónde está. Hasta donde sé, la dejaste en manos de los Cazadores. Haré lo que me pidas, Mercury. Si puedo hacerlo. Pero tengo que saber que Annalise está viva. Primero tengo que verla.

Mercury titubea. Todavía no ha cerrado el candado. Lo está pensando. Ya es algo.

—Estoy arriesgando mi vida por venir hasta aquí, Mercury. Puedes matarme fácilmente. Lo único que te pido es que me dejes ver a Annalise.

—La última vez que discutimos esto dijiste que nunca matarías a tu padre.

—Eso fue antes de que me abandonara a los Cazadores. Casi muero —estuvieron a punto de atraparme en varias ocasiones—, pero logré escaparme, no gracias a él. Esperé toda mi vida a que viniera por mí. Pensaba que me llevaría con él. Pensaba que aprendería de él, que estaría con él, pero no fue así; prefirió dejarme para que los Cazadores me atraparan y me torturaran hasta la muerte.

—Es un hombre cruel. Me alegra que te estés dando cuenta de eso, Nathan.

Inclino la cabeza y me aferro a las barras, mientras digo:

—Haré lo que sea por Annalise, Mercury. Y arriesgaré mi vida para ayudarla, pero primero tengo que verla. Por favor…

No me atrevo a alzar la mirada. Lo único que puedo hacer es esperar a que el odio de Mercury la ciegue y no vea que yo nunca mataré a Marcus, nunca podré matarlo. Pero tengo que hacerle creer que por Annalise lo intentaría.

Caigo de rodillas.

—Por favor, Mercury.

Las rejas con barras se abren en silencio. Vacilo y levanto la mirada.

—Te herviré vivo si intentas algún truco —dice Mercury, y da un paso hacia la oscuridad.

Me pongo de pie y entro. Mercury cierra la reja y luego cierra la puerta de madera y desliza hasta cerrar los dos pestillos grandes. Luego toma una pizca de unos granos de un pequeño tazón de piedra que está tallado en la pared del túnel y los espolvorea sobre los pestillos. El aroma especiado vuelve a llenar el aire. Creo que los granos deben hacer que los pestillos se atranquen.

El túnel sigue básicamente igual por dentro, pero hay algunas lámparas de queroseno colgadas de las paredes, titilando con una luz amarillenta. Mercury mantiene una mano férrea sobre Gabriel y lo guía por el túnel mientras se da vuelta a la derecha y yo sigo adelante. Pasa a través de una cortina de material pesado y la sigo hasta un cuarto grande, una estancia grandiosa, con muros de piedra toscamente cortada y todos completamente forrados de tapices. La cortina por la que entramos también es un tapiz. No hay puertas, así que sospecho que cada tapiz conduce a un túnel diferente.

Mercury se detiene en el centro del pasillo y suelta a Gabriel y dice:

—Quédate ahí —y Gabriel le lanza una mirada maravillosamente confundida.

Le digo a Mercury:

—Pers no habla inglés. Sólo francés.

Mercury le balbucea algo a Gabriel y él le frunce el ceño al mejor estilo de Pers. Ella camina alrededor de Gabriel, mirándolo por todos lados.

—Así que Pilot está muerta. Ésa es una gran pérdida para todos nosotros. ¿Y Gabriel? ¿Supongo que también él está muerto?

—Acordé verme con él en un lugar en el bosque. Jamás acudió. Luego llegaron los Cazadores —a partir de esa descripción, debe quedar claro lo que tuvo que ocurrir: a Gabriel lo atraparon y torturaron para revelar la ubicación del punto de encuentro.

—Lo siento —dice Mercury.

—¿De verdad? —ahora soy yo quien frunce el ceño—. Lo encuentro difícil de creer.

—Gabriel era un Brujo Negro honorable —hace una pausa y desliza sus dedos por el pelo de Gabriel, levanta una mecha y la suelta. Creo que Gabriel tiene incluso los piojos de Pers.

Sé que tengo que seguir. Le pregunto:

—¿Dónde está Annalise?

—Arriesgas mucho por Annalise, Nathan. ¿Estás seguro de que lo vale?

—Sí. Lo estoy.

Mercury se acerca para mirarme fijamente a los ojos.

—El amor verdadero es una fuerza poderosa.

—Si tengo que escoger entre Annalise y mi padre, entonces lo haré. Pero tengo que verla. Muéstrame que está viva y haré lo que quieras.

Mercury se encorva hacia mí y me vuelve a acariciar la mejilla. Su dedo está frío y seco como un hueso. Ella dice: Siempre oliste tan bien, Nathan.

—No puedo decir lo mismo de ti —le gruño—. Muéstrame a Annalise.

—Me encanta cuando te resistes, Nathan. Es encantadoramente delicioso. Vamos, antes de que cambie de parecer.

Se da la vuelta y camina junto a Gabriel, le dice algo en francés mientras lo hace pasar, y Gabriel frunce el ceño y se sienta en el suelo. Sigo a Mercury hasta el final del pasillo, a un tapiz de una escena de cacería: un hombre sobre un caballo con un perro que corre a su lado y un venado lleno de flechas. Detrás del tapiz hay un túnel idéntico al que lleva a la entrada. Mercury baja por ahí a zancadas.

Nuestro plan parece ir bien. Gabriel ya debe estar de regreso a la entrada mientras sigo a Mercury por el túnel, que parece más bien un pasillo. Hay puertas de madera a ambos lados y Mercury ya está en la más lejana. La atraviesa y yo bajo el paso. He estado tan ansioso por lidiar con Mercury que no me siento preparado para ver a Annalise.

Atravieso la puerta esperando hallar una celda, pero me encuentro que estoy en una habitación. Hay una silla, una mesa, una cajonera alta y un armario, todo de una madera preciosa de color oscuro. Una lámpara de queroseno cuelga bajo el centro de la estancia, desprende luz y aroma, y debajo de ésta hay una cama y en la cama está Annalise.

Siento que mi corazón comienza a latir a toda velocidad por el pánico: Annalise está pálida; tiene los ojos cerrados. Está acostada boca arriba, lo que de alguna manera la hace parecer más muerta que dormida.

Toco su mano con la mía. Está fría. Su rostro está delgado. Me inclino hacia ella y trato de escuchar su respiración pero no oigo nada. Busco un pulso en su cuello y no encuentro ninguno.

—Esto no está bien —digo—. No está dormida.

—No, Nathan. No está dormida. Está en un sueño parecido a la muerte. Sin respiración, apenas con pulso; su cuerpo y su mente están apagados en el nivel más bajo. Pero todavía hay vida en ella.

—¿Cuánto tiempo puede sobrevivir así?

Mercury no contesta pero se acerca a Annalise y le acaricia el pelo en la almohada.

—¡Mercury! ¿Cuánto tiempo?

—Un mes más. Y luego, probablemente, será demasiado tarde.

—Tienes que despertarla. ¡Ahora!

—No veo el corazón de Marcus.

—Despiértala y lo conseguiré. Si ella muere, nunca lo haré.

Mercury vuelve a acariciar el pelo de Annalise.

—Por favor, Mercury.

—Nathan, suplicar no te sienta bien.

La insulto.

—¡Despiértala ya! Despiértala o no tendrás nada.

Y estoy convencido de que se va a reír en mi cara, pero ella dice:

—Siempre me gustaste, Nathan —se gira para mirar a Annalise—. Y admito que ella tiene un aspecto algo frágil. Los Brujos Blancos no tienen nada de fuerza. Un Brujo Negro podría sobrevivir tres veces más tiempo.

—Mercury, no ganas nada si la dejas morir. No me estás dando el tiempo suficiente para hallar a Marcus. Es imposible.

Mercury se acerca a mí y me mira a los ojos.

—¿Así que lo matarás? ¿A tu propio padre?

Le devuelvo la mirada y le respondo como si lo dijera en serio:

—Sí. Encontraré la manera.

—Será difícil.

—Encontraré el modo. Pero sólo si despiertas a Annalise. Ahora.

—Permanecerá como mi prisionera hasta que cumplas tu parte del trato.

—Sí, sí. Estoy de acuerdo.

—Será mi esclava. Te lo advierto, Nathan, tengo poca paciencia con los esclavos o los prisioneros. La trataré mal. Cuanto antes destruyas a Marcus, menos sufrirá Annalise.

—Sí, lo entiendo.

—Muy bien.

Se gira y besa a Annalise en los labios y, mientras lo hace, los labios de Annalise se abren y unas palabras fluyen a través de un aliento caliente que va desde la boca de Mercury hasta la de Annalise. Mercury se endereza y pasa su mano por el brazo de Annalise, roza el dorso de sus dedos por sus mejillas, diciendo:

—El proceso ha comenzado. La chispa de la vida se prenderá de nuevo, pero pasarán horas, quizás un día, antes de que pueda darse la siguiente etapa y la despierte.

Me acerco a Annalise y tomo su mano.

—¿Cuál es la siguiente etapa? —le pregunto a Mercury, girándome para mirarla. Pero ella camina hacia la puerta saliendo del cuarto. No tengo ni idea de si Gabriel ha tenido suficiente tiempo para dejar entrar a los otros. Necesito demorar a Mercury pero no sé cómo hacerlo sin levantar sus sospechas—. ¿Hay algo más que tenga que hacer? ¿Necesitará agua o...?

Mercury se da media vuelta, diciendo:

—Te dije...

La interrumpe un grito. Suena a la voz de Pers pero Gabriel no la estaría llamando. No entiendo las palabras pero tengo un mal presentimiento.

Mercury parece más irritada que enojada y sale del cuarto. Voy a la puerta, planeando seguirla. Mercury corre el tapiz hacia un lado y se para ahí, de espaldas a mí. Distingo el gran salón y puedo escuchar a Pers otra vez. Ahora corre hasta Mercury. Es la Pers de verdad, vestida de manera distinta a Gabriel. Ella me ve también y grita y me señala. No tengo la menor idea de qué dice pero puedo adivinarlo.

Mercury ni siquiera contesta, pero se gira hacia mí y vuelvo a agacharme hacia el cuarto mientras un haz de relámpagos cae junto a mí. Me arriesgo a echar otro vistazo al pasillo y veo que el tapiz vuelve a estar en su lugar. Mercury ha entrado en el gran salón. El rumor de los truenos inunda el búnker y los muros del pasillo tiemblan como si pudieran colapsarse.

Descorro al tapiz, pero antes de llegar ahí escucho un disparo, y luego un estallido, y luego otro y otro, de tal modo que las vibraciones de cada uno de ellos se agregan al siguiente hasta que todo el búnker parece estar temblando. Ahora hay un viento huracanado contra el que tengo que batallar para empujar el tapiz a un lado y mirar en el interior del gran salón, donde veo a Van de pie frente a Mercury.

Nesbitt está en el fondo del salón con su pistola apuntada al cuerpo de Pers, que está tirada en el suelo, y un balazo preciso en la frente. Por un segundo me siento azorado pero no es Gabriel; es la Pers de verdad, la que lleva la otra ropa.

Nesbitt se gira para apuntar con la pistola a Mercury, pero la fuerza del viento aumenta y no consigue mantener firme el arma. Apenas si puede mantenerse erguido.

Logro ver a Gabriel, ya sin disfraz. Está arrodillado en una esquina del cuarto, con la pistola en su mano, pero tampoco consigue mantenerla firme. Dispara y falla.

Mercury levanta los brazos y los arremolina sobre su cabeza y el viento se fortalece hasta alcanzar un ritmo furioso, levantando todos los objetos sueltos —cojines, papeles, una mesita— hasta que giran por el cuarto en un tornado. Incluso las pesadas sillas de madera se deslizan en una extraña danza circular y el viento me obliga a ir hacia atrás, hacia el refugio del pasillo.

Mercury está de pie en medio del tornado, aullando de furia. Un relámpago cae afuera, se fortalece y crece. Van grita y sólo entonces se desvanece el rayo. Nesbitt dispara su pistola pero no es capaz de herir a Mercury. Nos matará a todos.

El tapiz que hay al final del pasillo me azota el rostro y doy un paso atrás. Quiero que el animal me domine. Quiero ser él, aunque sea por última vez. Y dejo que la adrenalina animal fluya a través de mí y le doy la bienvenida.

Estoy dentro de él. Dentro del animal. Pero esta vez es distinto: ahora los dos queremos lo mismo.

NOSOTROS

El tapiz nos azota el rostro. Nos levantamos disparados y lo apartamos. Somos fuertes y enormes e incluso a cuatro patas tenemos la cabeza muy por encima del suelo.

Se oye un aullido del viento que suena a mujer, pero las palabras ya no tienen sentido. Son sólo ruido, sonidos chirriantes, sonidos furiosos.

La mujer de gris nos está dando la espalda. Su vestido vuela salvajemente, desgarrándose en pedazos. Su pelo está en posición vertical, con un torbellino propio. A su alrededor destellan relámpagos de la tormenta. Extiende los brazos y sus manos lanzan rayos al otro lado de la habitación. El viento disminuye un poco. La otra mujer está en el suelo, se aleja gateando. El hombre mayor se encuentra cerca de ella. Está enojado y asustado, por él y por la mujer que se halla en el suelo, pero tiene una pistola. Da un paso adelante y dispara, pero la pistola hace clic, está vacía, y él grita y corre contra la mujer relámpago, pero ella echa su brazo para atrás y una oleada de viento levanta al hombre y lo lanza con fuerza contra la pared. La mujer relámpago no voltea para mirar lo que hizo, sólo mira a la otra mujer, que se aleja a rastras, y un relámpago golpea el suelo cerca de la mujer que gatea. El destello es deslumbrante y el trueno reverbera en el cuarto.

Notamos un movimiento a nuestra derecha. Un joven está en la entrada de otro pasillo. Un chorro de sangre corre por un lado de su cara.

Nos giramos hacia la mujer relámpago. Ella es la única amenaza. Nos matará si no la matamos a ella. Avanzamos. Ahora la olemos, el olor metálico de la ira.

La mujer que está en el suelo sigue viva. Está exhausta pero pronuncia algunas palabras.

El viento disminuye. El pelo de la mujer relámpago cae alrededor de su cuello. Ella habla otra vez y otro relámpago golpea el suelo. La mujer que está en él deja escapar un grito breve y agudo y cae sin fuerzas. Sale humo de su ropa. Su pelo se está quemando.

Avanzamos hacia la mujer relámpago. Su cuerpo se pone rígido. Percibe algo, nos preparamos, tensando nuestras patas traseras. La mujer relámpago se gira. Nos ve. Está sorprendida pero no da un paso atrás. Levanta su brazo para lanzarnos viento o relámpagos pero ya estamos sobre ella. Y ella está en el suelo bajo nosotros, a nuestro alcance. Es flaca y quebradiza pero dura, se pierde en nuestro abrazo.

Los rayos golpean a nuestro alrededor, alrededor del cuarto, deslumbrantes. Fuertes. Más fuertes. Caen cerca pero sin darnos. La tormenta es salvaje, aúlla, y es ferozmente fría. Estamos en el centro de la tormenta. Pero la mantenemos sujeta, aplastamos a la mujer contra nuestro pecho. Sus costillas se quiebran. *Crac, crac, crac.* Empujamos nuestras garras contra su costado y lo desgarramos hacia adentro y hacia arriba, quebramos los huesos, lo destrozamos. La sangre caliente sale a borbotones. Volvemos a desgarrar la piel dura hacia abajo, chocamos contra las costillas y las vísceras hasta el hueso de su cadera.

El viento desaparece.

Ahora está quieto y en silencio.

No siento miedo. Se desvaneció con el último destello de la tormenta.

Una pequeña llama prende un lado del tapiz. El humo y el vapor están suspendidos en el aire.

La mujer relámpago yace quieta.

Aflojamos la sujeción de su cuerpo y lo dejamos caer con fuerza contra el piso. Percibimos su olor, desde los hombros hasta sus vísceras, completamente abiertas y rojas.

Su sangre sabe bien.

La agarramos entre nuestras fauces, la levantamos ligeramente mientras mordemos. Su rojez y su olor tienen buen sabor.

ROSA

Estoy en el baño.
Estoy temblando.
   Pero soy yo.

Lleno la tina, me lavo la sangre del brazo.
   Recuerdo cada instante de mi transformación animal. Lo recuerdo todo.
   Me recuesto en la tina, me deslizo hacia abajo y me sumerjo. Cuando emerjo, el agua es de color rosa.
   Creo que voy a vomitar y me salgo y me pongo de pie junto al retrete pero no vomito.

Ya he dejado de temblar.

BESAR

—¿Puedo hablar contigo?

Gabriel está de pie en la entrada del baño. Le estoy dando la espalda, aunque puedo verlo en el espejo. Da un paso más al interior del cuarto. Es increíblemente, perfectamente hermoso e inquieto y humano, y me miro, miro mi reflejo. Me veo como siempre, pero no es así.

Le digo a Gabriel:

—Lo recuerdo todo.

Incluso recuerdo haberme transformado de nuevo en humano. Una vez que Mercury murió, me quedé con ella, casi sintiendo su vida disiparse en el silencio que me rodeaba. Nesbitt se tambaleó hacia Van y se arrodilló sobre ella, le tomó el pulso, le habló, le dijo que sanara. Estaba quemada, aún llameante y tiznada. Nesbitt le habló cuidadosamente. Olía a tristeza. Gabriel salió del pasillo. Ya no tenía la pistola. Caminó hacia mí, con los brazos extendidos y las palmas mirando hacia mí. Sin cruzar mi mirada del todo, con la vista puesta en el piso y mirando luego hacia arriba, se sentó junto a mí en el tapete mojado. Me acosté junto a él y descansé, la adrenalina animal me abandonó y acto seguido volví a transformarme. Volví a este yo. Nathan.

—Eso es bueno, que lo recuerdes —dice Gabriel.

—Sí, quizá. No lo sé.

Miro hacia él.

—Es distinto cuando soy el animal. No soy el mismo —lo digo en voz tan baja que ni siquiera sé si puede escucharme.

—No le temas a tu Don, Nathan.

—No le temo, ya no. Pero una vez que me transformo, cuando soy el animal, todo es distinto. Es como si lo mirara desde afuera pero también formo parte de él, siento todas las cosas que él siente. Y lo que se siente es increíble, Gabriel, ser completamente, absolutamente él... ser completamente, absolutamente salvaje. No quiero ser un animal, Gabriel, pero cuando lo soy, es la mejor sensación posible. La mejor, la más salvaje, la más intensamente hermosa sensación. Siempre pensé que el Don de una persona reflejaba algo sobre ella, y todo lo que puedo pensar es que mi Don refleja mis deseos, y mis deseos son ser totalmente salvaje, totalmente libre. Sin ningún control.

—¿Disfrutaste de ello?

—¿Está mal si fue así?

—No hay nada bueno ni malo en esto, Nathan.

No sé si puedo decirlo, pero quiero contárselo, así que lo hago:

—Me siento bien.

Se acerca más a mí y dice:

—Me encanta cuando eres honesto conmigo. Estás más en contacto con el verdadero tú que cualquiera que haya conocido jamás.

Y sé que va a volver a besarme y extiendo mi mano contra su pecho para detenerlo.

Pero luego lo miro, su rostro, sus ojos, y las esquirlas doradas que dan volteretas, y no sé por qué estoy luchando también contra esto. Tengo curiosidad por él. Y sólo tocar su pecho es algo. Es lindo. Me gusta. No estoy seguro de qué es lo que quiero hacer y sé que me detendré si no me siento bien con ello.

Deslizo mi mano hasta su hombro y detrás de su cuello. Inclino mi cabeza muy ligeramente, encorvado hacia delante, y él no se mueve. Se queda totalmente quieto. Pongo mi mano alrededor de su cuello, en su pelo. No lo miro a los ojos sino a sus labios y digo en la voz más baja posible:

—Gabriel.

Estoy tan cerca de él que nuestros labios casi se tocan, y luego me acerco más para que nuestros labios *sí* que se toquen mientras vuelvo a decir su nombre. Es como un beso pero en realidad no es un beso. Y me gusta y quiero más. Muevo mis labios sin decir su nombre, apenas sin tocarlos todavía, luego me acerco más, acaricio sus labios con los míos. Y él me besa. Ya nada me importa. Quiero sentir más y estoy desesperado y beso a Gabriel en la boca con más y más fuerza y atraigo su cuerpo hacia mí con toda la fuerza que puedo, con mis brazos alrededor de él, con nuestras bocas abiertas y nuestras lenguas que se lamen y nuestros dientes que chocan, y luego lo alejo de un empujón. Lo empujo con fuerza contra la pared. Y luego me alejo de él y salgo del baño.

Se supone que debo estar con Annalise. No entiendo nada de lo que me está sucediendo.

EL CAJÓN CERRADO

Parece que ha pasado toda una vida desde que Mercury besó a Annalise para despertarla. Llevo tres o cuatro horas sentado aquí con Annalise y estoy contento de que todavía esté dormida. Puedo sentarme en la silla junto a su cama, con mi cabeza descansando hacia atrás y los ojos entreabiertos, y mirar su belleza pura, y si pienso en eso no tengo que pensar en otras cosas.

Alguien toca a la puerta y antes de que diga algo, Van entra. Es notorio que ha sanado bien y rápidamente, pero en un lado de su rostro tiene cicatrices.

—Nesbitt dijo que estabas aquí. ¿Algún cambio? —pregunta.

—Nada. Mercury dijo que había hecho la primera etapa del proceso; dijo que pasarían horas antes de la siguiente. Pero no tengo idea de cuál será esa siguiente etapa. No sé si tengo que hacer algo o qué.

Van se sienta en una silla al otro lado de la cama. Lleva puesto un traje nuevo y limpio y tiene un aspecto tan perfecto como siempre. Ni siquiera su pelo se ve mal, aunque noto una parte quemada alrededor de su oreja derecha.

Ella enciende su cigarro y dice:

—Esperemos a ver. Me imagino que la siguiente etapa será cuando Annalise comience a despertar.

Cierro los ojos y me adormezco. Pienso en Gabriel. Quería besarlo, quería saber cómo sería, y fue lindo, bueno. Me gustó. Pero preferiría besar a Annalise. Y Gabriel es mi amigo, aunque probablemente eso lo eché a perder, pero espero que no, porque Gabriel más que nadie debería entenderlo. Aunque no estoy seguro de qué es lo que hay que entender.

Abro los ojos y me incorporo. Sin pensarlo realmente, le digo a Van:

—¿Crees que tengo que hacer algo?

—¿Para despertar a Annalise?

—Sí.

Van inclina la cabeza a la izquierda y se endereza un poco.

—¿Hacer algo como…?

—No lo sé. Las viejas historias dicen que el príncipe despierta a la princesa durmiente con un beso. Mercury la besó, pero quizá yo también tenga que hacerlo.

—No puedo creer que no lo hayas intentado —dice Van—. Aunque no me parece que dar dos besos sea muy del estilo de Mercury —mira a Annalise—. Pero hay que reconocer que ahora no está sucediendo gran cosa.

Me levanto y me acerco a Annalise y me inclino suavemente sobre ella y le beso los labios. Están fríos. Vuelvo a intentarlo, más fuerte. Siento sus mejillas: está fría. Busco un pulso en su cuello: nada.

Me vuelvo a sentar y me quedo mirando a Annalise.

—Estoy seguro de que esto no marcha bien.

Van le da una calada a su cigarro y dice:

—¿Has notado algo en esa cajonera que hay junto a ti?

Volteo y miro. Es una cajonera alta de roble de ocho gavetas. Los muebles del cuarto —el armario, la cama, la cajonera y las sillas— son todos de la misma madera.

—Llevo la última hora mirándolo y ahora me está empezando a molestar. ¿Por qué cada cerradura de la cajonera, de hecho, de todo lo que hay en este cuarto, tiene una llave adentro excepto ese cajón de arriba?

Miro alrededor. Tiene razón: todos los cajones tienen cerrojos, pero cada uno tiene una llave diminuta metida. La puerta de la habitación también tiene llave y cerrojo, así como el armario. Pruebo el cajón de arriba pero no se mueve. Todos los demás cajones se abren y cada uno de ellos está vacío.

Van apaga su cigarro en el brazo de la silla y se levanta diciendo:

—Creo que tienes razón: debes hacer algo para despertar a Annalise, pero no es un beso lo que necesita; es otra cosa. Y ese cajón es en donde yo pondría esa otra cosa —Van intenta abrir el cerrojo con la llave del cajón de abajo. No funciona—. Necesitamos la llave apropiada.

—Mercury no usaba llaves —digo, y salgo rápidamente del cuarto. Sé que Gabriel tiene uno de los pasadores de Mercury pero no estoy seguro de poder enfrentarme con él por el momento. Preferiría enfrentarme contra un cadáver.

Todavía hay humo en el gran salón. Miro adonde dejé el cuerpo de Mercury. No está ahí, pero hay dos tapices enrollados, colocados uno junto al otro a un costado del cuarto. El más grande debe contener el cuerpo de Mercury, el más pequeño el de Pers.

Arrastro el bulto más largo a un espacio en medio del cuarto y lo desenrollo. Hasta esto es desagradable. Ella está tiesa, y se desenrolla de un tirón, boca abajo y luego boca arriba, hasta que me encuentro a Mercury tirada ahí, con los ojos abiertos y mirándome fijamente. Sus ojos todavía están negros, pero sin estrellas que brillen ni rayos que destellen. Rebusco con cuidado en su pelo y saco los pasadores. ¡Diecisiete pasadores! Algunos con cráneos rojos, otros negros, blancos, verdes y otros hechos de vidrio. No recuerdo para qué sirve cada uno de ellos, aunque Rose me dijo que algunos abren puertas, algunos abren cerrojos y algunos matan.

Coloco los pasadores con cuidado en mi bolsillo. Lo único que tengo que hacer es volver a enrollar a Mercury. Dejo caer el extremo del tapiz sobre ella y me muevo a un lado para deslizar mis manos debajo de ella, y, mientras lo hago, veo que algo sale del vestido ensangrentado de Mercury. Es una cadena de plata y un guardapelo con un complejo broche que encaja dentro de sí. El relicario está guardado dentro de un nido de plata y oro de diseño intrincado. No abre. Agarro uno de los pasadores de extremo rojo y lo empujo contra el guardapelo.

No estoy seguro de qué esperar —alguna poción especial o una joya valiosa— pero dentro del guardapelo hay un diminuto retrato de una niña pequeña que se parece a Mercury. Sin embargo no es ella. Mercury no era lo suficientemente vanidosa como para llevar su propia imagen. Debe ser su hermana gemela, Mercy, mi bisabuela. Marcus la mató y ahora yo maté a la otra hermana. Los Brujos Negros son famosos por asesinar a miembros de su propia familia y parece que en este sentido estoy resultando ser Negro.

Cierro el guardapelo y lo vuelvo a meter en los dobleces del vestido de Mercury.

Vuelvo a enrollar su cuerpo y la arrastro a un costado del cuarto.

De regreso a la habitación con Van le muestro los pasadores.

—Los de las calaveras rojas abren los candados —coloca la punta de uno en el cerrojo y se oye un satisfactorio y silencioso clic. El cajón se desliza suavemente, y al abrirse hay dentro una diminuta botella de color púrpura.

Van la toma y extrae el corcho desgastado. Olfatea la botella y sacude la cabeza hacia atrás, le lloran los ojos. Dice:

—Ésta es la poción para despertar a Annalise. Yo sugeriría usar sólo una gota.

—¿En los labios?

—Eso es romántico pero no muy efectivo. En la boca, diría yo.

Tomo la botella y, mientras Van mantiene abierta la boca de Annalise, inclino la botella. Una viscosa gota azul de líquido crece en el labio de la botella y justo comienzo a pensar que es demasiado y que no es lo correcto mientras la gota cae en la boca de Annalise.

Mantengo mi mano en su cuello, en busca de su pulso. Pasa un minuto y todavía no se nota nada. La sigo sosteniendo y pasa otro minuto, y luego creo que siento algo: el más ligero de los pulsos.

—Está despertando —digo.

Van palpa el cuello de Annalise.

—Sí, pero su corazón está débil. Veré qué puedo idear para eso.

Y sale del cuarto.

ANNALISE NO RESPIRA

Esto no marcha bien. Esto no marcha bien. El corazón de Annalise palpita con demasiada velocidad. Se está fortaleciendo cada vez más pero no es normal, no lo hace de una forma regular. Tengo la mano sobre su cuello, siento su pulso, que ahora late cada vez más rápido... y luego no siento su pulso, nada. Se detuvo. Ésta es la segunda vez que se detiene. La última vez comenzó de nuevo sólo diez segundos después. Cuento los segundos:

Cinco.

Y seis.

Y siete.

Y ocho.

Vamos, vamos.

Y diez.

Y once.

Ay, mierda. Ay, mierda.

Y un latido, débil, débil como antes, y otro, y otro, cada uno de ellos un poco más fuerte. Éste es el patrón. ¡Ay, mierda! Si es un patrón, va a suceder una y otra vez.

Todavía tengo mi mano en su cuello. Van no ha regresado y no estoy seguro...

Sus ojos parpadean, se abren.

—¿Annalise? ¿Me escuchas?

Me mira pero no me ve.

Y su corazón late cada vez más rápidamente, más duro y más fuerte, pero ahora con demasiada velocidad.

Y luego se detiene, otra vez.

—Annalise. Annalise.

Y cuatro.

Y cinco.

Y seis.

Y siete.

Y ocho.

Y nueve.

Por favor, por favor, respira.

Por favor.

Por favor…

Se cierran sus ojos.

Oh, no. Oh, no.

Pero luego lo siento de nuevo, débil pero aún está ahí, su pulso.

Está creciendo otra vez pero no tan rápido. ¿O es que sólo trato de convencerme de que es así? Annalise no abre los ojos.

—Annalise. Soy Nathan. Estoy aquí. Estás despertando. Estoy aquí. Tómate tu tiempo. Respira lentamente. Lentamente.

Su pulso parece estar estabilizándose, rápido pero sin latir de una manera tan alarmante como antes, y también parece recuperar la temperatura. Tomo su mano y está tan delgada, tan esquelética, que me asusta.

—Annalise. Estoy aquí. Estás despertando. Estoy contigo.

Sus párpados vuelven a pestañear y se abren. Mira hacia delante pero todavía no se está enfocando en mí. Algo va mal en sus ojos; parecen muertos. No tiene destellos plateados. Y ahora siento su corazón que comienza a acelerarse de nuevo, que va más rápido... y más rápido. Oh, no. Sus ojos siguen abiertos y su corazón late tan rápido y tan fuerte que creo que va estallar de su pecho y luego...

—No. No. Annalise. No.

La palpo pero sé que su corazón se ha vuelto a parar.

Ya no puedo contar. No puedo enfrentarme a ello. Ay, mierda. Ay, mierda. ¿Le doy un masaje cardiaco o algo así? Necesito ponerla sobre una superficie dura para hacer eso. Deslizo mis brazos debajo de ella, la levanto y está tan ligera, demasiado ligera. La acuesto en el suelo suavemente y no estoy seguro de qué hacer.

Pongo mis manos en su pecho y empujo y empujo. Creo que hay una canción que se supone que debe cantarse a ese ritmo; recuerdo vagamente que Arran me lo dijo. Es rápida. Eso es lo único que recuerdo. Le empujo el pecho, le masajeo el corazón, hago que comience a latir de nuevo. Pero en realidad no sé qué hacer. No sé si lo estoy haciendo bien, pero lo único que puedo hacer ahora es mantenerlo latiendo. Tengo que seguir adelante.

—Nathan. ¿Qué está pasando?

Es Van. Está arrodillada junto a mí.

—Su corazón se está parando una y otra vez. Se le abrieron los ojos, pero parecían muertos y su corazón se volvió a parar.

—Estás haciendo lo correcto.

—Creo que le rompí algunas costillas. No sé cómo hacer esto.

—Lo estás haciendo bien. Las costillas pueden sanar.

Van palpa el cuello de Annalise, su frente, su mejilla.

Me pasa un cigarro.

—Una respiración cada minuto en su boca hasta que se acabe el cigarro. Fortalecerá su corazón, aunque podría debilitar el tuyo.

Le doy una calada al cigarro y cuando insuflo el humo en la boca de Annalise me siento desfallecer. Vuelvo a inhalar y me siento bien, pero a medida que exhalo me mareo más, como si le estuviera dando toda mi fuerza a Annalise. Mis labios están cerca de los suyos. La miro a los ojos pero no han cambiado nada. Le doy otra calada al cigarro y cuando lo insuflo en la boca de Annalise, mis labios rozan los suyos. Sus ojos no cambian. Lo vuelvo a hacer, le doy otra exhalación, y siento la torpeza de mis labios sobre los suyos y la miro a los ojos y están destellando.

—¿Nathan?

—Sí, estoy aquí —siento que Van me toca el hombro y murmura—: los dejo ahora.

—¿Esto es real? —pregunta Annalise.

—Sí. Los dos somos reales.

—Bien —es tanto una respiración como una palabra.

—Sí, muy bien. Has estado dormida, hechizada.

—Tengo frío.

—Trataré de hacerte entrar en calor. Llevas mucho tiempo dormida.

Tiene los ojos enfocados en mí; el azul es intenso y los destellos plateados se mueven lentamente, y me dice: "Tengo frío". Pero su mano se mueve, en busca de la mía, y la agarro. Tomo una cobija para cubrirla y me acuesto cerca de ella para mantenerla calientita y hablarle. Sólo repito las mismas cosas: que estoy aquí, que va a recuperarse, que ha estado dormida, que se lo tome con tranquilidad.

Lleva meses dormida pero parece agotada por ello. Su cuerpo está demasiado delgado; los huesos se le resaltan y su rostro tiene un aspecto demacrado ahora que despertó. Parece más frágil y enferma que cuando estaba dormida.

Nos acostamos juntos y la estrecho en mis brazos para darle calor.

—¿Estabas fumando? —me pregunta.

—Sí. Compartimos un cigarro. No era tabaco, era otra cosa.

No me contesta. Creo que ya se durmió pero luego dice:

—¿Nathan?

—¿Sí?

—Gracias.

Y se duerme.

VOLVERSE MÁS FUERTE

Annalise está dormida en mis brazos. Llevamos horas así, juntos, y me gusta. Por esa razón he luchado y he esperado. Pero no es del todo perfecto. Annalise está alarmantemente delgada y débil.

Tocan a la puerta. No quiero moverme porque no quiero despertar a Annalise. Está acurrucada con el rostro contra mi pecho, su frente ya está tibia. Yo tengo calor. Estoy sudando.

La puerta se abre y un viento gélido viene hacia mí. No es Mercury.

—¿Cómo está? —la voz de Gabriel es casi amable. Está de pie en la entrada del cuarto. Parece encabronado.

—Dormida. Está débil. Muy débil. Creo que necesita comida. Y líquidos, supongo —trato de que mi voz suene como si nada, como si estuviera sosteniendo una discusión médica, y no a la chica que tengo entre mis brazos.

Silencio. Un largo silencio.

Luego se va, mientras dice:

—Pondré a Nesbitt a trabajar en eso.

Quiero darle las gracias pero él lo odiaría, y de todos modos ya se fue.

Annalise sigue durmiendo.

Un breve rato después, aparece Nesbitt con un tazón de algo.

—Sopa. Con un poquito de vuelve-a-la-vida de Van.

Me lo acerca.

—Por alguna razón, Gabriel está de pésimo humor. No lo entiendo; después de todo, hemos rescatado a la chica.

—¿Qué hora es? —le pregunto.

—Ni idea. ¿Por qué?

—Estoy seguro de que ya debe haber anochecido, pero no me encuentro mal.

—Ah, eso. Sí, es de noche. Van dice que Mercury debe haberle puesto un hechizo al búnker. Para hacerlo habitable. Parece ser que es algo impresionante. Van no sabe cómo hacerlo.

Ahora lo recuerdo. Mercury tenía un hechizo similar para la cabaña de Suiza.

Después de que se va Nesbitt, despierto a Annalise lo más suavemente posible. Ella abre los ojos y dice:

—Me siento mareada. Y un poco extraña.

—Llevas meses hechizada.

No le digo que *desvaneciéndose*, pero eso es lo que parece haber estado sucediendo.

—¿Meses?

—Dos meses.

—¡Vaya! ¡Qué largo sueño! —se incorpora un poco y mira a su alrededor—. ¿Dónde estamos?

—En la casa de Mercury, en Noruega.

—¿Y dónde está Mercury?

—Está muerta.

Annalise piensa en esto unos segundos y luego pregunta:

—¿Así que estamos a salvo?

—Tan a salvo aquí como en cualquier sitio, creo —levanto el tazón de sopa—. Tienes que comer esto.

—¿Cómo me encontraste? ¿Qué le pasó a Mercury? Cuéntame todo lo que pasó mientras dormía.

—Lo haré si comes.

—Trato hecho. Tengo hambre.

Le doy su sopa. Hablo mientras toma pequeños sorbitos, y al final, el tazón está vacío y le he contado todo, incluso lo de mi Don, lo de haber matado a los Cazadores y hasta lo de haber matado a Pilot. Hace algunas preguntas, no muchas. Está más bien callada, absorbiéndolo todo. Pregunta por la Alianza y dice que parece algo bueno. Y pregunta por mi Don y trato de explicárselo pero es difícil y sólo termino diciendo que me transformo. Ella insiste en que asesinar a los Cazadores para protegerme es comprensible, pero no comenta nada sobre Pilot, sólo dice: "Habría muerto de no ser por ti".

Así que le he contado todo. Aunque, por supuesto, no lo he hecho de verdad.

No le he contado que uno de los Cazadores que maté era su hermano y que lo maté arrancándole la garganta. No he mencionado que probé su sangre. No he mencionado nada sobre la sangre, de hecho. No le he dicho que cuando soy un animal tiendo a comer cosas como venados, zorros y ratas.

Y no le he contado que me gusta ser un animal.

Y definitivamente no le he contado que hace unas horas estaba besando a Gabriel.

Pero sé que éste no es el momento para eso. Annalise casi muere. Todavía no está bien y sólo quiero saborear lo bueno de estar juntos.

Annalise me mira y me pregunta:

—¿Qué pasa?

Niego con la cabeza.

—Nada. Sólo estoy preocupado por ti. Tu corazón se paraba.

—Pues me siento un poco más fuerte. Quiero ver si puedo caminar un poco.

Me levanto primero y Annalise saca las piernas fuera de la cama y se levanta y se tambalea.

—¡Epa! Ya estoy mareada otra vez —la agarro y se aferra a mí—. Pero estoy bien aquí contigo.

Se recarga sobre mí y la sostengo. Es tan frágil como el vidrio. Tengo cuidado de no apretar con demasiada fuerza porque me acuerdo de sus costillas. —¿Te duelen? —pregunto.

Ella niega con la cabeza:

—Sólo un poco adoloridas —aunque hace un gesto de dolor cuando la toco—. Pero estoy viva. Estoy despierta —me sonríe—. Y mi sanación está funcionando. Puedo sentirla.

Me pone la mano en la mejilla.

—Me salvaste, Nathan. Me buscaste y arriesgaste todo por mí. Eres mi príncipe. Me rescataste.

—No soy ningún príncipe.

Ella levanta su rostro hacia mí y me besa en los labios.

—Seas lo que seas, gracias —y se echa para atrás y se me queda mirando—: Pareces cansado.

—He descubierto que rescatar a la gente de las brujas malvadas es agotador.

—Ahora *tú* necesitas descansar —se gira—. Ah, mira. ¡Una cama! Qué práctico —y me arrastra hacia ella, diciendo—: Ven acá conmigo.

Y dejo que me guíe hasta la cama y se acuesta y me subo a la cama y me acuesto junto a ella. Incluso después de tanto tiempo dormida, huele a limpio y a ella.

Ella dice:

—*Eres* mi príncipe, mi héroe. Nadie más en el mundo habría hecho lo que hiciste. Ni siquiera mi familia. De hecho, especialmente no mi familia. Pero tú, la única persona que todos me dijeron que era malvada... tú arriesgaste tu vida para ayudarme.

Me abraza. Y yo cierro los ojos. Y acostarme ahí es agradable y cálido y huele bien, y me digo a mí mismo que por la mañana le contaré lo de Kieran.

Me besa en los labios, nerviosa, y un poco torpemente para ser Annalise. Le devuelvo el beso, estrecho su cuerpo contra el mío, y luego llora. Y sé que llora de alivio, por estar viva, y le enjugo las lágrimas. Y me mira, y sus ojos centellean. Siento su mejilla suave bajo las puntas de mis dedos y bajo mis labios y le beso la cara y el cuello y la garganta. Y ella me besa también, de la misma manera, sobre mi rostro. Y estamos aferrados el uno al otro, mi cabeza contra su pecho, escuchando latir su corazón más rápidamente ahora, y me digo que está viva gracias a mí y que eso tiene que ser bueno, que eso tiene que ser bueno.

CAVAR

Me despierto en la cama, cerca de Annalise, tan cerca que puedo sentir su calor. No estoy acostumbrado a dormir con alguien y es extraño pero también agradable. Todavía huele a ella, pero ya no tan limpia, y quiero besarla. Abro los ojos. Me sonríe. Luce menos pálida.

—¿Cómo te sientes? —pregunto.

—Mejor. Mucho mejor. ¿Y tú?

—Estoy bien. ¡Pero tengo hambre!

—Da la casualidad de que Nesbitt nos acaba de traer el desayuno. Creo que lo estaba usando como pretexto para verme y descubrir qué estábamos haciendo, pero de todos modos es comida y yo también estoy muerto de hambre.

—Pensé haber escuchado algo —normalmente me despertaría al instante con el sonido de la voz de alguien pero, por una vez, estaba en un sueño profundo.

Comemos la crema de avena —hay suficiente para diez— y tiene mermelada, miel y pasitas. Annalise come un plato grande y se recuesta, diciendo que se siente bien, pero maloliente.

—No hueles mal.

—Pero necesito darme una ducha —se levanta y va a la puerta, diciendo—: Me siento mucho más fuerte. Para nada mareada.

Creo que me está dando a entender que puede llegar al baño sola, sin problemas. Me quedo acostado en la cama y mientras espero que regrese me vuelvo a dormir.

Despierto cuando la puerta abre con un clic. Me siento revivido, y estoy contento de despertarme con un sonido tan ligero, aunque estoy menos contento cuando veo que es Nesbitt quien entra al cuarto y no Annalise.

—¿Dormiste bien, amigo? —estoy seguro de que no espera una respuesta. Recoge los tazones mientras dice—: Está pasando el tiempo. Tienes que levantarte.

—Esperaré a Annalise.

—Está con Van. Llevas horas dormido, amigo. Annalise y Van están revisando el búnker... es una madriguera de conejos. Y yo he estado haciendo funcionar la estufa y poniendo en orden el desastre que hay en el pasillo. Y Gabriel... —sonríe entre dientes—, Gabriel tiene el trabajo de sepulturero y tú serás su ayudante.

Gabriel y yo cavamos en la ladera. Es un trabajo lento. El suelo está duro, seco, y lleno de piedras grandes y raíces. Tenemos que usar un pico y un hacha para romper la tierra antes de poder hacer un molde con las palas. Nos lleva horas y todo lo hacemos en silencio después de darme cuenta de que Gabriel no va a responder a nada de lo que le diga, que es después de cinco minutos de comenzar.

Terminamos tarde, al final del día, cuando comienza a llover. El cielo se ensombrece y se levanta un viento helado. La lluvia se vuelve granizo rápidamente. Estoy en el fondo de la fosa más grande y lanzo mi pala afuera y le pido a Gabriel que me ayude y me eche una mano para salir. No estoy seguro de si me está haciendo esperar o si se ha ido, pero tras otro minuto de aguanieve sé que estoy solo. Trepo afuera, a la vez me resbalo en el lodo y me embadurno con él. Gabriel está refugiado bajo un árbol, mirándome. Quiero decirle algo sobre él y yo, sobre Annalise y yo, pero como siempre, no tengo ni idea de cómo empezar, así que en vez de eso le digo:

—Tengo la impresión de que te gustaría que me quedara ahí permanentemente —señalo la fosa con un movimiento de cabeza.

Ni siquiera contesta pero luego me pregunta:

—¿Te vas a unir a la Alianza?

—Dije que lo haría, y…

—Los Brujos Negros no son conocidos por guardar sus promesas.

—No soy un Brujo Negro, Gabriel. Soy mitad Blanco. Y quiero hacer lo correcto. Creo…

—¿Y qué te parece correcto de unirte a ellos?

—Soul es un malvado. Hay que detenerlo… Le conté a Annalise lo de la Alianza y ella piensa que su causa es justa. Quiere unirse.

Gabriel frunce el ceño.

—Apuesto a que sí. Excepto que, claro, detener a Soul implicará matar, mucho. Ser más blanco que la blancura, estar del lado del bien, es muy bueno y noble, y estoy seguro de que a Annalise le encantará eso, hasta que lo vea de cerca y en persona.

—No creo que ninguno de los dos estemos bajo ninguna ilusión…

Gabriel aparta la vista y nos quedamos callados unos momentos. Nunca lo he visto de un humor como éste y entiendo que no tiene sentido tratar de explicarle nada. Levanto mi pala y regreso al búnker.

Se interpone en mi camino y dice:

—Hablando de cerca y sobre algo personal... ¿Ya le contaste sobre ti? ¿Ya le dijiste sobre tu Don?

—Sí... casi todo.

—¿Casi todo?

Me encojo de hombros.

—¿Y le contaste lo de Kieran?

Niego con la cabeza.

—¿Y estás planeando contárselo?

—Sí. Pero todavía no.

—Nunca me imaginé que fueras un cobarde... supongo que eso demuestra lo que sé de la gente.

—Estoy tratando de hacerlo lo mejor posible con ella, Gabriel. Soy un desastre para hablar de las cosas, y sé que tengo que contárselo pero es difícil. Y *sí*, estamos hablando; estamos hablando de muchas cosas. Tú me conoces, y conoces mi lado Negro muy bien, pero Annalise ve mi otra parte. Y admito que tengo miedo de que nunca me entienda o acepte como lo haces tú. Me aterroriza pensar en ello. Pero eso no significa que Annalise no conozca mi otro lado, el lado bueno. Siempre ha podido verlo. Quiero estar con ella. Quiero ser bueno.

Me mira. Su rostro está salpicado de gotas de lluvia pero creo que también de lágrimas.

—La amo. Siempre la he amado. Tú lo sabes.

—¿Y yo?

Y sé que se refiere a qué siento por él y sobre haberlo besado.

—Eres mi amigo, Gabriel.

—¿Besas así a todos tus amigos?

Pero lo pregunta sin la dureza de todo lo que ha estado diciéndome. Es una pregunta de verdad.

—Sólo a ti.

Nos quedamos callados. Quiero decir algo, pero como siempre, las palabras me fallan por completo y no me atrevo a tenderle la mano. Sé que estaría mal.

Gabriel dice:

—Sabes que si nos unimos a la Alianza, tendremos suerte si terminamos en una de ésas —asiente hacia la tumba—. Si nos atrapan nos cortarán en trocitos, y no estoy seguro de qué harán con los pedazos—. Golpea su pala contra el suelo y dice—: Espero acabar en una tumba. Mi hermana no tiene una… una tumba, quiero decir.

Asiento.

—Todo el tiempo que me tuvieron encerrado en la jaula, sabía que podrían matarme en cualquier momento, y que si atrapaban a mi padre entonces me matarían sin ninguna duda. Pensaba que me enterrarían junto a la jaula. Pero nunca pensé que tendría una tumba, ni dolientes, ni nada. Y ahora, si me atrapan y torturan y… bueno, si sucede así, si muero así, entonces eso es lo que pasará. No quiero que ocurra y haré lo que pueda para que no suceda, pero enfrentémoslo, mi vida nunca será de paz y armonía. Puedo correr adonde quiera, pero vendrán tras de mí, Gabriel. Tanto si me uno a la Alianza como si no. Tú lo sabes.

"Sueño con una vida tranquila junto a un río, pero no la podré tener, por lo menos no mientras Soul y Wallend estén vivos y haya Cazadores en el mundo. Siempre estaré vigilando por encima de mi hombro y los Cazadores me atraparán tarde o temprano. Tengo que luchar por la Alianza y esperar que cuando termine tenga la vida que quiero. Una vida sin persecución, afuera de una jaula. Quisiera vivir un día como ése en libertad. Pensar que nadie está tras de mí. Sin que nadie me esté persiguiendo. Un día para disfrutar. Pero primero tengo que luchar.

—Se pondrá realmente feo, Nathan. El combate.

—Mercury me dijo una vez que yo estaba hecho para matar. Estoy seguro de que no imaginaba que la mataría. Pero estoy comenzando a pensar que tenía razón. Estoy hecho para eso. Por eso estoy aquí.

Gabriel niega con la cabeza.

—Nadie está hecho para matar. Y tú tampoco.

—¿Y tú? ¿Qué harás?

—Si tú luchas, yo lucharé también.

—Si no crees en ello, Gabriel, no lo hagas.

—No puedo estar sin ti, Nathan. Quería dejarte en esa fosa e irme caminando y no pude. No puedo alejarme a diez pasos de ti sin sufrir. Atesoro cada segundo que paso contigo. Cada segundo. Más de lo que crees —baja la mirada y luego la vuelve a dirigir a mis ojos—. Seré tu amigo siempre. Te ayudaré con cada aliento de mi vida y me quedaré contigo. Te amo, Nathan. Desde el día en que te conocí te amé, y te amo más cada día.

No sé qué decir.

—Pero eso no significa que piense que tienes la razón en todo. A la Alianza no le interesarás más allá de la gente que puedas matar. Y creo que matarás a muchos. Y en cuanto a la chica que dices que amas, que no sabe nada sobre ti porque tienes demasiado miedo de confesarle la verdad… pues creo que tienes razón en tener miedo, porque ella no te entenderá; no podrá. Y cuanto más mates y más vea esa mitad tuya —se encoge de hombros—. Creo que acabará por temerte.

Y pienso que ha terminado, pero luego dice:

—En cuanto a mí, siempre te amaré. Hasta el momento en el que esté enterrado profundamente en una de ésas —señala la fosa—. Te seguiré amando. Para siempre.

Gabriel entra al búnker y me yergo bajo la lluvia, dejando que limpie parte del lodo de mi ropa.

EL FAIRBORN ES MÍO

Todos hemos encontrado el camino a la cocina en busca de comida y calor. Gabriel habla conmigo normalmente otra vez y Annalise está junto a mí, aunque en realidad todavía no han hablado entre ellos. Annalise conoció a Gabriel en Ginebra y percibió que no le gustaba. Le conté lo que él siente por mí, y a ella le sorprendió, pero dijo:

—Pensaba que me odiaba porque era una Bruja Blanca. Por lo menos eso explica las cosas un poco más —no le he contado que él no confía en ella, que cree que ella me traicionará.

Hay una estufa en la cocina, parecida a la de la casa de Celia en Escocia, y estoy sentado frente a ella, con mis botas apoyadas contra ella para secarse. Sale vapor de mi ropa húmeda. La cocina es una sorpresa. No hay refrigerador, no hay congelador y definitivamente no hay microondas, pero hay una buena provisión de comida en la alacena. Hay latas, tarros y frascos. Tres jamones, ristras de cebollas y ajos, un saco de papas y repisas llenas de quesos enteros. Y Nesbitt encontró la bodega.

—Enterraremos a Mercury y a Pers mañana. A primera hora —dice Van.

—¿Y después de eso? ¿Qué van a hacer? —le pregunta Gabriel.

Van me mira y dice:

—Hay una reunión con los líderes rebeldes Blancos en Basilea dentro de cuatro días. Yo iré. Me gustaría que vinieras conmigo, Nathan, si vas a unirte a nosotros.

—Dije que me uniría y lo haré. Y también dijiste que me devolverías el Fairborn.

—Eso dije, ¿verdad? Me imaginaba que lo querrías lo antes posible —saca su cigarrera de su saco y dice—: Nesbitt, por favor, dale el Fairborn a Nathan.

Nesbitt toma el cuchillo del bolso de piel que está a los pies de Van. Lo sostiene en sus manos, lo mira. Sé que no me lo va a dar sin más; eso sería demasiado fácil para Nesbitt. Me mira y sonríe, pero se lo tiende a Gabriel.

—¿Lo quieres, Gabby?

Gabriel niega con la cabeza.

—Vamos. Tómalo. Saca el cuchillo y apuñálame.

Ahora Gabriel sonríe.

—Es una oferta tentadora —se estira y luego vacila y me mira, de repente con cautela—. ¿Lo usaste?

Asiento.

—Dos veces.

Una sobre mí y otra sobre Jessica, y ambas veces sentí el cuchillo como si tuviera vida propia. Un alma propia. Parecía empeñado en abrir todo de una tajada.

Nesbitt sonríe entre dientes, y todavía está ofreciéndole el cuchillo.

Le digo:

—Por favor, quítale esa sonrisa de la cara, Gabriel. Nos harías un favor a todos.

Gabriel se extiende hacia el Fairborn. Su mano izquierda está en la funda y la derecha sobre la empuñadura. Tira de ella. Parece extraño, casi cómico: Gabriel tira primero suavemente y luego con más fuerza. El cuchillo parece estar atorado en la funda.

—No quiere salir, ¿verdad? —dice Nesbitt.

Gabriel me mira.

—No.

Nesbitt lo toma y hace gala de intentarlo también.

Van dice:

—Está hecho para ti, Nathan. Para tu familia. Reconoce a su dueño y sólo cortará para ti, para tu padre, su padre y así sucesivamente. Es un objeto extremadamente poderoso. La magia para hacer eso –reconocerte, durar cien años o más– es excepcional.

Nesbitt me lanza el cuchillo.

—Así que no le sirve de mucho a nadie más que a ti.

Atrapo el Fairborn, me levanto, me desplazo al otro lado de la mesa y deslizo la navaja de su funda en un segundo, y coloco la punta bajo la barbilla de Nesbitt.

—Quiere cortarte realmente, Nesbitt —le digo. Pero no lo digo por decirlo; lo siento vivo en mi mano. Hay una oscuridad en él, una cualidad asesina. El Fairborn quiere sangre.

Hay algo demasiado serio en el Fairborn como para atormentar a Nesbitt con él. Miro el cuchillo. La empuñadura es negra, así como la hoja, lo cual es extraño: un metal casi tosco sin ningún brillo en él, aunque afilado como una navaja. Es pesado. Lo deslizo dentro de la funda de cuero negro y desgastado, y el Fairborn regresa a regañadientes. Luego lo saco y casi corre a mi mano, y lo vuelvo a forzar adentro y ahora lo siento. Dejo que se deslice afuera una vez más y luego lo obligo a entrar con fuerza.

CICATRICES

Es parecido a mis viejas fantasías, pero mucho mejor, más cálido y más sudoroso de lo que jamás hubiera pensado. No puedo moverme porque no quiero despertar a Annalise. Ahora está acurrucada contra mí, pero durante la noche estuvimos totalmente enredados en un entramado de piernas y brazos, y eso estuvo bien y esto está bien. No hay nada de malo en esto.

Cuando nos despertamos por la noche, los dos teníamos calor y nos acariciamos. Sintió cada una de mis cicatrices. Las miró. Me preguntó por ellas. Le hablé de todas. Hay muchas, así que llevó mucho tiempo. En general no me molesta hablar de ellas. Le hablé sobre los tatuajes también y sobre lo que me hizo Wallend. Las cicatrices de mis muñecas son feas pero son sólo cicatrices. Los tatuajes son una especie de recordatorio para mí de lo terrible que es el Consejo. En realidad no necesito que me lo recuerden, pero no hay nada que pueda hacer para deshacerme de ellas. Las cicatrices de mi espalda son distintas también. Son las que tienen peor aspecto. Supongo que son las peores.

Ella me dijo:

—Ese día cambió todo. No tenía la menor idea de lo que iba a hacer Kieran. Pero cuando me dijo que me fuera corriendo a casa, lo hice. Pensaba que podría contárselo a mis padres, que ellos lo detendrían, no por tu bien sino por el de Kieran, para que no se metiera en problemas.

Pero llegué a casa y papá no quiso escucharme. Aprobaba lo que estaba haciendo Kieran. Mamá simplemente estuvo de acuerdo con todo lo que él dijo, como siempre. Papá me dijo que me habían advertido que no te viera ni te hablara. Dijeron que Kieran me estaba protegiendo y que se estaba comportando como lo debía hacer un buen hermano. Y papá dijo que debía hacer lo que hace un buen padre para que me diera cuenta de que eras malvado. Dijo que eras tan malo como cualquier Brujo Negro, posiblemente peor, por ser el hijo de Marcus. Dijo que no podía confiar en ti, que yo era una niña inocente, una Whet Blanca inocente con la que sin duda te ensañarías. Y siguió y siguió y siguió. Sobre cómo no se podía confiar en ti, sobre cómo crecerías para convertirte en un Brujo Negro, sobre cómo tu naturaleza era indudablemente Negra, sobre cómo —vaciló—, cómo tu madre también era malvada, y de hecho peor que Marcus, porque ella debería haberlo sabido mejor que nadie y que, por ella, mataron a su esposo y naciste tú. Había arruinado el buen nombre de su familia y, sobre todo, mi padre no quería que yo terminara como ella, como tu madre. Y me dijo por supuesto que me amaba y que se comportaba así por amor, y que iba a encerrarme en mi cuarto porque me amaba.

"Creo que por encima de todo, lo odio por su estupidez —agregó.

Le pregunté:

—¿Crees que tu padre realmente te ama? Digo… parece que no, pero…

—No. Sólo dijo las palabras pero no hizo el menor esfuerzo por entenderme. Todo tenía que ver con él. Dijo que me encerrarían hasta que me diera cuenta de lo mal que estaba engañar a mi familia, encontrarme contigo. Mamá vino y habló conmigo, y decía lo mismo que había dicho papá —los ojos de Annalise se llenaron de lágrimas.

Cuando no logró nada conmigo, mi padre dejó que Connor entrara al cuarto para hablar conmigo, esperando que me hiciera entender. Connor fue siempre el único con el que pude hablar. Puede ser tan gentil, pero Kieran y Niall lo intimidan y él trata de ser como ellos, trata de complacer a papá.

Connor era el más débil de los tres hermanos, al que le di una paliza en la escuela, aunque era dos años mayor que yo.

Annalise prosiguió:

—Connor me convenció de decir al menos que lo lamentaba. Me dijo que si no lo hacía, nunca volvería a salir de casa. Me dijo: "Discúlpate, celebra tu Entrega y luego escápate". Sabía que tenía razón. Mi padre me mantendría encerrada con llave para siempre si tenía que hacerlo, así que fingí que lo lamentaba. Dije que tenían razón, que había sido mala, que me habías engañado. Prometí portarme bien. Tuve que disculparme con mi padre, con mi madre y después con cada uno de mis hermanos. Dijeron que nunca me permitirían ir a ninguna parte sin que uno de ellos estuviera conmigo.

Se encogió de hombros.

—Me tomó años, pero así fue como me escapé al final. Connor me estaba vigilando y me dejó escapar. Yo quería que viniera conmigo, pero él no quiso.

Le dije:

—Entonces debería estar agradecido a Connor por eso —pero no lo sentía realmente. Todavía los detestaba a todos por igual.

Annalise me acarició la espalda suavemente y dijo:

—Kieran me contó lo que te hicieron. Me mostró una foto tuya que tomó en su teléfono. Estabas inconsciente; la sangre burbujeaba en tu espalda.

Casi la interrumpí para decirle que Kieran estaba muerto, pero todavía no sentía que fuera el momento correcto.

Annalise dijo:

—Cuando vi la foto supe que tenía que irme. Sabía que nunca podría vivir con alguien que fuera tan cruel. Era consciente de que tendría que esperar, pero a fin de cuentas, tendría la oportunidad de escapar. Era tan infeliz, pero lograba pasar cada día pensando en ti. Sabía que estabas vivo. Eso me permitió seguir adelante.

Y la abracé y la estreché a mí.

—A veces casi me di por vencida. Nunca soñé que tú y yo volveríamos a estar juntos de nuevo, así: libres.

Le dije:

—Cuando estaba encarcelado pensaba en distintas cosas que me permitían seguir adelante. Pensamientos sobre la gente buena que hay en mi vida: Arran, Deborah, Abu y tú. Y tenía un sueño especial para el futuro. Y en ese futuro de fantasía viviría en un maravilloso y hermoso valle junto a un arroyo, y la vida sería pacífica. Y yo cazaría y cazaría y viviría tranquilamente —vacilé pero logré seguir adelante—. Todavía sueño con eso. Con vivir en algún lugar tranquilo y hermoso… y estar contigo.

—Suena perfecto —volvió a besarme—. Cuando hablas de los ríos y las montañas, cambias. Entonces eres distinto. Creo que ése es tu ser verdadero. Así es como me encanta pensar en ti, en paz con la naturaleza y verdaderamente feliz. Verdaderamente libre.

Mientras me acuesto aquí ahora con ella entre mis brazos, recuerdo esa conversación, y sé que aunque parezcamos distintos, no lo somos. También ella estuvo sola y fue una prisionera.

EL ENTIERRO

Estamos de pie alrededor de las fosas. Gabriel, Nesbitt y yo hemos colocado los cuerpos adentro, envueltos todavía en los tapices. Van y Annalise nos acompañan.

—¿Querrías compartir algunas palabras de recuerdo, Gabriel? —dice Van—. Quizá puedas decir algo por Mercury. Tú la conociste mejor.

Gabriel se endereza más y dice algo en francés. Creo que es un poema. Suena bonito y no es muy largo. Luego escupe en el suelo y dice, en inglés:

—Mercury era cobarde, cruel y estaba algo loca, pero amaba a su hermana, Mercy, y amaba a Rose. Mercury fue una gran Bruja Negra. El mundo ha sufrido una pérdida con su muerte —levanta un poco de tierra y, en vez de esparcirla, la lanza en la tumba.

—Muy bonito, Gabby, muy bonito —dice Nesbitt, y arrastra los pies. Levanta un poco de tierra y sacude su mano como si fuera a lanzar dados—. Mercury, fuiste una en un millón. El mundo es más aburrido pero mucho más seguro sin ti —tira la tierra en la tumba. Se gira hacia la tumba de Pers—. Y tú eras una personita repugnante. Querría haberte matado de un balazo la primera vez que te vi.

Van también recoge un puñado de tierra.

—Quizás en el futuro las brujas como Mercury puedan vivir más tranquilamente. Pers era una joven Whet que hacía lo que pensaba que era lo correcto —Van tira los puñados de tierra sobre ambas tumbas.

Recojo un poco de tierra y la esparzo sobre la tumba de Mercury. Ella era increíble. Maravillosa a su violenta manera, pero yo la maté y no hay ninguna palabra que quiera decir. Pero recuerdo su amor por Rose y recojo más tierra y la esparzo también en el suelo, por Rose. Y luego recojo más tierra y la echo en la tumba de Pers, por ella y por Pilot. Y luego recojo más por todos los Negros asesinados unos por otros, y por los Blancos, ya todos muertos y desaparecidos. La lanzo al aire y la miro caer.

No digo nada. No encuentro las palabras para todo eso: no las hay.

Nesbitt observa con una mirada perpleja. Annalise está de pie junto a mí. Se queda quieta y tranquila. Van vuelve al búnker y Annalise me toca el brazo para decirme que también ella va a entrar.

Gabriel va por las palas que yacen junto a la entrada. Me lanza una y comenzamos a llenar las fosas.

DIBUJAR MAPAS

Después de enterrar a Mercury y a Pers, voy junto a Annalise. Le asignaron la tarea de continuar la búsqueda en el búnker y quiere hacer un mapa de él.

—No dejo de perderme. Todos los pasillos parecen iguales —dice ella.

Dibujo el mapa: los pasillos principales y la cantidad de puertas que salen de cada uno de ellos. Hay tres niveles principales de cuartos, cada uno con distintos subniveles, y cada uno conectado por escalones y bajadas. El nivel de arriba es el más pequeño, el de en medio es un poco más grande y el de abajo es el más extenso; ése es donde está el gran salón y el túnel de entrada al búnker. Definitivamente no hay otra entrada más que por la que entramos.

Las despensas y la cocina están en el nivel de arriba. Los dormitorios, el pasillo, la biblioteca y el salón de música están en el nivel inferior, y los cuartos fascinantes están en medio. Éstos son los cuartos de almacenaje. Los cuartos llenos de las cosas que Mercury adquirió a través de los años. Ésos son los cuartos que me imagino que podrían contener algunas armas... pistolas no, pero quizá cosas mágicas parecidas al Fairborn.

Un cuarto está lleno de ropa y de zapatos guardados en cajones y armarios. Annalise toma un vestido. Es de color rosa pálido, de seda.

—Qué hermoso —dice—. ¿Crees que alguna vez los haya utilizado? Todos parecen como nuevos.

—No lo sé. Hasta donde sé, Mercury sólo usaba vestidos grises —toda la ropa parece ser para una mujer de un solo tamaño. Del tamaño de Mercury. Pero también del tamaño de su amada gemela, Mercy.

El siguiente cuarto contiene ropa de hombre, pero hay menos cosas. Tres trajes, unas camisas, tres sombreros, dos pares de zapatos y dos pares de botas. Coloco uno de los trajes frente a mí. Tengo la impresión de que me quedaría bien. Creo que ésta debe haber sido la ropa del esposo de Mercy, mi bisabuelo.

Annalise pregunta:

—¿Crees que estaría bien si me llevara algo? ¿Otra cosa para ponerme y quizás algo para dormir? ¿Quizás unos zapatos también?

—Nadie más los va a usar.

Espero afuera mientras se prueba las cosas. Luego se une a mí, sonriendo nerviosamente, con un aspecto parecido al de Van con un traje de caballero gris pálido.

—Qué agradable ponerse cosas limpias. No huelen a humedad ni están nada mohosas. ¿Quizá deberías probarte uno de los trajes?

Sé que bromea, pero no quiero usar la ropa de mi bisabuelo.

—¿Qué pasa? —pregunta.

Niego con la cabeza y me doy cuenta de que no me siento bien, pero trato de ignorarlo y digo:

—Me alegra que estés contenta. Parece como si tuvieras un objetivo.

—¿Probarme ropa?

—No, ya sabes a lo que me refiero. La Alianza parece haberte inspirado.

—Sí, así es, y tú también. Me mostraste que se puede hacer mucho más si lucho por ello. Por primera vez en muchos años siento que hay esperanza. Esperanza para mí y para ti y para todos los brujos.

Annalise se pone frente a mí y se estira para besarme, pero me siento mareado y pierdo el equilibrio, y tengo que apoyarme contra la pared y respirar profundamente. El búnker es como un calabozo. Siento como si las paredes se cerraran contra mí. Es la sensación de estar adentro de noche. Le digo:

—Tengo que salir.

En el camino encontramos a Nesbitt en el gran salón. Nos dice:

—Van piensa que ahora que Mercury está muerta, su hechizo para que sea tolerable quedarse adentro se está desvaneciendo. Tenemos que volver a la bruma nocturna.

Ya ha vertido un poco en un tazón y acto seguido lo enciende. Los dos nos acercamos e inhalamos.

NO RESISTIRSE

La bruma nocturna enciende la habitación con un fulgor verde pálido. Paso mi mano por la flama fresca y verde y la veo moverse sobre la superficie del líquido lechoso. Annalise está detrás de mí, acurrucada contra mí; desliza sus manos bajo mi camiseta, y dice:

Vamos a la cama.

Me giro y la beso pero detengo sus brazos y retrocedo un poco.

—He estado pensando un poco en eso.

—Yo también —vuelve a deslizar sus manos bajo mi camiseta.

—Quiero decir... —no puedo decirlo. Nos hemos acostado, pero no puedo hablar de ello.

—¿De qué hablas? ¿Quieres decir que deberíamos tomar precauciones?

—No quiero...

Ella me besa.

—Y yo definitivamente tampoco quiero... Pero... pero siento que me acaban de dar una increíble segunda oportunidad en la vida y tengo tanta suerte de haberte encontrado y no quiero ser sensata, quiero estar contigo. No quiero dormir sola —me besa los labios—. Quiero que te quedes conmigo.

—Y yo quiero quedarme contigo pero...

—Tendremos cuidado.

Creo que sé a qué se refiere.

—¿O crees que podrías resistirte a mí? —y desliza su cuerpo contra el mío, sonriendo.

—No sé cómo podría hacer eso.

—Me pondré un camisón.

—De verdad, no creo que eso ayude.

Me besa.

—¿Se te ha ocurrido que quizá seas irresistible para mí?

No se me había ocurrido.

—¿Y?

—Hum. No.

—Bueno, pues lo eres —pero cruza los brazos y da un paso atrás—. Sin embargo, haré mi mayor esfuerzo por resistirme.

—Está bien. Yo también.

—Así que... ¿qué hacemos? ¿Jugar a las cartas?

Me río.

—No tengo baraja.

—¿Veo, veo?

—En realidad no me gustan los juegos.

—A mí tampoco. Y acabo de descubrir que en realidad no me gusta resistirme.

Estamos acostados en la cama, acurrucados, repasando mi lista de buenas y malas cualidades. Yo digo mis puntos buenos y ella los malos.

—Pensativo.

—¡Ja! Poco comunicativo.

—Me comunico bastante bien cuando tengo que hacerlo —la beso—. ¿Ves? Así. Eso significa... —y estaba a punto de decir *me gustas*, pero significa más que eso y no puedo decirlo y ahora sé que me he quedado sin palabras.

—¿Qué significa, señor Comunicación?

—Significa…

Vuelve a besarme y dice:

—Creo que significa que ese punto lo gané yo.

—Te toca, entonces.

—Solitario.

—¿Qué tiene de malo ser independiente?

—Silencioso.

—Creo que te refieres a "pensativo", como acabo de decir.

—Mugriento.

—Sabía que ya me tocaba. Duro.

—Áspero.

—¿Lo soy? —trato de ser gentil con ella.

—Quiero decir que la piel de tus manos está áspera.

—Como ya he dicho, duro.

—Te toca.

Le digo:

—¿Qué tal… *sexy*?

Se ríe.

Obviamente no soy *sexy*. No pensaba que lo fuera, y estaba bromeando pero no creía que se reiría de mí.

Me dice:

—Me encanta cuando te sonrojas y pareces confundido.

—No me estoy sonrojando.

—Y puedes agregar también "mentiroso" a la lista.

—¿Así que no soy *sexy*?

—En realidad no creo que ésa sea la palabra correcta. Esa palabra me hace pensar en fains que pasan mucho tiempo frente al espejo, arreglándose el pelo. Cosa que tú definitivamente no eres. Pero hay algo en ti que hace que me den ganas de besarte y abrazarte y quedarme contigo.

—Dulce. Me acuerdo que alguna vez me llamaste dulce.

—No lo recuerdo. Y no eres dulce.

—¡Uf!

—Pero eres gentil y dan ganas de abrazarte —me abraza.

—Pensaba que tú estabas señalando los puntos malos.

—Repasemos los míos —dice Annalise.

—Está bien. Tú haz los puntos buenos, y yo haré los malos.

Ella dice:

—Está bien, claro, obviamente... soy muy inteligente.

—Un poco engreída.

—Certera y precisa.

—Y aun así, incapaz de seguir las instrucciones sencillas, de decir un punto cada vez.

—Certera y precisa es lo mismo.

De repente se me ocurre algo y le pregunto:

—¿Has encontrado ya tu Don?

Ha pasado casi un año desde su Entrega.

—¡Vaya! ¡Qué cambio de tema! ¿O es una debilidad?

—No, sólo estaba pensando que eres inteligente, certera y precisa. Me refiero a que todo suena como si las pociones fueran lo tuyo.

—Ah, ya veo. Bueno, siempre pensé que mi Don serían las pociones, pero soy verdaderamente mala en eso. Definitivamente mi Don no es ése.

—Debes tener alguna fuerza escondida entonces, una que todavía no hemos desentrañado —y le beso la nariz. Luego le beso la mejilla y la oreja y el cuello, y me subo encima de ella.

—Hum, Nathan, pensaba que no íbamos...

—Me acabo de dar cuenta de cuál es tu Don —y le beso el cuello y bajo hasta su hombro.

—¿Cuál?

—El de ser irresistible.

DRESDEN, WOLFGANG Y MARCUS

Al día siguiente, Van quiere que Annalise pase un tiempo en la biblioteca con ella y con Gabriel. Nesbitt y yo tenemos que seguir revisando el búnker por si encontramos cualquier otra cosa que sea de utilidad para la Alianza. Nos dirigimos al pasillo de Mercury, como lo llamamos.

Hay dos estancias de los "tesoros": joyas y pinturas que suponemos que son valiosos o mágicos de alguna manera.

—Pero es imposible saber qué hacen, y no creo que alguna de ellas sea de la menor utilidad para nosotros —declara Nesbitt y sale de la habitación.

La siguiente estancia es la "sala de sangre". Repisas con botellas de sangre, robadas de las bodegas del Consejo, que Mercury usó para vender pociones o llevar a cabo ceremonias de Entrega para los que no tuvieran a padres o abuelos dispuestos o capaces de hacerlo. Debe haber una de mi madre ahí: la sangre que Mercury habría usado de haber llevado a cabo mi Entrega. Cada botella tiene un tapón de vidrio fijado con un sello de cera. Fijado a la cera hay un listón, y éste tiene atado una etiqueta con el nombre del donador de sangre. Hay once repisas en tres paredes y cada repisa tiene espacio para treinta o más botellas delgadas. Sólo que faltan algunas de las botellas; hay huecos, quizá se utilizaron o vendieron. La sangre sería útil para los Mestizos como Ellen, que me ayudaron cuando estuve en Londres después de escapar. El padre de Ellen es fain, su madre está muerta y el Consejo sólo le permitirá recibir su Entrega si trabaja para ellos. La sangre de su madre probablemente esté aquí: *nosotros* podríamos asegurarnos de que celebrara su Entrega.

—Esto es más valioso que todas esas joyas y pinturas. Atraerá a más Mestizos a la Alianza que cualquier otra cosa —Nesbitt me sonríe entre dientes—. Más poder para el pueblo, ¿eh?

Seguimos al último cuarto del corredor, donde es difícil moverse ya que está lleno de frascos, paquetes y costales. Nesbitt dice:

—Es como una ensalada integral de California, repleta de ingredientes naturales —me pasa un frasco y agrega—: No para los vegetarianos estrictos, claro está —es difícil ver a través del vidrio esmerilado y la luz es tenue, pero puedo discernir dos glóbulos oculares que flotan en un líquido transparente.

—¿Qué utilidad tendrían? —pregunto.

—Ninguna ya para Mercury. Y, como la mayoría de esta porquería, tampoco de mucha utilidad para la Alianza —Nesbitt vuelve a colocar el frasco en la repisa.

Nos dirigimos a la biblioteca para encontrarnos con los demás. Me sorprende ver a Gabriel y a Annalise sentados a la mesa, hablando el uno con el otro. Antes de que pueda acompañarlos, Van me toma por el brazo, y me dice:

—Se llevan mejor sin ti, me parece. Déjalos —me guía hasta el fondo de la estancia—. De todos modos quiero mostrarte algo.

314

Es un librero alto repleto de libros absurdamente grandes empastados en piel, cada uno de casi un metro de altura y algunos tan anchos como mi mano. En la madera del librero hay una diminuta cerradura de latón. Van toma uno de los pasadores de Mercury de su bolsillo y coloca la punta en el cerrojo. El frente del librero se abre y revela otro detrás. También éste está repleto de libros empastados en piel, pero son pequeños y delgados, como libros de ejercicios escolares.

Van saca uno al azar.

—Son los diarios de Mercury. Un registro diario de todo lo que hizo y a quién conoció. Comencé a revisarlos ayer, con la esperanza de encontrar detalles de dónde y cuándo hizo sus pasadizos. Me parece que ésa es la manera en la que Mercury viajaba, y sin duda es más rápido y fácil que en auto.

—¿Todavía no has encontrado nada?

—No sobre los pasadizos, pero Mercury lo apuntaba todo, incluyendo la gente que conoció. Los evaluaba, descifrando quién sería de utilidad, cómo podría ser manipulado o controlado, quién sería un peligro y en quién se podría confiar... no hay muchos en esta última categoría.

—¿Dice algo sobre mí? —le pregunto.

—Estoy segura de que sí, pero todavía no he llegado a eso. Sin embargo, hay otras cosas que podrían interesarte —toma un libro que está aparte de los demás, y veo que hay una página marcada en él.

—Gabriel encontró esto. Deja que te lo lea —dice ella—:

Estuve con Dresden en Praga tres días. Tenía una niña de seis años que quería que me llevara. Una cosa repugnante, flacucha, malhumorada y demasiado inteligente para su edad. Dresden estaba ansiosa por mostrarla, como si pudiera impresionarme. La niña es lista, eso lo reconozco, pero no confiaría en ella ni dos segundos. Dresden llama Diamond a la niña, como si fuera una estrellita preciosa, pero necesita mucho más que una pulida. No valdría la pena tanto esfuerzo. No la entrenaría por todos los diamantes del mundo. Primero me comería mi propio hígado.

Dresden es un alma increíblemente simple. Casi siento pena por ella. No es ninguna belleza: menudita, pequeña, de pelo y ojos marrones; debería ser fácil de olvidar, pero cuando sonríe... ah... su Don es tan simple como una sonrisa, y la habitación cambia, el ánimo cambia. Te hipnotiza. Cuando quiere, puede hasta levantarme el ánimo, me puede hacer sonreír. Y la risa de Dresden es bella hasta para mi propio corazón. Su Don es la dicha, lo cual es irónico, claro está, dado que en realidad disfruta de poca felicidad verdadera.

Dresden usó su Don para abrirse paso entre los círculos Negros, interesada sobre todo en Marcus. Lo conoció cuando él estaba pasando por una fase particularmente miserable, y suponía que le transmitiría alegría, como era su costumbre. Pero aunque al inicio lo cautivó, su influencia sobre él se volvió más débil y finalmente supo lo que era: una chica simple con una gran sonrisa.

Le pregunté a Dresden dónde conoció a Marcus. "Cerca de Praga" fue su respuesta, y me dio la sensación de que se refería a algo tan próximo como Nueva York o Tokio. ¿Cuándo lo conociste? Aquí cedió un poco más: "El verano pasado".

Van se interrumpe y regresa una página.

—Esto lo escribió hace trece años. Así que Dresden conoció a Marcus cuando tenías cuatro años —y sigue leyendo.

Dresden está resentida con Marcus. Trata de hacer ver que ella rompió con él, pero todos saben que él no tiene ningún interés real en ella... y en definitiva, en ninguna otra mujer. Pasar un día con Dresden en estos tiempos es verdaderamente deprimente. No aguantaba las ganas de irme una vez que me di cuenta de que no obtendría nada más de ella.

Pilot nos acompañó una tarde. Es una buena compañía, un contraste tan inteligente a Dresden. Va a mudarse a Ginebra. Me habló acerca de un valle remoto que dijo que me gustaría. Iré a verlo, viajaré con ella. Parece un lugar apropiado para tener visitas.

Pilot parecía embelesada con la chica. No me tomé la molestia en discutir. Creo que de alguna manera, Pilot está bajo el hechizo de Dresden… aunque tampoco creo que eso dure mucho.

Es lo único que Van lee y no tengo ganas de discutirlo.

Camino hacia el rincón del salón, me siento en el suelo y me recargo contra la pared. Me pregunto por mi padre. Creo que verdaderamente amaba a mi madre y estoy seguro de que ella lo amaba a él. Pero ella estaba casada con otro hombre, un Brujo Blanco, uno de los suyos, y quizá trató de esforzarse para que eso funcionara. Abu me contó que mi madre accedió a ver a Marcus una vez al año, cuando fuera totalmente seguro. Pero no existe nada absolutamente seguro, y su encuentro final terminó en desastre: su esposo muerto y yo concebido. Y por mi culpa obligaron a mi madre a quitarse la vida. Y en cuanto a Marcus, ¿qué obtuvo? Ni siquiera un encuentro al año, sólo un hijo que predicen que lo matará.

Así que no es de sorprender que buscara consuelo, que buscara amor en otro lado. No puedo culparlo por ello. Desearía que lo hubiera encontrado. Pero creo que queda claro que no sucedió, y Dresden no parece que fuera la candidata ideal. Definitivamente ella debía ser desesperante.

Él debió sentirse muy solo. Terriblemente solo.

Y miro al otro lado del salón a Gabriel y a Annalise, y sé que me aman y yo los amo a ellos y quizá con la Alianza tengamos la oportunidad de cambiar el mundo y mejorar las cosas, no sólo para mí sino para aquéllos a quienes les importo.

Gabriel viene a sentarse conmigo.

—Estás hablando con Annalise —le digo.

—Hay que conocer a tu enemigo —contesta pero sonríe.

No estoy seguro de que esté bromeando, así que digo:

—Ella no es tu enemigo.

—No te preocupes. Estoy siendo amable. Ambos estamos siendo muy amables —toma otro diario de Mercury a la vez que dice—: Annalise encontró esto. Pensó que debería leértelo: *En Berlín, lo que antes era Berlín del Este. Llueve. Estoy en un departamento húmedo. Me encontré con Wolfgang. No lo había visto hacía veinte años. Tiene prácticamente el mismo aspecto, sólo unas cuantas arrugas más en la cara. Pero está diferente, agotado, obviamente más viejo, y sorprendentemente mucho más sabio también. No estaba contento de verme, y puntualizó que partiría a Sudamérica ahora que debía hacerlo.*

Pasó unos cuantos días el mes anterior con Marcus. Nunca fueron amigos cercanos exactamente, pero al fin y al cabo, Marcus no tiene amigos, aunque por alguna razón Wolfgang era la única persona que no lo irritaba. Es Marcus quien ha irritado a Wolfgang, ofendido a Wolfgang, como ofende a todos con el paso del tiempo, asesinando a alguien a quien Wolfgang amaba. Parece ser que Toro, el amigo de Wolfgang, había irritado considerablemente a Marcus, y Marcus lo mató. Toro estaba celoso de su amistad; Marcus fue displicente, luego se enojó y después se puso violento. Toro se comportó como un tonto y, básicamente, Wolfgang lo admitió, pero dijo: "Marcus lo sabía. Podría haberlo dejado ir, haberlo dejado vivir, pero está obsesionado por el poder y no tiene nada de paciencia. Nada. Quiero decir, ni siquiera un segundo antes de que el animal lo domine. Puede controlarlo pero él decide no hacerlo. Mató a Toro. Lo hizo pedazos. Los encontré. A Marcus cubierto de sangre. Cubierto de Toro".

Wolfgang prosiguió: "Marcus debería haberme matado. Pude ver que lo estaba pensando. Se lavó y cayeron trozos de Toro de su cuerpo, de su hombro; tenía un pedacito pegado en el brazo. Se lavó en el lago y se vistió y caminó hasta mí y estoy seguro de que estaba pensando en matarme —no en comerme, eso no— sino sólo en matarme, a sangre fría, con un rayo o lo que eligiera. Pero no lo hizo. Creo que esto también tiene que ver con su poder. Quita la vida, no la quita. Puede hacer lo que quiera".

Marcus le dijo: "Sé que no me crees, Wolfgang, pero una parte de mí también lamenta lo de Toro: la parte de mí que te ama. Sé que me odias por matarlo. Creo que deberías irte. No vuelvas".

La respuesta de Wolfgang fue: "Me fui. Eso fue hace un mes".

Se quedó callado. Le cayó una lágrima por la mejilla y pensé que era por Toro, pero era por lo que estaba a punto de contarme. Porque iba a traicionar a Marcus.

Me dijo dónde estaba viviendo Marcus. Dijo: "Ya se habrá ido, pero te dará una idea del tipo de lugar donde le gusta estar. Siempre son lugares así. Ahí es donde él se siente cómodo. Ahí es donde puede construir un lugar seguro para vivir".

Y debo decir que me sorprendí. Marcus no tiene hogar alguno. Vive más bien como un animal. En una madriguera. En una madriguera hecha de palos. Una parte de ella subterránea y un pequeño espacio abierto junto a un lago. Pasa largos periodos como animal. Caza y come como un animal. Wolfgang dice: "Es como si estuviera perdiendo su humanidad".

Wolfgang le preguntó sobre la visión infame de que su hijo lo mataría. Marcus dijo: "Sí, Wolfie, lo creo. He evitado a Nathan toda mi vida. Mejor posponerlo el mayor tiempo posible, ¿no crees? Lo inevitable. ¿O mejor acabar con ello de una vez?".

Wolfgang pensaba que Marcus estaba tan solo, tan triste; esa parte de él, la parte humana, quería acabar con ello, pero, irónicamente, el animal que hay en él era la parte que quería vivir. Marcus le dijo: "Como águila no sé nada. No siento nada más que volar y vivir. Imagínate eso... maravilloso... para siempre".

Wolfgang me contó que es rara la vez en que Marcus se encuentra con otros, solamente para mantenerse al tanto de lo que está ocurriendo en las distintas comunidades de brujos y para escuchar cualquier novedad sobre su hijo. Ése es su único interés real ahora en el mundo humano: Nathan. Por lo demás, creo que él dejaría gustosamente todo atrás. Marcus se lava, se mima y se viste con elegancia para las pocas ocasiones en que se encuentra con otros. Todavía queda mucha vanidad en él: todavía le gusta mirarse en el espejo, y su lado humano regresa. Pero cuando está en el bosque, es salvaje.

Wolfgang dijo: "La palabra salvaje es interesante. Pensamos que lo salvaje no está domesticado y que se halla fuera de control pero la naturaleza no es así, por supuesto; la naturaleza es controlada, ordenada, extremadamente disciplinada en todos sus elementos. Los animales en manada tienen líderes y seguidores; hay disputas, pero siempre existe una organización. Y los animales cazan de una manera determinada, en ciertos momentos y según ciertos tipos de presa: son terriblemente predecibles. Marcus es así: conoce sus formas y lo encontrarás. Y, si tienes a su hijo, en algún momento vendrá a ti".

Gabriel vuelve atrás unas cuantas páginas.

—Esto está fechado hace apenas un año. Mercury debió haber pensado que había ganado la lotería cuando fuiste a buscarla.

EL PASADIZO

El día prosigue y todavía sigo sentado en el suelo de la biblioteca, viendo a los demás leer los diarios. Van encuentra una referencia a Pilot que visita a Mercury en el búnker y que luego marcha a Basilea.

—Basilea es un sitio de encuentro histórico —dice Van—. Parece que uno de los pasadizos sale ahí.

—Estaba pensando en Pilot —digo yo—. Si tengo acceso a los recuerdos de Pilot sobre Mercury, entonces debo tener el recuerdo de haber entrado por el pasadizo. Pero no encuentro nada. Hasta las imágenes de ella construyendo represas se están volviendo más débiles.

Van me mira.

—Los recuerdos se desvanecerán si no accedes a ellos. Ay, no nos dimos cuenta de que los pasadizos serían importantes. Antes estuviste concentrándote en los exteriores y en el nombre de un lugar.

En ese momento Nesbitt grita:

—¡Bingo!

Está en el otro extremo de la biblioteca, revisando pergaminos de mapas. Se acerca a la mesa central, cargando con uno de ellos, con una gran sonrisa en el rostro.

—Claro —dice Van mientras lo mira—. Mercury hizo un mapa de sus pasadizos.

Me levanto para mirar. Por lo menos puedo leer los mapas. Se parece al mapa que hice del búnker. Nesbitt señala una delgada y pequeña línea azul en una de las estancias.

—Cada línea azul es un pasadizo, y cada una de ellas está numerada. Hay once. La nota dice que ésta lleva a Alemania —apunta a las demás—. Éstas van a España, Nueva York, Argelia. Ésta dice: "Suiza: cerrada".

Van enciende un cigarro y dice:

—Entonces necesitamos un par de voluntarios que vayan a revisar uno de los pasadizos.

Gabriel y yo nos miramos y sonreímos.

Van quiere que vayamos por el pasadizo que lleva a Alemania, ya que parece salir cerca de Basilea, donde será la próxima junta de la Alianza. Ese pasadizo sale por un cuarto en uno de los corredores del gran salón. Todos vamos hasta allí. Es un cuarto pequeño, desnudo salvo por una alfombra espesa.

—¿Pero exactamente dónde está el pasadizo? —pregunta Annalise.

Gabriel se mueve al centro del tapete, y dice:

—Sólo hay una manera de encontrarlo. Creo que ella aterrizaría en el tapete al regresar así que... —da un paso hacia el muro posterior y desliza sus manos en el aire, tratando de sentir el corte. Mueve su mano apenas un centímetro o dos en cada intento, probándolo de costado. No encuentra nada. Repite el proceso, esta vez más abajo, moviéndose todavía lentamente. Luego lo vuelve a hacer una vez más, antes de mover su mano hacia atrás rápidamente y decir—: Aquí está.

Van aplaude con las manos.

—¡Excelente!

—He estado pensando en Mercury cuando recibía visitas. Ella no querría que entraran y pasearan por su casa sin saberlo. ¿Tendría un hechizo para los que entraran sin permiso, como el que tenía en el techo de la cabaña de Suiza? ¿Se necesitaría su ayuda para cruzar el límite al regresar? —pregunta Annalise.

—Ella nunca permitiría que viniera aquí nadie en quien no confiara —dice Van—. Sus diarios sólo muestran que Rose y Pilot podían entrar. Creía que nadie encontraría los pasadizos. No creo que haya un hechizo contra invasores.

—Entonces probémoslo —dice Nesbitt, ansioso por seguir adelante.

—Sí —concuerda Van y nos mira a Gabriel y a mí—. Lo único que tienen que hacer es pasar. Investiguen en qué parte de Alemania salen: las carreteras más cercanas, los pueblos, el transporte. Revisen si hay Cazadores, por supuesto. Y repórtense aquí.

Así que ya sabemos.

Gabriel toma mi mano en la suya y entrelaza nuestros dedos, se pone los lentes de sol y les dice a los otros:

—Volveremos —desliza su mano izquierda en el corte y ambos somos succionados.

Respiro lentamente mientras giro en la oscuridad: un consejo de Nesbitt. Sospecho que es una trampa y que en realidad me hará sentir peor. Hay una luz tenue adelante, que se vuelve más brillante brevemente mientras aterrizamos en el suelo cubierto de hierba. Me sorprende que no me sienta ni remotamente tan mareado y enfermo como en los viajes previos por los pasadizos.

Estamos en un bosque junto a un edificio de piedra en ruinas. El aire está quieto y callado. Los árboles están llenos del verdor intenso del verano. También hace calor. Se escucha un canto de ave y el ruido del tráfico en la distancia.

Le digo a Gabriel:

—Autos. Por allá —e indico a mi izquierda con un gesto de la cabeza,

Mientras, él siente el corte.

—Te encontré —dice, y sonríe.

—Eso ha sido fácil —digo—. ¿Y ahora qué?

—Acerquémonos a la carretera para ver si podemos descifrar dónde estamos.

Llegada la tarde estamos sentados alrededor de la mesa otra vez. Las cosas van bien. Ya hemos ido por dos pasadizos. El que está en el pequeño cuarto vacío lleva al lugar al que fuimos en Alemania, que según los señalamientos viales está a ciento cincuenta kilómetros de Basilea. El pasadizo de la habitación de Mercury lleva a un lugar de España en las montañas. Entramos por el pasadizo, caminamos hasta el pueblo más cercano, y lo buscamos en el atlas cuando volvimos. Está a un par de horas a pie de la casa de Pilot.

La reunión de Van con los rebeldes Blancos es mañana por la mañana, y quiere que Nesbitt y yo vayamos, pero yo quiero que Gabriel esté conmigo y no puedo dejar a Annalise.

—Todos estamos en la Alianza. Vamos todos —digo yo.

QUINTA PARTE

Ríos de sangre

DIE ROTE KÜRBISFLASCHE

Todos entramos por el pasadizo anoche. Nesbitt consiguió un auto y manejó hasta las afueras de Basilea. Ahora Nesbitt, Gabriel y yo estamos en el centro de la ciudad. Somos la avanzadilla, en busca de Cazadores. Van y Annalise nos están siguiendo.

Basilea parece ser una ciudad de gente joven, en la frontera de Alemania, Francia y Suiza, pero escucho que aquí también hablan en inglés. Hay turistas, familias y gente que va al trabajo. Tratamos de integrarnos pero no parecemos ni turistas ni una familia, aunque supongo que podríamos estar yendo a trabajar. Nesbitt conoce el camino al lugar de reunión en *Die Rote Kürbisflasche* (La botella de calabaza roja) y nos está llevando por la ruta larga.

Nesbitt dice que La botella de calabaza roja es un bar que está en la parte más antigua de la ciudad. Cruzamos el río ancho y de corriente rápida, y hacemos un circuito por la colina en la que está construido el pueblo antiguo. No vemos Cazadores. Vamos lentamente y nos dirigimos en espiral colina arriba, las calles empedradas son cada vez más angostas y viejas a medida que avanzamos. Hay cada vez menos personas, hasta que llegamos a un callejón donde sólo hay un gato caminando y una anciana que limpia las ventanas. No bajamos por el callejón, sino que nos vamos, esperamos y volvemos media hora después. La anciana ha desaparecido y el gato también. No hemos visto Cazadores.

En mitad del callejón hay una puerta de madera y, arriba de ésta, colgando sobre la calle, en vez de un letrero escrito hay una calabaza de metal, pequeña y más de un color naranja oxidado que rojo. Éste es el lugar.

La puerta es de roble y casi negra de lo antigua que es. Nesbitt la abre de un empujón y entra. Gabriel está delante de mí y levanta su brazo indicándome que vaya lento y con cuidado. Avanzamos, bajamos cuatro escalones de piedra que giran hacia la izquierda, y pasamos por una pesada cortina tejida de color rojo opaco que cuelga de un riel de metal negro.

Estamos en una estancia angosta y de techo bajo, con una barra que recorre el largo de la pared y varias mesas de madera adornadas con velas rojas y sillas con asientos acolchados del mismo color. Detrás de la barra hay un hombre bronceado de mediana edad, con pelo rubio erizado e intensos ojos azules con destellos negros que chispean. Un Brujo Negro.

Nesbitt lo saluda y nos presenta. El cantinero se llama Gus. Cuando me lo presentan, no me da la mano como se la da a Gabriel. Dice con un fuerte acento alemán:

—Mitad y mitad, ¿eh?

Nesbitt se ríe.

—Lo entendiste bien: mitad humano y mitad animal.

Gabriel agrega:

—Y siempre encabronado… aunque no consigo imaginarme por qué siempre cuando está en compañía tuya, Nesbitt.

—¿Ha llegado alguien más? —le pregunta Nesbitt a Gus.

—Celia y una Mestiza que la acompaña. Dos Blancos más llegarán en cualquier momento.

Camino al fondo del cuarto para revisarlo. Hay un cubículo al final y está ocupado. Espero ver a Celia pero ella no está ahí. Hay una chica. Se levanta cuando me ve y sonríe.

—Qué gusto verte, Iván —dice—. Tienes el mismo aspecto desaliñado de siempre.

Voy hacia ella y la envuelvo en mis brazos:

—Nikita —de verdad es ella, mi amiga de Londres. No la suelto. La siento pequeña y miro su rostro, todavía tan joven, sus ojos de ese increíble azul verdoso de los Mestizos.

—Qué gusto verte, Ellen —le respondo.

Le queda mejor el nombre de Nikita. Así me dijo que se llamaba la primera vez que nos conocimos, cuando yo me hice llamar Iván. Pero, se llame como se llame, confío en ella totalmente. La vuelvo a abrazar.

Ella sonríe.

—Vas a arruinar tu reputación. Se supone que eres mezquino y temperamental.

Nesbitt aparece junto a mi hombro y dice:

—No te preocupes, chica, puede cambiar en un instante.

Pero no lo hago. De verdad que estoy de buen humor por volver a ver a Ellen.

Se la presento a Gabriel y a Nesbitt y, mientras le explica a Gabriel quién es, examino su rostro, tratando de captar si tiene algunas noticias, algunas malas noticias del mundo de los Brujos Blancos.

Me dice:

—Sé que estás preocupado por Arran, pero está bien. Salió de Londres y va camino de Francia. Voy a ir para allá para reunirme con él después de que nos vayamos de aquí.

—¿Va a unirse a los rebeldes?

—Sí. Las cosas están marchando velozmente. Todo es una locura. Los Cazadores atacaron una reunión de Brujos Negros en las afueras de París hace una semana. Murieron veinte en la trifulca y al resto los capturaron; a los adultos los encarcelaron pero ejecutaron a los niños. Jessica los mandó ahorcar a todos. Soul hizo un anuncio al respecto en el que decía que era una victoria importante y un paso adelante para todos los Brujos Blancos. Dijo que en este caso los niños no tenían que sufrir el Castigo, que estaba siendo indulgente. Pero los adultos que se llevó tampoco van a sufrir el Castigo. Los va a utilizar para investigar las habilidades de los brujos.

—¿Qué significa eso? —pregunto.

—Básicamente, que Wallend está experimentando con ellos.

Niego con la cabeza pero de alguna manera siento que no debería sorprenderme.

—Está enfermo —es lo único que se me ocurre decir.

—El Consejo dice que la investigación para la protección de todos los Brujos Blancos es válida. Claro que nadie sabe exactamente cómo los protegería eso, pero el Consejo dice que cualquiera que ponga una objeción está en contra de los Brujos Blancos y apoya a los Negros. Todos tienen que declarar de qué lado están. Y casi todos los Brujos Blancos afirman apoyar a Soul y a Wallend.

—¿Y Deborah? —pregunto—. ¿Está en Francia con Arran?

—Mejor pregúntale a Celia por ella. Esa información está por encima de mi nivel salarial.

—¿Y cuál es tu nivel salarial? ¿No eres un poco joven para ser una combatiente rebelde, Ellen?

—No soy una combatiente; soy una exploradora. Pero, Nathan, no tienes idea de lo inútiles que son la mayoría de los Brujos Blancos. De verdad, la mayoría son como los fains; ninguno aprendió jamás a luchar. Se lo dejaron todo a los Cazadores. Lo mejor que puede decirse sobre ellos es que son buenos para las pociones de sanación. La gente más útil que tiene la Alianza son los ex Cazadores y los Mestizos. Lo malo es que sólo hay dos ex Cazadores y nueve Mestizos.

—¿Y qué hay de los Brujos Negros? —pregunto.

—Algunos se han unido, pero pocos tienen tus habilidades, Nathan —me giro rápidamente y me encaro con Celia, quien prosigue—: Y por eso estamos agradecidos de que estés aquí.

—No me importa lo agradecida que estés —y la maldigo y coloco el cuchillo instantáneamente en mi mano—. Mantente lejos de mí, Celia. Hablo en serio. No te me acerques sigilosamente.

—No me estaba acercando sigilosamente, Nathan.

—¡Y no discutas conmigo, maldita sea!

Me alejo de ellos hasta el fondo de la sala. Gabriel viene conmigo.

Me dice:

—Estás temblando.

—Estoy bien —me mira de reojo y repito—: Estoy bien.

Tras una pausa, pregunta:

—¿Qué quieres hacer?

—Matarlos a todos —estoy bromeando pero sólo un poquito—. Wallend está experimentando con otros brujos como lo hizo conmigo. Me amarró y me tatuó. Eso fue peor que estar con Celia. Fue lo peor de todo. Por lo menos Celia me trataba como ser humano de vez en cuando. Pero para Wallend yo era sólo una rata de laboratorio. Nadie debería pasar por eso.

—No —coincide Gabriel. Y creo que hasta Gabriel está comenzando a creer que la causa de la Alianza es justa.

Le digo:

—Colaboraremos con la Alianza hasta que Wallend y Soul estén muertos.

Él asiente.

Van y Annalise ya han llegado, suspiro profundamente y me uno a ellas.

Somos diez. Tres Brujos Negros: Van, Gabriel y Gus, que parece ser que más que un simple cantinero es también un Brujo Negro clave con amplios contactos por toda Europa. Del lado de los Brujos Blancos está Celia, otra Bruja Blanca de Inglaterra llamada Grace, una tercera Blanca de Italia llamada Ángela y Annalise. Hay dos Mestizos, Nesbitt y Ellen. Luego estoy yo.

Celia dice:

—Creo que estamos seguros aquí, pero haremos que la junta sea breve. Primero, supongo que como estás aquí, vas a unirte a nosotros, ¿verdad, Nathan?

—Hasta que cambie de parecer.

Me mira a los ojos; los suyos son azul pálido, llenos de esquirlas blancas. Luego hace algo que no me esperaba. Me extiende la mano.

—Entonces estamos del mismo lado —dice—. Bienvenido a la ABL.

—¿La qué?

—La Alianza de Brujos Libres.

—¡Ja! Bien, pues no es gracias a ti que soy uno de ellos.

—Pero estamos todos muy contentos de que lo seas y que quieras ayudar a asegurarte de que también otros brujos permanezcan en libertad.

Su mano sigue extendida y la ignoro, mientras digo:

—Lo que quiero es ver muertos a Soul y a Wallend. Y a bastantes otros Brujos Blancos también. Por eso estoy aquí.

—¿Estoy entre los que quieres ver muertos, Nathan? —pregunta ella.

—De ser así, ya tendrías una bala en el cerebro.

—Si te unes a la Alianza, tendrás que seguir mis órdenes. ¿Podrás hacerlo? —me pregunta.

Logro sonreír.

—Mientras no sean estúpidas.

—¿Esperas que lo sean?

La hago esperar antes de decir:

—No.

—Bien. Tampoco yo lo espero, pero estoy segura de que serás el primero en decírmelo si lo son.

Su mano sigue extendida. Me pregunta:

—¿Nos damos la mano?

—Por ahora me está costando trabajo no escupirte.

Se ríe con una risa fuerte como un ladrido y quita la mano.

—Te extrañaba, Nathan. Aunque estoy segura de que tú no me has extrañado a mí.

Y, sentado a la mesa frente a ella, creo que no tiene la menor idea de lo que supuso para mí, o para cualquier prisionero, que me encadenaran y golpearan. Es una mujer inteligente, pero a veces no tiene la menor idea. Sólo puedes saber qué significa si has pasado por eso.

Van pide que la pongan al día desde su última reunión con Celia. Fue apenas hace dos semanas, pero en ese tiempo ha sucedido la masacre de París, y Soul ha reemplazado a todos los miembros del Consejo con su propia gente: Wallend ya está en el Consejo. Arrestaron a varios Brujos Blancos por coludirse con los rebeldes.

—Incluido Clay —dice Celia.

—¿Qué? —dice Nesbitt.

—Una falsa acusación, pero Clay tenía serias dudas sobre Soul. Había perdido su trabajo, su estatus, su reputación, todo. Bueno, todo menos su libertad, y ahora también ha perdido eso.

Celia prosigue:

—Supe que hicieron una redada en casa de Isch en Barcelona poco tiempo después de que estuvimos ahí. Isch ingirió veneno y murió; a algunas de las chicas las capturaron y torturaron. Sabía que mi nombre aparecería pronto en sus listas. Soul nombró a los que quiere interrogar, incluidos la ex Líder del Consejo, Gloria; su marido y su hermana, Grace; otra Cazadora llamada Greatorex y a mí. Soul tenía razón en ponerlos en su lista: todos somos miembros de la ABL.

"Jessica es la líder de los Cazadores. Y debo decir que está haciendo un buen trabajo. Los Cazadores forman una organización principalmente femenina, y están encantadas de volver a tener a una mujer al mando otra vez. Tiene muchos reclutas nuevos y ya ha atacado comunidades de Brujos Negros en el norte de Francia, Holanda y Alemania. El más fuerte fue el de París, pero por lo visto, hasta ahora ha matado a más de sesenta Brujos Negros y no ha perdido a un sólo Cazador en esos ataques.

"Pero Jessica también tiene problemas y crecerán. Incluso con todas sus nuevas reclutas, va a tener que abarcar demasiado si quiere cubrir toda Europa. Y muchas de esas reclutas no estarán tan bien entrenadas, y sin duda tendrán menos experiencia que el ejército central de Cazadores.

"Nuestra desventaja es la inferioridad numérica. Pero al ser menos, podemos movernos rápidamente para atacar a los

Cazadores. Tenemos que atacar ya, para frenar el recluta-miento y el entrenamiento de más Cazadores. Tendremos que usar tácticas de guerrilla para hacerlo, y para ganar... pero da la casualidad de que ésa es mi especialidad.

"Sin embargo —dice Celia—, hay un problema final. Los Brujos Negros están empezando a darse cuenta de lo que está pasando, pero no confían en mí y tenemos que unirlos a nuestra causa. La Alianza está conformada principalmente por Brujos Blancos y Mestizos de Gran Bretaña. Aunque con-tamos con unos cuantos Brujos Negros influyentes en nues-tras filas. Y, por supuesto, con Van y con Gus.

Gus asiente.

—Mi influencia es mínima, Celia. Y, como he dicho antes, para ser una verdadera Alianza debemos tener una represen-tación fuerte de todos los brujos: Blancos, Negros e incluso Mestizos. Pero los Brujos Negros con los que hablo no están interesados. No creen que deban luchar al lado de los Bru-jos Blancos. Dicen que pelearán contra los Cazadores si los atacan. Les hablo de los Brujos Negros que ya han sido asesi-nados pero... —se encoge de hombros—. Los Brujos Negros no están interesados en las causas ni en los ejércitos ni en las alianzas.

Celia responde:

—Pero tú y Van, y ahora Gabriel, se unieron a nosotros. Así que algunos Brujos Negros sí escuchan.

Gus mira hacia Gabriel y pregunta:

—¿Por qué estás aquí, Gabriel?

—Porque vengo con Nathan,

—Así que, ¿si Nathan muere o se va?

—Si se va, yo también me voy. Si lo matan –me mira–, no lo sé...

Gus dice:

—Necesitamos a alguien que sume a otros Brujos Negros a la causa. Pero no sé de ningún otro Brujo Negro que vaya a unirse a nosotros sólo porque Nathan esté aquí.

Me mira a los ojos.

—No es un Brujo Negro —el negro de sus ojos fulgura hacia mí y lo miro fijamente en respuesta.

Gus es sólo otro esnob racista. El mundo de los brujos está repleto de ellos.

—¿Qué estás sugiriendo en realidad, Gus? —pregunta Celia.

—Para atraer a los Brujos Negros, necesitamos a alguien que respeten, alguien que sea la personificación de todo lo Negro.

—¿Y quién es ese alguien? —pregunta Van, tratando de reprimir una sonrisa—. Me siento un poco decepcionada de no serlo yo.

Gus se ríe con ella.

—Lo siento, Van, pero siempre te han visto demasiado dispuesta a trabajar con los no Negros, incluso con los fains.

—¿Así que estás pensando en alguien que represente a los "viejos Negros"? —Celia suspira y se despeina el pelo erizado—. Mercury sería una de ellos, ¿supongo?

—Sí, ella… —comienza Gus.

Van lo interrumpe.

—Mercury está muerta.

—¿La mataron los Cazadores?

—No. La matamos… nosotros —y gesticula con la mano vagamente hacia Nesbitt, Gabriel y hacia mí—. En defensa propia, debo decir, y de paso me dejó esto como recuerdo —y dirige su rostro a la luz para mostrar las quemaduras—. Pero

aunque estuviera viva, no podría imaginarme a Mercury su-
mándose a la Alianza. No habría visto ningún beneficio personal en unirse, ningún… honor en ello. Lo entiendo. Hay
varios Brujos Negros tan poderosos como Mercury: Linden,
Dell, Suave… pero todos piensan igual. Los Negros más poderosos seguramente estarán poco dispuestos a arriesgarlo
todo por luchar contra todos… excepto uno. Afortunadamente es el más poderoso de todos —y lanza su mirada hacia
mí, y de alguna manera sé que todo se estaba encaminando
a esto.

—¿Marcus? —pregunto.

—Si él se une, existe la posibilidad de que otros lo hagan
también —dice Van.

Gus suelta una sonrisita burlona:

—Si él se une, no necesitaremos a los demás.

—¿Es ésta la verdadera razón por la que estoy aquí, la
razón por la cual querían que me uniera a la Alianza? ¿Para
atraer de algún modo a Marcus?

—No. Te quiero en la Alianza porque eres un excelente
luchador —dice Celia—. Y yo no quiero a Marcus. Causaría
demasiados problemas con los Blancos en la Alianza.

—¿Incluida tú, Celia? —pregunta Van.

No contesta pero tiene que pensárselo detenidamente.

—Nathan dejó su pasado atrás para venir a colaborar contigo. Todos debemos hacer lo mismo si queremos avanzar
—dice Van.

Celia sigue sin contestar.

—De todos modos, no creo que se una —digo yo.

—¿Pero estarías dispuesto a tratar de persuadirlo? —pregunta Van.

—Pues… —no estoy seguro.

—No. Esto no es lo que habíamos acordado —Celia mira alrededor de la mesa—. Marcus es un asesino. Ha matado a demasiados Brujos Blancos. Los rebeldes no lo tolerarán.

—No tolerarán perder —dice Van—. Marcus marcará la diferencia en el éxito de la Alianza. Sí, ha matado a muchos Brujos Blancos pero también ha matado a muchos Brujos Negros. Y, lo más importante de todo, ha matado a muchos Cazadores. Y todos lo saben. Quizá no les guste, pero los rebeldes Blancos quieren, sobre todo, estar del lado vencedor porque si pierden, Soul no tendrá la menor piedad. Marcus podrá conseguir que sea el lado vencedor.

Celia dice:

—Puedo organizar nuestro ejército sin él. Nos las arreglaremos. Tomará su tiempo pero…

—Tú misma dijiste hace un momento que ahora tenemos que atacar de inmediato. Y coincido contigo: si no detenemos a Jessica ahora, nuestra lucha se volverá más difícil. ¿Exactamente cuántos miembros tienes que puedan luchar, Celia? —pregunta Van.

—Hay casi cien en la Alianza. Estoy entrenando a los hábiles y…

—¿A cuántos podrías mandar a luchar contra los Cazadores hoy mismo?

Celia frunce los labios y me mira de reojo.

—¿En este momento? A muy pocos.

—¿A cuántos? —insiste Van.

—Incluyéndome a mí, a Nathan y a Gabriel… a nueve.

Gus niega con la cabeza.

—Pero el entrenamiento va por buen camino; sólo que aún no son combatientes. Los más jóvenes, los que tienen ciertos Dones, serán buenos soldados en unos meses…

—No dispondremos de unos meses si el ejército de Cazadores crece —dice Van—. Y si lo que estamos creando es una nueva sociedad, con un nuevo orden, deberíamos estar dispuestos a perdonar los crímenes del pasado y avanzar juntos.

—Pero…

—No, Celia. A todos los brujos se les debe dar la oportunidad, incluso a Marcus. Si luego rompe nuestras reglas, será distinto, pero los crímenes del pasado deben quedar bajo amnistía.

Grace interviene:

—Esto no está llegando a ningún sitio. Tenemos que votar al respecto. Un representante por cada parte de la Alianza: Brujos Blancos, Brujos Negros, Mestizos y Códigos Medios. Nesbitt, tú votas por los mitad Negros; Ellen por los mitad Blancos; Celia por los Brujos Blancos; Van por los Negros y tú, por los Códigos Medios, Nathan.

¿Los que estén a favor? —pregunta Van.

Se levantan las manos alrededor de la mesa. Todos menos Celia y yo votan por invitar a Marcus a unirse a la Alianza.

—Así que tres a dos, se apoya la moción —dice Grace y me mira—. ¿Por qué votaste en contra, Nathan?

No sé la respuesta, aparte de que no creo que mi padre encaje con esta gente: gente que vota. Recuerdo la historia de Wolfgang, sobre cómo mató a su amigo y tengo un mal presentimiento… es demasiado salvaje. Pero no menciono eso, sólo digo:

—Es una pérdida de tiempo. No tenemos forma de contactar con él y no se unirá de todos modos.

—Te equivocas. Tengo la forma de contactar con él… y te toca a ti lograr que se una —dice Gus.

—¿Tienes su teléfono? —pregunta Nesbitt con una sonrisita burlona.

—La manera en la que me comunico es confidencial —contesta Gus.

—Está bien —dice Celia—. ¿Pero cuán pronto? —ahora está impaciente. No le agrada lo de Marcus, pero está acostumbrada a trabajar para los Cazadores y hacer lo que le dicen. Sé que hará lo que le toque hacer sin discusiones.

—Me encargaré de que Nathan se reúna con él en los próximos días. No puedo prometer nada más rápido que eso.

Celia se gira hacia mí.

—Si se une a nosotros, entonces deberá entender los términos.

—¿Qué términos? —pregunto.

—Deberá seguir mis órdenes, como lo hacen todos los combatientes.

—¿Eso es todo?

—En la batalla y en el campamento. Tendrá que comportarse… como un soldado.

No me imagino a Marcus haciendo nada de esto.

—Necesito reunirme con él tan pronto como pueda. Estoy segura de que le contarás todo sobre mí —prosigue Celia.

—Sí, me aseguraré de que conozca las condiciones en las que me tenías. ¿Cuál era tu frase?: "No querría que él pensara que estás en condiciones cómodas".

Celia se endereza y me pregunto si responderá: "Sólo cumplía con mi deber" o "estaba siguiendo órdenes" o alguna tontería así, pero no lo hace. Nunca fue de los que no asumen su responsabilidad.

El grupo se dispersa. Dispongo de un momento para estar a solas con Celia antes de que se vaya y le pregunto por Deborah:

—¿Ya salió de Inglaterra?

Celia vacila antes de contestar.

—Dice que su trabajo es demasiado importante. Todos los miembros del Consejo saben que en el pasado simpatizaba contigo, pero también es hermana de Jessica y de alguna manera ha logrado convencerlos de que ha cambiado. Todavía está trabajando en el departamento de archivos. Gracias a ella hemos conocido los movimientos pasados de los Cazadores y sus próximos planes. Es una información vital, pero de todos modos le dije que debía partir. Sin embargo, ha decidido quedarse. Está tratando de conseguir más información sobre Wallend y sus experimentos con los Brujos Negros. Es increíblemente valiente.

No sé qué decir. Deborah siempre fue valiente. Si cree que algo es correcto, no hay discusión; para ella no existe otra manera.

Celia se aleja para hablar con Van, y Ellen viene a despedirse.

—Dile a Arran que espero verlo pronto. Pienso mucho en él —confieso.

Ella asiente.

—Lo haré. Estará tan contento de que seas parte de la Alianza, pero aún más contento de que estés sano y salvo, y de que tengas tus tres regalos. ¿Fue Mercury la que llevó a cabo tu ceremonia de Entrega? —y, por la manera en que lo pregunta, estoy bastante seguro de que sabe que no lo fue.

Niego con la cabeza.

—Lo hizo Marcus.

Ellen sonríe.

—Entonces es por eso que creen que lograrás convencerlo para unirse. Saben que quiere ayudar a su hijo.

Celia la llama:

—Ellen, nos vamos. Ahora.

Y Ellen me rodea con los brazos y me estrecha y me doy cuenta de que Celia me mira con una expresión de sorpresa en el rostro. Celia todavía me ve más Negro que Blanco, más violento que gentil. Ellen me trata como a una persona en vez de como a un Código Medio. Pero ella es Mestiza; sabe cómo es que te juzguen por una etiqueta en vez de por la persona que eres.

Un minuto después de que parten, Van dice que ella, Annalise y Nesbitt regresarán al búnker y que Gabriel se quedará aquí conmigo mientras trato de entrar en contacto con Marcus. Nos volveremos a encontrar en La botella de calabaza roja dentro de una semana.

Dispongo de un breve momento para despedirme de Annalise. La llevo a un lado del salón, no para hablar sino sólo para abrazarla y despedirme silenciosamente, sin que el resto se nos quede mirando, cosa que de todos modos sucede, excepto por Gabriel, que está apoyado en la barra dándonos la espalda.

—¿Te preocupa que tu padre se sume a la Alianza? —pregunta.

—Un poco. Pero de todos modos, no creo que lo haga. No creo que esté interesado ni en mí, ni en los rebeldes.

—Eres su hijo. Le importas. Te encontró para tu Entrega.

—Eso es distinto. Lo hizo lo más breve y lo menos dulce posible. No confía en mí. No peleará conmigo. Y no me lo imagino siguiendo las órdenes de Celia y comportándose "como un soldado". Simplemente no funcionará.

Annalise me besa y me dice:

—Hablando de trabajar con Celia, estoy tan orgullosa de ti, de que estuvieras de acuerdo en colaborar con ella después de la manera en que te trató en el pasado, de lo que has pasado con ella.

Me vuelve a besar y se acerca.

—Eres mi héroe. Mi príncipe —me besa la oreja y luego susurra—: Te amo.

Y no estoy seguro de haberla escuchado bien, pero sé que es así y no sé qué decir.

Se mueve para besarme en la boca y mirarme a los ojos, y con sus labios cerca de los míos vuelve a susurrar:

—Te amo.

Y creo que debería decírselo también a ella pero me resulta verdaderamente difícil y estoy seguro de que todos están escuchando, y luego ella agrega:

—Tengo que irme. Me están esperando.

Y la beso.

Y todavía no se lo he dicho.

Y se aleja de mí y la agarro de nuevo y pongo mis labios junto a su oído y logro decirlo, increíblemente bajito. Y ella empieza a reírse y no puedo evitar sonreír, y volvemos a besarnos. Y luego con más fuerza, y ya no me molesta que estén los demás.

Se escucha un fuerte tosido y un carraspeo por parte de Nesbitt. Annalise se vuelve a reír, pero la sigo besando hasta que se escurre de mis manos.

Y se van.

Termina demasiado rápido pero lo dije, y también ella. Y estaremos juntos otra vez dentro de una semana. Sólo una semana más y volveré a verla.

CACAHUATES

Todavía estamos en el bar. Gus y yo estamos sentados en el cubículo. Gabriel está en la barra, bebe una cerveza y come una bolsa de cacahuates, lanza uno al aire de vez en cuando y lo atrapa en la boca. Gus se envanece por su papel en esta "misión", y yo hago mi máximo esfuerzo por humillarlo. Es infantil por su parte y por la mía, y no estoy seguro de cuál es más niño de los dos.

—Marcus tiene unos cuantos contactos en la comunidad de Brujos Negros. Aquéllos en los que sabe que puede confiar y depender de ellos, los que nunca lo traicionarán —dice Gus.

—¿Alguien sería lo suficientemente tonto como para intentarlo? —pregunto.

Gus me ignora.

—A Marcus le gusta saber lo que pasa en el mundo. Pero hoy en día es raro que acuda a las reuniones. Depende de mí para la información.

—¿Sólo de ti? ¿No dices que tiene algunos contactos?

—No importa a quién más usa.

—Así que no sabes quiénes son.

—Lo que importa es que confía en mí.

—Qué honor para ti.

—Soy extremadamente discreto e igualmente cauteloso.

Bostezo.

—Le dejo mensajes en un lugar secreto y él los recoge. Sabe que le dejaré otro mensaje en las próximas veinticuatro horas.

Me estiro y volteo a mirar a Gabriel. Ya pasó de atrapar cacahuates a fallar y dejar que reboten en su nariz y en sus mejillas.

Me repito a mí mismo que esto es algo serio; de hecho, es muy serio, por no decir, mortalmente serio, pero Gabriel parece pensar que se necesita más trivialidad, y se esfuerza por hacerme sonreír. Lanza un puñado de cacahuates al aire y me mira, con la boca abierta mientras una lluvia de éstos le cae alrededor, y yo suelto una risita burlona.

Gus no puede ver a Gabriel desde donde está sentado, pero se gira y lo adivina:

—¡Puedes ponerte a limpiar ese desastre ya! —grita, y Gabriel le hace un saludo burlón y vuelve a tirar otro cacahuate al aire que atrapa perfectamente con los dientes y lo mastica.

Gus me dice:

—Son como niños.

—¡Gus piensa que no somos lo suficientemente serios! —le grito a Gabriel.

—Gus no nos conoce nada bien —responde Gabriel.

—Por mí está bien.

Gus tuerce la boca con desprecio.

—Y por mí también.

—Está bien. Entonces dejamos un mensaje para Marcus para que me vea en alguna parte —le digo.

—No, idiota. Lo esperas donde dejo los mensajes. Tú eres el mensaje.

Lo insulto y pregunto:

—¿Cuándo? —me imagino que dirá que en la madrugada o a la medianoche, o algo así.

En vez de eso me dice:

—Ahora. Cuanto antes estés fuera de mi vista, mejor.

—Necesito almorzar primero, Gabriel y yo.

Gus se mofa.

—Esto es más importante que tu estómago.

Y quiero decirle que sí, que claro que lo es. Pero, por otro lado, no he comido desde quién sabe cuándo y si voy a ver a mi padre, no sé cuándo volveré a comer, y tengo hambre y ahora estoy totalmente encabronado.

Me pongo de pie y salgo del cubículo, a la vez que le digo a Gabriel:

—Vamos por algo de comer.

Gus dice:

—Niño mimado. Esta misión es más importante que tú… ¿o crees que porque tu padre es Marcus puedes pavonearte por aquí y esperar que todos corran tras de ti?

Gabriel ya está junto a mí y no me doy la vuelta hacia Gus, porque si lo hago podría matarlo. Sigo caminando a la puerta, diciéndole a Gabriel:

—Tengo hambre. Vámonos.

—No deberían arriesgarse a que los vean —gruñe Gus.

Gabriel mira a Gus fijamente.

—Tú deberías asegurarte de que no se vaya. Deberías darle algo de comer. Tú eres el tonto.

Gus no es ningún tonto, claro, pero es un Brujo Negro y no le tiene mucho cariño a los Códigos Medios, y no se va a echar para atrás. Así que Gabriel y yo salimos de La botella de calabaza roja a la calle. Al doblar la esquina, recuerdo los detalles prácticos de repente.

—¿Tienes algo de dinero?

—De hecho —y espero que esto te impresione tanto como a mí—, sí que tengo.

—¿Me invitas a almorzar, entonces?

—Cuando quieras.

Encontramos un pequeño restaurante italiano y pedimos montañas de pasta, pero sólo como un poco.

—¿No está buena la tuya? —pregunta Gabriel.

—Está bien. Gus me echó a perder el apetito —apuñalo un pedazo de pasta con mi tenedor—. Me desprecia por no ser un Brujo Negro "de verdad" y por ser el hijo mimado del Brujo Negro más negro.

—A veces se pierde, y a veces se pierde.

—Así es mi vida. Aunque esto no parece prometedor para la Alianza. Estamos lejos de ser una gran familia feliz. Si todos los Negros son como Gus…

—Odio ser el portador de malas noticias, Nathan, pero la mayoría lo es. Nadie está acostumbrado a confiar en brujos que son distintos a ellos. Incluso aquí en Europa, están simplemente acostumbrados a ignorarlos. A Gus le encantaría ignorarte, pero no puede.

—Estupendo.

—Sólo podemos esperar que una vez que se dé cuenta de la personalidad tan maravillosa y cálida que tienes se convierta en uno de tus mayores admiradores.

Me empiezo a reír.

Gabriel se echa para atrás y me sonríe.

—Así que, como uno de tus mayores admiradores actuales, ¿me puedes decir qué está pasando? ¿Cuál es el plan?

Asiento y le cuento todo lo que me dijo Gus.

—Gus estaría muy molesto si supiera que divulgaste su información supersecreta —dice Gabriel.

—¿Lo estaría? Espero que lo esté.

—¿Quieres que le haga saber que me la has contado?

—Hazlo sufrir.

Gabriel sonríe.

—Será bueno tener algo que hacer mientras estés fuera.

Dos horas después, Gus ya me sacó del pueblo viejo y me llevó a un área elegante, llena de casas muy juntas. No son exactamente nuevas, pero son más lujosas, y cada una se alza dentro de su propio jardín cercado. Nuestro aspecto está bastante fuera de lugar: la gente de aquí son fains bien vestidos, sonrientes y parecen felices con su posición en el mundo. Bajamos por una calle lateral. Aquí no hay autos, y parece que son las entradas traseras a las casas, de muros altos con rejas en cada una de ellas.

Gus se detiene ante una reja vieja y desgastada, saca una llave grande y oxidada, y la abre.

Adentro hay un jardín pequeño, rodeado por muros altos. El jardín está completamente cubierto de maleza. Hay un árbol viejo y un cobertizo que parece estar cayéndose en pedazos.

—Espera aquí hasta que llegue —dice Gus. Como si fuera a hacer otra cosa, como si fuera a hacerlo sólo porque él lo dice.

Lo llamo idiota o palabras que se usan para ese efecto, salpicado de unas cuantas maledicencias para mejorarlo.

Y parece que eso es lo único que quería, me agarra por la garganta y sostiene un cuchillo en la mano y dice:

—Pedazo de *mong* bastardo altanero. Haz sólo lo que te digo. No vales una mierda. No eres un Negro de verdad; ni siquiera eres un Blanco de verdad. Así que haz lo que has venido a hacer y...

Me inclino hacia delante para que el cuchillo se me entierre en la garganta y Gus se echa para atrás, sorprendido. Le arrebato el cuchillo de la mano de un golpe y le doy un puñetazo breve y duro, luego me giro y le doy un codazo en el estómago. Es grande y puro músculo, pero tiene que dolerle un poco.

Nos quedamos ahí parados, con las miradas clavadas el uno en el otro, y le digo:

—Simplemente vete.

—Y tú simplemente haz tu trabajo —se gira para partir, pero antes de abrir la reja dice—: Con tu padre la Alianza ganará. Y, cuando hayamos ganado, me instalaré en un mundo en el que los Blancos viven sus vidas y yo vivo la mía, como hemos logrado hacerlo durante cientos de años. Yo no me acercaré a ellos como tampoco los quiero cerca de mí, y todos deberían hacer lo mismo para que ya no haya más de tu tipo por ahí —y escupe en el suelo.

Unos minutos después de haberse ido, ya me calmé lo suficiente como para darle vueltas a lo que dijo. Según Gus no soy un brujo verdadero porque no soy Negro puro ni Blanco puro. Según Gabriel soy el Brujo máximo, por ser la confluencia de Negro y Blanco. Según los Brujos Blancos soy Negro. Según Van, sólo soy un brujo común y corriente. Y según mi padre… no estoy seguro de qué piense. Quizá debería descubrirlo cuando venga. Pero no le voy a hacer ninguna pregunta estúpida sobre lo que opina de mí.

MARCUS

Estoy tumbado en el suelo del jardín cercado. El sol se ha escondido detrás de los edificios y la sombra se desliza sobre mí. Las hojas de los árboles se balancean suavemente en la brisa. El cielo está azul, salpicado de nubes pequeñas, delgadas y blancas. Ahí, todavía está soleado y radiante.

He repasado los pensamientos de si vendrá, o de si no vendrá, y ahora solamente espero, miro el árbol, las hojas y el cielo. Las hojas apenas se mueven. De hecho, nada se mueve... me quedo mirando una rama y tengo razón: ninguna de las hojas se mueve, ni siquiera un ligero temblor. Y las nubecitas: se estaban moviendo lentamente de izquierda a derecha, pero la pequeña que está detrás de la rama que hay sobre mí, se encuentra exactamente en la misma posición que hace un minuto, que hace unos minutos.

Me incorporo y en ese momento la reja se abre.

Marcus me ve y se detiene. Por un momento pienso que se irá de inmediato, pero entra al jardín y cierra la reja.

Estoy de pie, aunque no recuerdo haberme levantado.

Gira hacia mí pero no se acerca.

—¿Supongo que Gus te trajo aquí? —pregunta. Es la típica bienvenida entusiasta.

—Sí. Quería hablar contigo.

—No tenemos mucho tiempo. Uso magia para detener las cosas, para disponer de tiempo de revisar una zona, detectar si hay trampas.

—No soy una trampa.

—No, no creo que lo seas —viene y se coloca frente a mí y me doy cuenta de lo parecidos que somos: la misma altura, el mismo rostro y el mismo pelo y exactamente los mismos ojos—. Pero aun así, preferiría que fuera breve.

—Sé que no quieres pasar nada de tiempo conmigo, no te preocupes. Pero necesito decirte lo que está pasando con el Consejo de Brujos Blancos y con un grupo de rebeldes.

—¿Y contigo?

—Si te interesa.

—Siempre estoy interesado en ti, Nathan. Pero dadas nuestras circunstancias, lo breve es usualmente mucho más dulce —levanta la mirada—. No puedo arriesgarme a quedarme aquí más tiempo —va hacia la reja y la abre.

No puedo creer que esto sea todo. Hola y adiós. Con sólo verme, ya se va.

—¿No vienes? —pregunta.

—¿Qué?

—¿No vienes conmigo?

—Eh, sí. Claro.

Pasa la reja y me tropiezo en mi afán por seguirlo. Una vez que la cruzamos, la cierra con una llave parecida a la que tiene Gus y comienza a alejarse, diciendo por encima del hombro:

—Procura no quedarte atrás.

Corro detrás de Marcus y es una sensación increíble estar con alguien tan veloz. En la siguiente calle, pasamos por delante de un auto mientras comienza a moverse y, con un par de zancadas, el tiempo vuelve a la normalidad. Seguimos corriendo. Las casas terminan y llegamos a un bosque de helechos y de árboles delgados y jóvenes, corremos colina arriba hasta llegar a la cumbre. El campo se inclina suavemente hacia abajo y se vuelve mucho más empinado y casi estoy fuera de control, doy enormes zancadas para mantener el equilibrio, y no hay manera de que pueda detenerme, no hay manera de que quiera detenerme; el río está frente a nosotros y Marcus corre hacia él, salta, da una voltereta en el aire y se sumerge en el agua haciendo un clavado.

Me esfuerzo por copiarlo y logro echarme un clavado. El agua está fría y me da un pasmo, pero me acostumbro en pocos segundos. Mi padre no nada y yo tampoco. Estamos flotando pero nos desplazamos rápidamente, arrastrados por la corriente. Las orillas del río están forradas de madera, la ciudad se ve río arriba en la distancia, y simplemente nos balanceamos en medio del oscuro río, con el cielo azul pálido frente a nosotros y el sol a nuestra izquierda, bajo las colinas.

Luego Marcus nada rápidamente pero con facilidad hasta la orilla izquierda y me quedo cerca de él. Creo que está a punto de salir del río, pero me agarra la mano y la coloca en su cinturón, a la vez que dice:

—No lo sueltes. Da una bocanada profunda. Quédate conmigo a través del pasadizo.

Me hundo y nado con él hacia la orilla del río. La corriente aquí está más lenta y el agua es tan cristalina que puedo contar las piedras del fondo con las que Marcus parece estar navegando, agarrando una y luego otra para impulsarse hacia delante. Cuando llegamos a una piedra plana y grande veo que se estira detrás de ella y se desliza por una grieta imposiblemente diminuta y me succiona con él desde el agua brillante, gris y fría del río a la oscuridad vacía que noto incluso más fría, y giro, pero sin olvidar exhalar también, como me enseñó Nesbitt. Giro rápidamente y el pasadizo es tan largo que se me acaba el aire, y busco la luz al final con desesperación pero no veo nada, y lo único que puedo hacer es concentrarme en aferrar el cuero del cinturón de mi padre.

El pasadizo me escupe y aspiro una nueva bocanada de aire, y otra, y otra.

Trato de hacer como si nada, así que me enderezo, pero siento que el corazón me late con fuerza. Tengo que doblarme de nuevo, respirar, conseguir aire. Me rio. Estuve en apuros.

Me encuentro de rodillas en los bajíos de un río. Definitivamente es otro: mucho más pequeño, aunque de corriente fuerte y rápida.

Marcus ya está sentado en la orilla. Me levanto, me tambaleo un poco y espero que no lo haya visto. Me siento junto a él.

—¿Todavía usas los pasadizos, aunque los Cazadores puedan encontrarlos?

—¿Qué piensas? ¿Éste lo encontrarán?

—No lo sé. Pero tú eres el que me dijo que los Cazadores encontraron una manera de detectar los pasadizos, y los Cazadores son buenos para cazar.

—Sí, hay al menos una Cazadora que puede hacerlo. Es su Don. Pero creo que tiene que estar a cierta distancia... ¿qué opinas? ¿Un kilómetro? ¿Unos cuantos metros? ¿Diez? Me imagino que bastante cerca pero no sé cuánto. Así que espero lo peor y hago nuevos pasadizos cada mes —se gira hacia mí—. Me muevo siempre, me mantengo seguro siempre.

Mira al río.

—Por el momento éste es un buen hogar, tiene una vista decente y agua fresca. He estado en lugares peores. Pero si me quedo aquí demasiado tiempo, llegarán: un día, antes o después, ¿quién sabe? Me quedo en un lugar durante tres meses, a veces menos. Nunca más.

Miro el río y los árboles. También aquí se está poniendo el sol.

—Aun así, todavía no tengo previsto irme de aquí por unas cuantas semanas, así que deberíamos tener tiempo de hablar.

—Estaría bien.

—Ya veremos.

Y me pregunto si debería contarle lo de la Alianza, pero tengo la sensación de que éste no es el momento correcto y no quiero hablar de eso. He pasado tan poco tiempo con mi padre, lo conozco tan poco, que quiero hablar sobre nosotros, sobre él... pero tampoco tengo la sensación de que quiera hacer eso.

Miro a mi alrededor. Detrás de mí hay una arboleda que parece ser el límite de un bosque que cubre una ladera. Sin embargo, el primer árbol está a varios metros, y la orilla está cubierta de zarzas y helechos. Lo siento seguro y limpio y abierto. Me volteo, me arrodillo para mirar el bosque. Incluso su sombra y su olor son seductores, y el río que está detrás de mí es un río sorprendentemente silencioso.

Esto es parecido a lo que soñé que sería mi casa, pero no hay ninguna pradera, ninguna cabaña. Frente a mí, las zarzas son espesas, espesas como en los cuentos de hadas; serían impenetrables sin abrirse camino con una espada. Es una frontera segura; nadie podría llegar hasta nosotros desde esa dirección. Las zarzas me recuerdan a las barras de mi jaula, pero de alguna manera son seductoras también y veo que hay un hueco entre ellas, un hueco apenas lo suficientemente grande para un humano. Camino a gatas hacia él y descubro que una vez que comienzo a avanzar por el túnel no puedo regresar; mi ropa se queda enganchada. Sigo adelante. La entrada se inclina hacia abajo y tengo que seguir. Frente a mí, los espinos se abren hacia una madriguera ancha y baja. Está oscuro adentro, pero cálido e iluminado por la luz natural que se abre paso a través de la infinidad de huecos diminutos. Es como una madriguera animal, pero definitivamente es el hogar de un humano. Un cuarto de techo bajo, casi vacío. Quedan los restos de una fogata, justo en el centro. Hay una pequeña reserva de leña a un lado y toda la madera está seca. Alrededor de la fogata hay una parte de tierra desnuda, donde mi padre debe sentarse, alimentar la fogata, cocinar y comer. Es difícil imaginarse al más temido de los Brujos Negros preparando sopa o estofado, comiendo con una cuchara de metal desde un simple plato, pero parece que eso es lo que hace. Y sé que pasa su tiempo aquí como humano muy brevemente. Casi siempre es un animal. Ésta es su vida. Solitaria. Solo. Humano solamente a veces. Y tengo que sentarme.

No quiere hablarme de su vida. En lugar de eso, me la está mostrando, para que pueda conocerlo. Y, si lo conozco, me conoceré a mí mismo. Pero ésta no es la vida que había imaginado que tendría. No estoy seguro de qué esperaba, quizás algo impresionante, grandioso, un lugar lleno de tesoros e historia y poder, pero me doy cuenta ahora de que él no es eso, como tampoco lo sería yo.

Y rompo a llorar, y no estoy seguro de si estoy llorando de tristeza o de felicidad, por él o por mí, o simplemente porque es una conexión con él o por todo lo demás. Reconozco que éste es un lugar donde podría terminar viviendo si fuera como él. Pero no es lo que quiero.

Todavía no ha venido y sé que está dejando que me acostumbre. O quizá sólo está contemplando la puesta de sol.

En un rincón hay cobijas de lana, desgastadas y agujereadas, y una pila de pieles de oveja, siete. Están enrolladas para mantenerlas secas. Las saco y las extiendo junto a las cenizas frías de la fogata.

Él llega a la madriguera cuando la luz se está desvaneciendo del todo. Enciende la fogata en segundos, logra que las llamas laman unas ramitas que ha traído con él. Alimenta la fogata y los dos la miramos. Estoy sentado, luego acostado, y descubro que estoy llorando otra vez y no puedo parar y levanto la mirada y no veo lágrimas en sus mejillas. Cierro los ojos y la Alianza y toda esa gente, incluso Gabriel y Annalise, parecen pertenecer a otro mundo. Éste es el mundo de mi padre y es otro lugar. Es salvaje.

Me despierto. Hay luz en la madriguera pero sé que es temprano. Estoy acostado donde me quedé dormido; la fogata ya está fría y estoy solo.

Me arrastro fuera de la madriguera. Marcus está sentado justo en la salida, cerca de la orilla del río. El sol está saliendo sobre la colina que hay frente a nosotros.

—¿Tienes hambre? —pregunta.

—Sí.

—¿Quieres ir a cazar conmigo?

Asiento.

—¿Alguna vez has sido un águila?

Mi padre y yo estamos sentados juntos. Cacé con él. Se transformó y lo copié. No estaba seguro de cómo escoger en qué transformarme y no estoy seguro de si lo hice. Pero el animal que hay en mí sabía qué hacer y lo hicimos. Emulamos a mi padre el águila, e hicimos lo que hizo él. Volamos por primera vez, con torpeza al principio, pero rápidamente comencé a dominar los planeos, los giros y las caídas en picado. Cazar fue muy difícil, eso sí. Mi padre atrapó una comadreja y un zorro. Nosotros no éramos lo suficientemente precisos o veloces para atrapar nada. No importó. Todos comimos juntos.

Ahora Marcus pregunta:

—¿Quién puede juzgar si ese yo es mejor o peor que el yo humano?

Sé que mi padre habla del otro lado de él, del lado animal.

—Todavía me estoy acostumbrando a él, a mi animal. Pienso en él como si estuviera separado de mí, pero estamos tratando de trabajar juntos.

—Me tomó un tiempo. Luché contra ello —niega con la cabeza—. Pensaba que trataba de tomar control de mi cuerpo. No es así. Apenas estás descubriendo otro lado tuyo. El lado más natural. El lado ancestral. El lado de ti que pertenece a la tierra más que cualquier otro. Es el lado que necesitas para sobrevivir, y sin él, de todos modos, no vale la pena vivir. Confía en él y él confiará en ti. Mantente tan cercano a él como puedas.

Me siento junto a mi padre y miro al río hasta que surge el calor de la tarde y luego volvemos a cazar. Volamos alto y aún más alto y nos quedamos ahí suspendidos, esperando. Aparece un conejo abajo, muy a lo lejos. Mi padre deja que el aire lo lleve más alto. El yo animal se queda concentrado en el conejo y caemos más abajo. Ambos lo queremos.

Esa noche, de nuevo como humanos, contemplamos la puesta de sol. Le pregunto sobre sus otros Dones, los que les robó a otros brujos cuando se comió sus corazones.

—¿Puedes usarlos?

—Sí. Es como usar mi propio Don. Ya son míos. Pero ninguno es tan fuerte como ser un animal. Algunos son débiles. La mayoría casi nunca los uso.

Estoy impaciente por preguntar cuáles usa, pero no me atrevo. A veces me siento tímido con él.

—Lo de las plantas es útil —dice él.

—Hacer que las plantas crezcan o mueran: Sara Adams, miembro del Consejo.

—¿Qué?

—Celia me obligó a aprenderme todos los Dones que robaste, toda la gente que mataste.

Se queda callado un rato, pensando en eso. Dice:

—Pues es útil. Por lo menos cuando vives como yo.

—¿Tú plantaste las zarzas para tu madriguera?

Asiente.

—Y la invisibilidad es útil, en especial cuando estás escondido o rastreando. Así como el hechizo para detener el tiempo. Construir los pasadizos es otra habilidad útil. Pocos pueden hacerlos.

—¿Puedes volar?

Frunce el ceño.

—No. ¿De dónde se supone que vendría eso?

—De Malcolm, un Brujo Negro de Nueva York. Aunque siempre fue algo cuestionable. Pero, ¿puedes dar grandes saltos?

—No más grandes que tú —vuelve a quedarse callado, luego dice—: Puedo volar cuando soy águila. Puedo dar grandes saltos si soy un leopardo. ¿Eso te impresiona lo suficiente?

Creo que sabe que, de todos modos, estoy lo suficientemente impresionado.

—¿Escuchas ruidos en tu cabeza, de teléfonos celulares y cosas así?

Se gira hacia mí.

—Sí. ¿Y tú?

Asiento.

Entra a la madriguera y lo sigo. Enciende la fogata y me dice:

—Vivo así la mayor parte del tiempo ahora. Parece mísero, pero no lo es.

No digo nada. Coincido con el placer de estar en la naturaleza, pero la soledad sería demasiado para mí.

—No es lo que te imaginabas, supongo —agrega.

—Encontramos el búnker de Mercury. Pensaba que sería más como eso.

—¿Y encontraste a Mercury?

Le hablo a mi padre de Mercury y de todo lo que ha pasado desde la última vez que lo vi, de Van, de Nesbitt, Annalise y Mercury. De Celia y Gus y de la Alianza. Ya ha amanecido cuando le digo sin rodeos:

—Quieren que te unas a ellos.

—¿A la Alianza? —Marcus se ríe—. Deben estar desesperados.

—Sí, creo que básicamente eso lo dice todo.

—¿Y estás decidido a unirte a ellos? ¿Realmente quieres arriesgar tu vida por una causa?

—Es mi causa. Unir a los Brujos Negros con los Blancos.

—No creo que ésa sea la causa. Creo que la causa es deshacerse de un lunático líder Brujo Blanco y de un montón de Cazadores enloquecidos por el poder. Y, una vez que se logre eso, ganar la paz será mucho más complicado que ganar la guerra, como dicen por ahí.

—No tienes que preocuparte por eso.

Marcus me sonríe.

—Probablemente no. ¿Pero puedo, sin embargo, preocuparme un poquito por una guerra en la que es probable que me maten?

—¿Te unirás a nosotros entonces? —estoy sorprendido—. No pensaba que lo harías.

—No me interesa unir a los Brujos Negros con los Blancos. Sin embargo, me emociona la idea de deshacernos de Soul y de los Cazadores. Definitivamente, eso me llama la atención. No estoy listo para jubilarme todavía. En realidad, no soy el tipo de persona que se une por una causa. Pero te ayudaré a luchar contra Soul y los Cazadores. Me gustaría conocer a Celia. Creo que debería ver a la mujer que encerró a mi hijo todas las noches durante dos años —niega con la cabeza—. Me está ofreciendo una amnistía, pero quizá me debería estar pidiendo una.

Lo miro y me pregunto si está hablando en serio o si está bromeando.

—No me interesan las amnistías ni las negociaciones, Nathan, para mí o para ella. Desprecio todo eso. Espero que tú también. Cada uno de nosotros hacemos lo que tenemos que hacer. Quizás eso se aplique incluso para Soul, no lo sé, y él no me importa mucho, salvo que me gustaría verlo morir.

Y la manera fría en que dice todo esto hace que me dé cuenta de que mi padre es tan capaz de matar a un hombre como lo es de matar a un conejo, sin más arrepentimientos, posiblemente menos.

—Hay una reunión en Basilea, en La botella de calabaza roja dentro de cinco días. Celia estará allí.

—No veo la hora.

—Debería regresar y decírselo a ellos.

—No. Deberías quedarte conmigo. Volvemos juntos, o no volvemos.

Lo miro, incierto de por qué dice eso. Le pregunto:

—¿No confías en mí?

Me mira a los ojos y veo los mismos triángulos negros como los míos dando vueltas lentamente en sus ojos. Responde:

—Quiero que te quedes conmigo. ¿Es mucho pedir una semana de tu vida?

Niego con la cabeza y siento que los ojos se me llenan de lágrimas.

Se da la vuelta.

—Bien.

Finalmente hago lo que he querido hacer durante tanto tiempo. Saco el Fairborn de mi chamarra y se lo ofrezco.

Lo agarra y lentamente saca el cuchillo de su funda.

—No es un objeto feliz, ¿verdad? —dice.

—Es tuyo.

—Sí, supongo. Mi abuelo lo tuvo durante un tiempo.

—Nos reconoce a nosotros, a nuestra sangre. No saldrá de su funda para nadie más.

Vuelve a deslizar el cuchillo adentro y lo coloca a su lado en el suelo.

Siento como si todo hubiera pasado demasiado rápido, después de tanto esfuerzo para encontrar el Fairborn y devolvérselo a mi padre.

—No te mataré —le digo.

—Quizá no. Ya veremos —se voltea y se acuesta. Coloco otro leño en la fogata y me siento a mirarla y a observar a mi padre, y me doy cuenta de que estoy feliz aquí con él.

LA ALIANZA

Ya pasó casi una semana. Parece toda una vida en algunos aspectos, y apenas unas horas en otros. Mi padre y yo hemos hecho tantas cosas: cazar, caminar, correr y simplemente estar juntos, y ahora estamos listos para regresar a La botella de calabaza roja para la reunión de mañana.

—¿Estás seguro de que quieres hacerlo? —me pregunta Marcus.

—Sí. Está Annalise.

Le hablé de ella, de cómo me gusta, y no ha comentado nada sobre eso. Como con la mayoría de las cosas, sólo escucha y no da su opinión. Supongo que yo soy así también.

Pero ahora dice:

—Annalise… la situación es como la que tuvimos tu madre y yo. No es una buena situación, Nathan. A largo plazo no lo es. Al principio estábamos tan enamorados el uno del otro; no vivíamos para nada más que para la siguiente vez que nos veríamos. Seguíamos encontrándonos y nunca era suficiente. Fue un milagro que lográramos guardar las cosas en secreto durante tanto tiempo. Quería que ella se fuera conmigo, pero ella no podría vivir así —gesticula con la mano hacia los árboles y el río—, y era lo suficientemente sabia como para

363

darse cuenta de eso. En su lugar, se casó con ese hombre, cosa que fue menos sabia. Su matrimonio fue un desastre —hace una pausa y mira a la distancia—. Admito que yo no ayudé pero... durante ese tiempo, mi principal preocupación era estar con ella, por lo menos un poco.

Se gira hacia mí.

—Deberías aprender de nosotros, Nathan. Mírate. Eres como yo. He estado buscando a tu madre en ti y —niega con la cabeza— no la veo para nada. Me veo a mí. Veo Negro.

Y sé que tiene razón. Soy como él, e incluso más ahora que he pasado tiempo con él, pero cuando estoy con Annalise siento ese lado mío; el lado Blanco sale a la superficie.

Le digo:

—Sé lo que dices pero...

—Te pareces a mí, tienes el mismo Don, tienes los mismos amores y deseos, y posiblemente las mismas limitaciones.

—¿Qué limitaciones?

—Vivir en una ciudad. Estar con gente. Habitar en edificios.

—Admito que tengo un problema con los edificios. Pero estoy bien con las personas. Hay algunas que me agradan de verdad.

—A mí me agradaba tu madre. Mira dónde terminó eso. Eres un Brujo Negro, Nathan. Eres más oscuro que la mayoría de los Brujos Negros que conozco. No deberías tener nada que ver con ellos, con los Brujos Blancos. Deberías dejar a la chica.

Niego con la cabeza.

—No puedo. No quiero.

Nos quedamos callados un rato y luego le hago la misma pregunta que me hizo él.

—¿Estás seguro de que quieres ir? ¿Arriesgarte a perder esta hermosa vida?

—Es hora de que arriesgue cosas por ti. Me estoy volviendo viejo, Nathan. No muy viejo, pero antes de envejecer demasiado, quiero pasar un rato con mi hijo.

Regresamos a Basilea por otro pasadizo que no conlleva mojarse.

—¿Cuántos pasadizos tienes? —pregunto.

—Muchos. Supongo que si son capaces de detectarlos, entonces hay que mantenerlos ocupados haciendo eso —me mira de reojo—. ¡Hay que darle algo que hacer a los Cazadores! Debería llenar el mundo de ellos —y se ríe.

Llegamos a Basilea la tarde antes de la reunión. Marcus insiste en explorar la ciudad y dice que no puedo acompañarlo porque llamo demasiado la atención, y sé que los Cazadores saben cuál es mi aspecto. Regresa al jardín cercado cuando está oscuro y dice:

—Dos Cazadoras. Uno de los beneficios de hacerse invisible es que puedo seguirlas y escucharlas durante horas sin que haya mucho peligro. Están hablando con informantes, o más bien lo estarían haciendo si pudieran encontrar a uno. Parece ser que los Mestizos han desaparecido. Supongo que se han escapado o pasado a la Alianza, lo cual es buena señal, aunque está picando mucho la curiosidad de los Cazadores.

—¿Pero no saben nada sobre la reunión de mañana?

Marcus niega con la cabeza.

—Esas dos definitivamente no lo saben.

Dormimos en el suelo y miro las estrellas y me pregunto por el futuro. Definitivamente, una guerra se acerca y debo admitir que tengo curiosidad por ver a mi padre luchar en ella.

A la mañana siguiente, Marcus echa otro vistazo en la ciudad y a las dos Cazadoras y regresa diciendo:

—Ningún cambio. Vamos.

Nos dirigimos a La botella de calabaza roja. Él se hace invisible y me guía por el brazo manteniéndome en rápido movimiento. Nos acercamos al callejón en el que está el bar desde un lado distinto y sólo lo reconozco en el último momento. Mientras abro la pesada puerta de madera y doy un paso hacia adentro, mi padre dice:

—Me quedaré así de momento.

No asiento ni doy a entender que le he oído, sino que voy hacia abajo por los primeros escalones de piedra, y cuando aparto la pesada cortina veo el interior de La botella de calabaza roja durante un momento brevísimo y nos succiona un pasadizo. Todo está negro y se arremolina y está tan vacío de aire como siempre, pero siento la mano de Marcus apretada sobre mi hombro y, aunque no sé por qué hemos pasado por un pasadizo, me siento más tranquilo. Cuando mi padre está conmigo me siento indestructible.

Y salimos. Es el pasadizo más corto y ancho por el que haya pasado. No caigo al suelo como me ha sucedido todas las veces anteriores, posiblemente porque el pasadizo es tan ancho, y posiblemente porque mi padre me está sosteniendo.

Miro alrededor en busca de Cazadores pero no veo ninguno.

Estamos en un bar pero no es La botella de calabaza roja, o por lo menos, no es el que conozco. Este bar está al aire libre, en un claro del bosque. Está distribuido de la misma manera que La botella de calabaza roja, con mesas a lo largo de la pared, sólo que aquí no hay pared, aunque los cubículos del fondo siguen siendo los mismos. A mi izquierda hay una barra larga, pero tampoco hay pared detrás de ella, y en vez del techo bajo y con vigas de madera de La botella de calabaza roja, hay una tela de lona tensada entre los árboles.

Gabriel, Van, Celia y la otra Bruja Blanca, Grace, están sentados en la mesa más lejana, y Gus está de pie entre ellos, de espaldas a mí. Doy un paso hacia ellos pero mi padre me hace quedarme quieto.

Gabriel me mira, y Gus se gira y dice:

—Hablando del rey de Roma.

Mi padre me suelta el brazo.

Digo:

—Hola.

Todos me miran con expectación y no estoy seguro de qué decir o qué es lo que mi padre quiere que haga.

Celia pregunta:

—¿Estás solo?

—Mi padre está… pensando en su oferta.

—Así que fracasaste —dice Gus—. Se suponía que debías traer a Marcus contigo.

Y luego Gus grita y se agarra el lado derecho de la cara, mientras le brota sangre de entre los dedos. Cae de rodillas. La sangre le corre por el cuello y el brazo y cae al piso. Todavía está gritando y agarrándose la cara mientras aparece Marcus encima de él. El Fairborn está en su mano izquierda, y algo más, algo pequeño y ensangrentado, en su mano derecha. Creo que es la oreja de Gus.

Todos se quedan quietos y en silencio, salvo por Gus, que gime.

Marcus dice:

—Gus. Realmente debo agradecerte por trabajar conmigo en los últimos años, comportándote como un… —Marcus me mira con una expresión de falsa confusión en el rostro—. ¿Cuál era la frase, Nathan? Un mensajero "extremadamente discreto e igualmente cauteloso". Sin embargo, sacarle un cuchillo a mi hijo me parece poco discreto y cauteloso. Así que sentí que tenía que hacerte lo mismo. Lo puedes tomar como el fin de nuestra relación laboral.

Gus parece que va a vomitar.

Marcus tira la oreja al suelo y limpia el Fairborn en el hombro de Gus.

—Entonces, Nathan, ¿quieres presentarme a tus amigos? En particular, me gustaría saber quién es la Cazadora que te encerró en una jaula.

Celia se mueve para levantarse, pero Marcus dice:

—No, no te levantes.

No lo dice por amabilidad, sino como una orden. Puedo ver que Celia se lo piensa pero se queda sentada, tan serena como siempre. Ella dice:

—Y yo siempre quise conocer al hombre que asesinó a mi hermana.

Marcus sonríe.

—¿De verdad? No tenía la menor idea.

Se desplaza hasta quedar de pie detrás de Celia, pero habla con Van.

—Gracias por la invitación para venir hoy aquí, Van. Me llegan muy pocas, como podrás imaginarte —dice Marcus.

Gus vomita en el suelo.

Marcus lo mira con asco y le dice a Celia:

—Tenemos que hablar. Pero Gus me está distrayendo un poco. Si me quedo aquí más tiempo es probable que le corte algo más que la oreja.

Celia se levanta.

—Bueno, sugiero que demos una caminata entonces.

Y se van juntos al bosque. Y no estoy seguro de si Celia saldrá viva de ahí, con las dos orejas, o qué.

RÍOS DE SANGRE

Dos horas después Celia y Marcus regresan al campamento. Celia aún conserva las dos orejas. Caminan juntos, inmersos en una profunda conversación, sin mirarse el uno al otro pero lo suficientemente cerca como para mantener la voz baja.

Pronto estamos todos de nuevo sentados alrededor de la mesa, a excepción de Gus, quien sabiamente desapareció de la vista de Marcus. Van le ayudó a sanar y le volvió a pegar la oreja. Sin embargo, en mi opinión parecía un desastre.

Van me dijo que estamos en la Selva Negra del sur de Alemania. Celia planea usar este lugar como el campamento base de la Alianza.

Celia comienza la junta planteando la meta principal de la Alianza:

—Destituir a Soul O'Brien del liderazgo de los Brujos Blancos, matándolo si es necesario, y devolver Gran Bretaña a un estado de coexistencia pacífica entre todos los brujos.

"Nuestro primer objetivo es expulsar a todos los Cazadores de Europa. Están bajando desde el norte, pero todavía se concentran en el norte de Francia y Alemania. Están creciendo en número, reclutando a nuevos miembros a medida que se desplazan al sur. Cuanto más esperemos para actuar, más difícil será detenerlos. Debemos atacar, tanto para disuadir a los nuevos reclutas como para eliminar a los que ya tienen antes de que estén plenamente entrenados.

"Sin embargo, tenemos pocos combatientes y no nos podemos permitir perder a ninguno de ellos. El ataque debe ser exitoso en tres frentes: matar al enemigo, desmoralizarlo y saquear sus provisiones: robar sus armas, equipo y comida...

—¿Supongo que no tienen armas? —la interrumpe Marcus.

—Pocas, y nada comparable con las pistolas de los Cazadores. Eso es lo que más nos urge conseguir. Cuando se den cuenta de que los van a matar con sus propias balas, con una muerte lenta y dolorosa, será otra pequeña ventaja que ganaremos.

Le digo a Celia:

—No veo por qué los asaltos desanimarían a los nuevos reclutas. Seguramente los Cazadores no se lo contarán a ninguno de ellos, ¿o sí?

—Las noticias volarán: los Brujos Blancos están en un contacto mucho más cercano entre ellos que los Brujos Negros. Pero también nosotros pasaremos la voz sobre los éxitos de la Alianza. También nosotros necesitamos reclutas. Van hará que los Brujos Negros sepan que Marcus está colaborando con nosotros. Una vez que escuchen eso, y nos vean tener éxito, se unirán más.

—Pero no será fácil —agrega Celia—. Los Cazadores se enorgullecen de aprender de sus errores. Analizan todas sus batallas, victorias y derrotas. Pronto descifrarán nuestras tácticas.

—¿Y cuáles son nuestras tácticas? —pregunto.

—Tenemos un grupo de combatientes de élite...

—¿Ah, sí?

—Sí. Yo misma, Greatorex, Nesbitt, Gabriel. Y ahora tú y Marcus. Más algunos buenos aprendices.

—¡No es un gran número, entonces!

—No hay problema. Atacamos, asaltamos y corremos. Entramos y salimos rápidamente. Escogemos los grupos débiles de nuevos reclutas para atacar. Por ahora es lo que están buscando los exploradores. Escogemos nuestro primer blanco cuando vuelvan a la base.

—¿Ésta es la base? —pregunto.

—Sí, todos los que se unan a la Alianza vendrán aquí. Crecerá pronto y necesitará organización. Todos tendrán que poner de su parte.

Celia explica que cada persona será asignada a un cuerpo especial. Hay cuatro grupos: Exploración y Combate; Recolección y Aprovisionamiento; Cocina y Campamento, y Sanación. Gabriel y yo somos combatientes. Ellen, Greatorex y Nesbitt por el momento son exploradores. Annalise está en Recolección y Aprovisionamiento, y ahora está con uno de los grupos, ayudando a traer provisiones a la base.

Volteo a mirar a Marcus. No está en ningún cuerpo especial. Nuestras miradas se encuentran y me parece que está pensando lo mismo. Pregunta:

—¿Cuándo me toca matar a algunos Cazadores?

—Los exploradores vuelven mañana. El primer asalto será mañana por la noche.

Después me quedo atrás y le pregunto a Celia por Deborah.

—¿Todavía no ha salido del Consejo?

Celia parece aliviada mientras contesta:

—Aceptó irse. Se ha vuelto imposible para ella conseguir más información sin que sea obvio que provenga de ella. Debería encontrarse con nosotros. Mandé a alguien para traerla aquí.

Esa noche no duermo bien. No tengo pesadillas, pero me despierto y no me puedo volver a dormir. Me pregunto dónde está Annalise, con la esperanza de que esté a salvo. Pensaba que estaría con ella esta noche, pero no está previsto que vuelva hasta mañana. Me siento enfermo pensando en ella. Ha recuperado gran parte de su salud desde que estuvo bajo el hechizo de Mercury. Y es ágil y buena para correr, pero si los Cazadores encuentran su grupo, la verdad es que no tiene la menor oportunidad. Al final me levanto y comienzo a caminar por el bosque. Todavía está oscuro y Gabriel me alcanza.

—Tampoco yo podía dormir —dice.

—Necesito quemar un poco de energía —le digo—. ¿Vienes?

—Claro —y salimos corriendo rápido.

Me siento bien, tan bien, al correr y estar libre. Simplemente libre. Una lluvia fina y brumosa comienza a caer. La siento pronunciadamente fría en mis mejillas mientras corro. Es maravillosa. Le grito a Gabriel que voy a adelantarme.

Incremento el ritmo y voy lo más fuerte y rápido que puedo, subo una colina y bajo hasta un claro que hay junto a un arroyo. Ahora está amaneciendo y me detengo. Me siento en el suelo con las piernas cruzadas y espero, escucho. Me gusta estar sentado aquí, absorbiendo el aroma de la tierra y de los árboles, mirando la corriente fluir en silencio. Está tan sereno y pacífico que parece absurdo que pronto estemos luchando, y que tenga que matar otra vez. El bosque me recuerda al lugar donde desperté después de matar a la Cazadora veloz. Yo estaba conmocionado, y la Cazadora estaba muerta, pero el bosque estaba igual que siempre, tan hermoso y pacífico como siempre. Y quizá sea lo único que podamos esperar, que el bosque siga siendo hermoso.

Escucho los pasos de Gabriel después de un rato, luego se detienen y comienzo a sonreír: sé que debe haberme visto y está tratando de acercarse a mí a hurtadillas. Me quedo quieto, aguzando el oído atento el menor sonido. O se ha detenido por completo o ha mejorado mucho. Pero luego escucho el crujir de las hojas detrás de mí, cerca, y me giro mientras corre hacia mí y luego grita y me salta encima. Fingimos que luchamos, luego rodamos cada uno hacia un lado y nos quedamos tirados en el suelo.

—Estarías muerto si fuera un Cazador —dice.

Me río; sabe que no es cierto. Le digo:

—Lo hiciste bien. En realidad, sólo te escuché al final.

—Me fastidian tus elogios condescendientes —dice.

—¿Qué quieres decir? —pregunto.

—Significa que me habrías matado.

—Pues sí. Pero creo que habrías sorprendido a la mayoría de los Cazadores. Hay algunos buenos y otros no tanto —me encojo de hombros—. Sólo debes tener la esperanza de ser afortunado y que te toquen los menos buenos.

—No tengo la menor intención de descubrir qué me toca, ya que mi intención es dispararles desde una gran distancia.

—Buen plan.

Arrastra los pies para acercarse más a mí y nos sentamos mirando la suave bajada que hay entre los árboles y el llega al arroyo.

—Habrá muchos balazos. Y pronto —le digo.

—Sí, habrá mucho de eso y peor, mucho peor: *Veo guerras, guerras horribles, y el Tíber hervir henchido de sangre.*

—Atacaremos esta noche —dice Celia.

—Nuestro blanco es un nuevo campo de entrenamiento con diez reclutas y dos Cazadoras —explica Nesbitt. Regresó temprano por la mañana y ahora nos está informando a todos—. Observé el campo los últimos dos días. Las aprendices son casi todas jóvenes; seis son alemanas y cuatro francesas. Todas saben inglés. Todas son bastante buenas con las pistolas, pero son inútiles para el combate cuerpo a cuerpo. Una de las alemanas emite un sonido parecido al de Celia, pero es débil y no te incapacita. Una de las chicas francesas puede volverse invisible. De nuevo, es un Don débil y sólo puede mantenerlo unos cuantos segundos, pero es suficiente para desorientar a los oponentes, o hacer que falles, o para darle la oportunidad de acercarse a ti a hurtadillas. Las dos Cazadoras son veteranas: inglesas, treinta y pocos años, con excelente tiro, y excelentes para el combate cuerpo a cuerpo.

Celia dice:

—Las reclutas serán peligrosas si tienen a mano sus armas. Y normalmente duermen con ellas. Atacaremos en la primera luz del amanecer. Algunas estarán todavía en cama; otras no estarán del todo alertas.

—Y eso me lleva al tema de la ubicación —agrega Nesbitt—. Están en un viejo campo de aviación; es un terreno abierto rodeado de una barda. Duermen adentro, en uno de los hangares pequeños. Dos hacen guardia en la reja en turnos de tres horas, pero las nuevas reclutas no le ven el sentido y no patrullan la barda.

—¿Qué tan lejos está? —pregunta Gabriel.

—Está en Francia, a más de cinco horas en auto de aquí, pero Marcus preparó un pasadizo para que crucemos por él. Sale a un kilómetro del campo de aviación.

Celia dice:

—A las seis de la mañana comienza a amanecer. Nesbitt y Nathan se van de aquí a las cuatro de la mañana para explorar. Los demás nos vamos a las cinco.

—No soy un explorador —asevero.

—No, no lo eres. Nesbitt es nuestro mejor explorador y además es muy valioso. Así que tu labor es protegerlo, si es necesario con tu vida.

Nesbitt me sonríe entre dientes.

—Sé que te interpondrás para recibir el balazo por mí, amigo.

—Te empujaré fuera del camino sobre un montón de estiércol.

Nesbitt se encoge de hombros.

—Lo que tú creas que funcione.

—Yo dirigiré al equipo —dice Celia—. Vamos todos. Todos aprenderemos. Trabajaremos en parejas. Las parejas podrán cambiar en el futuro; esto es para el asalto de esta noche. Deben asegurarse de conseguir el equipo necesario entre las reservas que tenemos.

El grupito de combatientes se divide de manera natural en dos grupos con Celia en el medio. Gabriel, Nesbitt, una joven (una Mestiza) y yo, estamos en pie juntos mirando a las tres Brujas Blancas. Distingo a Greatorex de inmediato. Es la ex Cazadora, la desertora. Es alta, de piel pálida llena de pecas y ojos color avellana, y tiene la nariz rota. Supongo que debe tener poco más de veinte años, pero parece más joven. Lleva puesto un uniforme de combate parecido al de Celia. Las otras Blancas también son jóvenes. Llevan todo el tiempo tratando de parecer rudas.

Nesbitt les sonríe.

—Lo siento, señoritas, pero han perdido la oportunidad de ser mi pareja. Les deseo más suerte para la próxima ocasión.

Parece que las chicas ni lo escuchan.

Masculla pero en una voz suficientemente fuerte como para que lo escuchen:

—Mierda. Creían que éramos el enemigo.

Empiezan a relajarse y casi sonríen hasta que Nesbitt agrega:

—Más vale que consigan pareja rápido; la que sobre se va con Marcus.

Las chicas miran a su alrededor y se ríen nerviosamente. Celia dice:

—Marcus no tendrá pareja. Le comunicaré por separado todo lo que vayamos a hacer. Greatorex, tú ve con Claudia. Olivia conmigo. Gabriel con Sameen. Y Nathan con Nesbitt.

Le gruño en voz baja a Gabriel:

—Más vale que esto sólo sea por esta noche.

Gabriel contesta:

—Me parece un plan sensato poner a Sameen conmigo. La aterrarías, y Nesbitt la confundiría por completo.

Sameen es la Mestiza: mitad Negra, mitad fain. Sus ojos son una mezcla extraña de marrón y turquesa.

Digo:

—Sí, tiene sentido. Pero queda patente que los Blancos y Negros… no estamos exactamente interactuando.

—Creo que también eso es sensato teniendo en cuenta que es la primera misión. Ni siquiera hemos tenido tiempo de entrenar juntos. Tenemos que confiar en nuestras parejas.

—Eso es fácil decirlo para ti. No estás con Nesbitt.

LA RECOLECTORA

Esa tarde, Annalise y un grupo de Brujos Blancos llegan caminando al campamento cargando con bultos pesados. Annalise parece cansada. Se supone que debe ayudar a poner unas tiendas de campaña y le pido que deje sus tareas un rato, pero insiste en terminar todo su trabajo, así que la ayudo. Da la impresión de que aterrorizo a una de las otras chicas, Kayra, y salta cuando la miro. La otra chica, Sarah, no puede parar de hacerme preguntas:

—¿Tienes el mismo Don que tu padre? ¿Quiénes son los otros Negros? ¿De verdad está Marcus en el campamento?

Siento un alivio cuando Celia me ve y grita:

—Nathan, ¡los demás están entrenando! ¡Tú también deberías estar ahí!

Me encuentro con los demás combatientes y miro unos segundos. Greatorex está dando instrucciones sobre defensa personal básica. Es buena y los aprendices no son totalmente principiantes. No estoy seguro de qué hacer, así que me siento y observo. Sameen está practicando con Gabriel, Olivia con Nesbitt, y Claudia con Greatorex.

Se toman un descanso y Gabriel se acerca con Sameen. Ella dice "¡Hola!", y sonríe, y no deja de mirar a Gabriel. Creo que ya está embelesada con él.

Nesbitt habla con Claudia y Olivia pero también ellas miran para acá y le sonríen a Gabriel. Parece ser que Gabriel tiene más oportunidad que cualquier otro de ganarse a las Brujas Blancas: sólo tiene que sonreírles y se les ponen flojitas las rodillas.

Por suerte, Greatorex parece inmune a sus encantos y todavía es formal. Después de unos minutos dice:

—Está bien, vamos a formar parejas otra vez. Pero cambien de compañero. Nathan puede participar en ésta con Claudia.

—No —dice Celia, marchando velozmente hacia nosotros—. Yo pelearé contra Nathan.

Le digo:

—¿Estás segura? Parece que ya estás un poco vieja y lenta.

—Quiero ver cuánto has olvidado.

Le lanzo una sonrisa. No he olvidado nada.

Después, cuando oscurece, Annalise me encuentra donde monté mi propio campamento a la orilla de los árboles, alejado de todos. No tengo tienda pero sí una pequeña fogata y una zona protegida por un árbol. Annalise y yo nos sentamos juntos, con una cobija envuelta alrededor de los dos.

Me pregunta qué pasó en el entrenamiento.

Le digo:

—Entrené.

—Me contaron que le diste una paliza a Celia. Que te tuvieron que quitar de encima de ella.

Recuerdo haber visto a Sarah en pie con un grupo de Brujos Blancos después de que terminé. Habían estado mirando. Sin duda Sarah estuvo chismeando.

Le digo a Annalise:

—Eso no es cierto.

Y no lo es, aunque Nesbitt estuviera haciendo bromas sobre quién reemplazaría a Celia cuando la matara. Pero prácticamente los ignoré a todos. Me quedé concentrado. Celia logró darme una buena patada. Yo le di unas veinte, y no es que las estuviera contando.

—De todos modos, Annalise, eso es lo que hacemos. Celia puede sanarse perfectamente bien. Me ha hecho cosas peores muchas veces. Solíamos combatir todos los días, y todos los días me daba una paliza —supongo que fueron unas setecientas veces, por lo menos, a lo largo de dos años, así que a Celia todavía le tocan seiscientas noventa y nueve más.

—Qué bueno que no lo vi.

Annalise nunca me ha visto luchar, lo cual es bueno, creo. Agarro su mano y la beso tan suavemente como puedo. No quiero hablar de peleas cuando estoy con ella. Digo:

—¿Y cómo te fue a ti?

—Ah, bien —trata de sonreírme y dice—: Sé que Sarah y Laura te estaban volviendo loco pero creo que se acostumbrarán a ti. Es difícil para todos de diferentes maneras. Las dos perdieron a sus familias. Los padres de Sarah fueron asesinados y Laura perdió a su hermana…

Y de nuevo pienso que quizás ahora sería el momento de contarle a Annalise lo de Kieran. Pero comienza a hablar de las cosas que hicieron, de organizar las provisiones y de la escasez de comida.

Le pregunto:

—¿Estás contenta de hacer eso? Pensaba que querrías estar con los sanadores.

—¡Ja! No puedo preparar ni una simple medicina. No, Celia está en lo correcto al ponerme en el grupo de Recolección y Aprovisionamiento. Soy buena para organizar cosas, algo que no es el punto fuerte de muchos de los Brujos que hay aquí, y todo debe aprovecharse y contabilizarse. Si vienen todos los rebeldes aquí, necesitaremos más comida e instalaciones sanitarias y tiendas de campaña. Aburrido pero esencial. Y estoy convencida de que escapará más gente a medida que la lucha vaya en aumento. Eso significa más bocas que alimentar. Habrá bebés y niños. Es posible que tengamos que montar una escuela. Es complicado.

Empiezo a darme cuenta de que es mucho más sencillo luchar.

Nos quedamos callados un rato y luego Annalise dice:

—Todavía no he visto a Marcus, pero todos dicen que está aquí.

—El chisme en el campamento está en pleno apogeo.

—Lo siento, estoy empezando a sonar como Sarah, ¿verdad?

La beso y le digo:

—Definitivamente no.

Marcus me observó luchar, pero se fue inmediatamente después.

Le digo:

—No es exactamente sociable. Le gusta estar solo.

Miro hacia los árboles, donde me encontré con él hace horas, cuando estaba buscando un lugar para establecer mi campamento. Me dijo que se iba a mantener lejos de todos: "Me miran demasiado para mi gusto".

Ahora digo:

—Creo que es bueno que se mantenga alejado de la gente.

—No me has contado qué pasó cuando estuviste con él. No pensaba que te irías tanto tiempo. Pensaba que hablarían unos minutos, quizá.

—Yo también.

—¿Entonces qué hiciste toda la semana?

—Ahora sí que estás empezando a sonar como Sarah —le digo en broma—. Es mi padre, Annalise. Sólo pasé tiempo con él. Fue bueno para los dos, creo. No es lo que me esperaba.

—¿No? Pero da la impresión de que es peligroso. Atacó a Gus. Caroline, una de nuestras sanadoras, me dijo que le cortó la oreja.

Antes de que pueda contestarle, prosigue:

—Eres tan distinto a él. Es un Brujo Negro por completo, tan violento.

—Puede ser violento —digo—. Violento e impulsivo. Todos saben eso, incluyendo a Gus. Cualquiera que lo moleste es un estúpido. Pero eso no significa que la gente no sea estúpida. Marcus no cambiará. Pero por lo menos está de nuestro lado.

—Eso díselo a Gus.

Creo que es mejor que evite a Gus durante un rato. No le digo a Annalise que Marcus atacó a Gus porque Gus me atacó a mí. Y no sé cuán distintos seamos mi padre y yo.

Le digo:

—Así que creo que ya ha sido suficiente chisme para una tarde.

—Bueno, hay un chisme más que tengo que contarte —y ahora sonríe ampliamente—. ¿Adivina?

Me encojo de hombros.

—Todas las chicas están enamoradas de Gabriel.

—¡Ah, nooooo! —pongo la cobija sobre nuestras cabezas y la estrecho contra mí, mientras digo—: Por favor, basta.

Se ríe pero sigue adelante.

—Es su pelo. Pasan horas hablando de eso: de cómo lo mete detrás de sus orejas, de cómo cae hacia delante, de cómo se le riza. También les gustan sus ojos y sus labios y su nariz, sus hombros y sus piernas. Pero principalmente es su pelo.

—¿Saben que están perdiendo el tiempo?

—¿Perdiendo el tiempo porque sólo le interesan los chicos? ¿O porque sólo está interesado en un chico? —y apunta con el dedo a mi pecho.

Recuerdo haberlo besado, haber acariciado su pelo. Pero digo:

—Es mi amigo, Annalise.

—Lo sé —dice, y me besa suavemente en los labios.

Y la beso más.

Después se queda dormida en mis brazos pero yo me quedo despierto, simplemente abrazándola y sintiendo su calor contra mí.

Sé que tendré que partir pronto. Y dentro de unas horas estaré luchando y será duro, y ahora estoy aquí abrazando a Annalise. Todo parece irreal.

Se mueve y pregunta:

—¿Qué pasa?

—Nada. Todo va bien.

—Me estás agarrando con tanta fuerza que apenas puedo respirar.

—No era mi intención despertarte, pero tengo que irme pronto. Se supone que no debo hablar de ello pero… no tardaré en volver.

Ahora me agarra con fuerza, envuelve sus piernas alrededor de las mías. Después de un rato dice:

—Cuando estábamos en La botella de calabaza roja, en Basilea, dijiste… algo.

Contesto con un susurro:

—Y recuerdo que tú también dijiste algo —pongo la cobija sobre nuestras cabezas para quedar en completa oscuridad.

Quiero ser valiente y decirlo antes que ella. Mis labios están cerca de su oreja, la rozan mientras susurro—: Annalise, te a...

—¡Hora de partir, compañero! —Nesbitt tira de la cobija—. Oh, disculpa la interrupción, amigo. Pensaba que estabas durmiendo.

EL PRIMER ATAQUE

Nesbitt me guía hasta el pasadizo, que está a una breve caminata en dirección a los árboles, a dos minutos de donde sigue dormida Annalise. Annalise y yo nos despedimos rápidamente. Se veía preocupada por mí, lo cual por un lado me gusta, pero por otro no. Le dije que todo iría bien, pero no tengo la menor idea de qué ocurrirá. Lo único que sé es que Marcus está de nuestro lado y que eso tiene que ser mejor que lo contrario.

He pensado en usar mi Don y estar en forma animal para el combate, pero sé que no es lo correcto. Eso es para otro tipo de lucha. Esto es algo más táctico y humano, todas las cosas para las que me entrenó Celia. Le pregunté a Marcus y me dijo lo mismo. Después de la semana que pasé con él sé que puedo controlar esa parte de mí, mi Don, y puedo transformarme tan rápidamente como Marcus, pero no es un Don para la guerra.

En el pasadizo, Nesbitt dice:

—Parece que tu padre te está vigilando —y señala hacia los árboles lejanos. Marcus está de pie, mitad escondido, y levanta la mano en un gesto de "buena suerte" o de "nos vemos pronto", o algo así. Levanto la mano también.

Agarro la muñeca de Nesbitt, desliza su mano por el pasadizo y entramos. Logro quedarme de pie al otro lado, doblado, pero de pie. Nesbitt se pone de pie en un segundo y se va corriendo rápidamente. Bueno, rápidamente para él.

Lo sigo a unos cuantos pasos. Está oscuro y en silencio, y aunque no puedo ver tan bien como él, percibo el sendero, y seguir a Nesbitt es sencillo; apenas acabo de empezar a calentar cuando llegamos al campo de aviación. Está en total oscuridad y distingo poco, salvo la pálida silueta de tres hangares uno al lado del otro, a cien metros de distancia. Seguimos la barda hasta que los hangares quedan alineados a nuestra derecha. Nesbitt se detiene y saca unas tijeras de su chamarra y comienza a cortar la barda. Mi trabajo es sostenerla para que no se agite ni repiquetee. Cuando abre un hueco lo suficientemente grande como para pasar, me indica que espere mientras él explora un poco. Asiento con la cabeza.

Corre hacia los hangares, se mantiene bien agachado, y desaparece detrás de ellos. Los centinelas están más adelante, al otro lado de la barda. Si patrullan alrededor del circuito tardarán veinte minutos, supongo, pero, como dijo Nesbitt, no parece que vayan a hacer eso ni una sola vez.

Después de diez minutos o más, Nesbitt aparece por la parte de atrás del hangar más lejano y corre al hangar de en medio, luego al cercano y luego llega hasta mí. Mantengo la vista puesta sobre las guardias, pero están tan quietas que bien podrían estar dormidas.

Nesbitt se queda en su lado de la barda, pegado contra el suelo como lo estoy yo ahora.

—¿Entonces qué? —susurro.

—No puedo ver qué hay adentro. Cubrieron todas las grietas de las paredes. No hay luces prendidas adentro. Escuché voces en un hangar, pero anoche ése estaba vacío.

—¿Así que podría haber un montón de Cazadores nuevos que no estaban aquí antes?

—O nuevas reclutas, o las pasaron del otro hangar. No lo sé.

—¡Mierda!

—¿Qué opinas?

—Creo que deberías regresar y mirar bien.

Nesbitt me maldice:

—Ya miré bien.

Niego con la cabeza.

—Bueno, tú se lo dirás a Celia.

Tenemos que esperar una media hora antes de que Nesbitt tenga el placer de hacer eso. Celia corre hacia nosotros, rápida y en silencio a pesar de su tamaño; siempre ha sido sorprendentemente ágil. Detrás de ella la siguen Claudia, Gabriel, Sameen, Greatorex y Olivia. Marcus cierra la marcha.

Gabriel se deja caer en el suelo a mi izquierda y Celia a mi derecha.

—¿Y bien? —me pregunta.

—Las cosas han cambiado. Nesbitt quiere contártelo.

Habla por la reja con Nesbitt, en voz tan baja que no puedo distinguir lo que dicen.

Veo a Celia levantar la cabeza y mirar alrededor, y Nesbitt vuelve a salir corriendo a los hangares.

Le susurro a Gabriel:

—Algo cambió. No estoy seguro de si es mejor o peor.

—¿Estás preocupado?

Niego con la cabeza. Pero dentro de mí hay una parte que está ansiosa. Hasta con Marcus cerca, siempre se corre el riesgo de que te alcance una bala perdida o un tiro con suerte o un Cazador con un Don especial o algo así.

Nesbitt desparece tras el hangar más lejano. Una luz se enciende en el más cercano, revelada por un ligero fulgor bajo la puerta que da a este lado. El horizonte también está aclarando. Las Cazadoras comienzan a despertarse. Deberíamos atacar en cualquier momento, pero ni por asomo estamos listos y, al paso que vamos, a Nesbitt lo van a atrapar. Vaya primera misión fácil.

Clavo la vista sobre el hangar donde espero que Nesbitt reaparezca, pero no lo hace. Celia se gira hacia mí y dice:

—Tú y Gabriel al primer hangar. Marcus se encargará de las guardias y seguirá hasta el hangar más lejano, donde estaré yo. Greatorex tomará el de en medio.

Marcus pasa primero por la reja, luego se vuelve invisible. Los demás nos deslizamos al otro lado y me voy con Gabriel y Sameen rápidamente.

Llego a la puerta antes que Gabriel y le doy una patada tan fuerte que casi rebota contra mi cara. Pero me impresiona lo que veo. No es un hangar vacío: hay tres filas de literas que se extienden a todo lo largo. Son suficientes para acomodar a cien personas. Todas las camas están vacías, o eso parece, pero tenemos que comprobarlo. Me tiro al suelo y miro debajo de ellas. Está tan nuevo y tan poco usado que no hay nada ahí, pero no consigo ver hasta el extremo más lejano, y ahora desearía que Nesbitt estuviera conmigo.

Gabriel dice:

—Sameen, quédate aquí. Vigila la puerta. Yo voy por la derecha. Nathan, por la izquierda —y me pasa corriendo por el lado derecho hasta el fondo del hangar gritando: —Vacío. Vacío. Vacío. Vacío.

Me levanto y voy un poco más lentamente por el pasillo izquierdo. Pero no veo a nadie: no hay rincones en dónde esconderse. Gabriel se encuentra conmigo en el fondo y regresamos, corremos y volvemos a comprobarlo. Cuando llegamos hasta Sameen, comienzan a estallar tiroteos desde otro hangar.

Cinco Cazadoras corren desde el hangar de en medio hasta la reja. Y las persigo, yendo primero por la más veloz. La derribo con mi cuchillo en la mano, y le rebano la garganta en un solo movimiento. Era una novata; ni siquiera luchó. La chica que iba atrás, ahora me pasa corriendo, la abato y la golpeo. Queda inconsciente. Miro alrededor y veo que Gabriel le dispara a una, a dos quizá, ya que sólo una sigue en pie. Sameen la atrapa, pero ella noquea a Sameen.

La Cazadora comienza a correr, pero me pongo en su camino y la atrapo, giro a su alrededor y la acuchillo en el estómago, la desgarró hacia arriba. Dejo que su cuerpo caiga en el suelo y noto que Marcus se acerca a nosotros desde la reja. Pasa junto al cuerpo inconsciente de la Cazadora. La segunda que agarré. Comienza a quejarse.

Marcus se acerca a ella y le rompe el cuello.

Llegan más disparos desde los hangares. Marcus se dirige al más lejano. Corro al de en medio con Gabriel y Sameen.

Olivia está en la puerta. Parece aterrada. Dice:

—Le dispararon a Greatorex. No puede salir.

Greatorex está adentro del hangar en el suelo, rodeada de los cuerpos muertos de las Cazadoras novatas. Está viva porque se protegió con un cuerpo encima de ella. Llegan más disparos desde el fondo del hangar.

Le digo a Gabriel y a Sameen:

—Me arrastraré adentro y agarraré a Greatorex. Van a tener que jalar de nosotros.

Gabriel dispara al fondo del hangar mientras me deslizo lo más pegado posible al suelo; los cuerpos que hay alrededor de Greatorex también me sirven de escudo. Agarro las muñecas de Greatorex. Son más delgadas y delicadas de lo que esperaba. Pesa poco.

—¡Jala! —grito. Gabriel y Sameen nos arrastran afuera. El cuerpo de la Cazadora sale con nosotros. Pero nos deslizamos afuera sobre la hierba, y luego nos desplazamos a un lado.

A Greatorex le dispararon en la pierna. Olivia le corta el pantalón para mirar la herida.

—¿Cuántos hay adentro? —pregunto.

—Cuatro, creo —contesta Greatorex. Parece que se va a desmayar.

—¿Qué quieres hacer? —pregunta Gabriel.

—No quiero suicidarme —respondo—. Esperar a Marcus —el hangar de al lado se queda en silencio, no tendremos que esperar mucho.

Celia, Claudia y Marcus se unen a nosotros.

—¿Todo despejado por aquí? —pregunta Celia.

—No —contesta Gabriel—. Hay cuatro más adentro, en el fondo, completamente armadas.

Marcus dice:

—No entren durante unos minutos —luego se vuelve invisible y esperamos.

Hay un estallido de relámpagos, y en el fondo del hangar se ven llamas y luego resuenan balazos, una y otra vez.

Finalmente todo queda en silencio. Abrimos la puerta del hangar para asomarnos. El único movimiento es de llamas y humo.

Marcus aparece junto a mí.

—Había cinco de ellas.

Celia mira a Gabriel y dice:

—Cuenta las bajas, ya. Y asegúrate de contar bien. Si alguna está viva quiero que la dejes así. Quiero hablar con ellas.

Gabriel y Sameen desaparecen y Celia comprueba el estado de Greatorex.

Nesbitt llega cojeando y se derrumba en el suelo junto a mí. Su rostro está amoratado y tiene un ojo tan hinchado que está cerrado.

—¿Dónde estabas, compañero? —le pregunto.

—Una de las Cazadoras salió y me vio cuando estaba explorando por ahí. Era una maldita experta en kung-fu o algo así. Me tomó una eternidad darle su merecido. ¿Qué me perdí?

Me siento tentado a comentar que hay mucha gente muriendo, pero estoy demasiado cansado.

—Le dispararon en la pierna a Greatorex. Es una suerte que no mataran a nadie —digo.

Gabriel y Sameen regresan corriendo, se deslizan en el suelo junto a nosotros. Gabriel dice:

—Veintidós. Cuatro Cazadoras que parecen mayores, así que supongo que son las entrenadoras, y dieciocho jóvenes. Todas muertas.

—Unas cuantas más que diez reclutas y dos Cazadoras —digo. Aunque no puedo culpar a Nesbitt. Estoy más enojado con Celia por arriesgarse. Si Marcus no hubiera estado con nosotros, definitivamente habría sido más duro. Algunos estaríamos muertos.

—Tenemos que llevar a Greatorex de vuelta a la base. Recopilen todo lo que podamos usar. Nos vamos en diez minutos —dice Celia.

BLONDINE

El siguiente asalto se lleva a cabo seis días después en Francia otra vez y tenemos que enfrentarnos a catorce Cazadoras. Todo va como la seda: ninguno de nosotros sale herido. Greatorex está recuperándose bien, pero no va a este asalto ni al siguiente, que es incluso más pequeño. La gran diferencia, que no me pone nada contento, es que en el tercer ataque, Annalise, Sarah y dos recolectores más nos acompañan para llevarse todo lo que encontremos después. Se quedan bien apartados del lugar de combate y sólo vienen cuando uno de los aprendices va por ellos cuando todo termina. Pero me incomoda que Annalise me vea. Los demás luchan con pistolas, así que no quedan hechos mierda, pero yo uso un cuchillo y al final parece que acabo de salir de una película de terror. Quiero encontrar un lugar donde lavarme, pero primero decido cubrir los cuerpos antes de que lleguen los recolectores. Normalmente no nos molestamos en hacer esto.

Hay diez cuerpos y comienzo a cubrirlos con las cobijas de una de las tiendas. Mientras coloco una cobija sobre uno de los cuerpos más lejanos, noto que tiene los ojos cerrados, y no veo ninguna herida en ella. Creo que quizá se está haciendo la muerta. No estoy seguro de si tiene una pistola en su chamarra, pero la cubro con la cobija. Miro hacia los demás pero no me están prestando atención; todos están ocupados con sus tareas.

Saco mi cuchillo, aparto la cobija y digo:

—Abre los ojos.

No estoy seguro de que hable inglés, pero apuesto a que entiende lo básico, así que le digo:

—Abre los ojos o te saco el izquierdo. ¡Ahora!

Abre los ojos. Son marrones con esquirlas plateadas: esquirlas de Brujo Blanco.

Les grito a los demás para que vengan. Todavía no estoy seguro de si está armada. Marcus llega en segundos y Gabriel poco después.

Resulta que no tiene pistola, sólo dos cuchillos. Es francesa. Se llama Blondine pero no dice nada más que eso. En ese momento llega Celia y estoy a punto de dejarla con ella e ir a encontrar un lugar donde lavarme cuando dice:

—Nathan, es tu prisionera. Quédate con ella hasta que estemos listos para regresar al campamento.

Busco a Nesbitt, que todavía es mi compañero, para que pueda vigilar a Blondine mientras voy a lavarme. Pero claro, Nesbitt nunca está cuando lo necesito.

Nunca antes había tenido un prisionero. Lo he sido suficientes veces, pero eso no significa que sepa qué hacer. Los otros se van a hacer sus tareas y veo que Annalise me mira de reojo.

La única persona que no tiene otro trabajo que hacer es Marcus. Se queda conmigo y mira a Blondine, no de buena manera. Me muevo para colocarme entre ellos.

Él dice:

—Deberías matarla. Merece morir. Todos lo merecen.

Blondine gimotea.

—No, es mi prisionera —agarro su brazo porque tengo el mal presentimiento de que podría salir corriendo. La siento temblar y le digo—: Quédate conmigo.

Será más seguro para Blondine si volvemos al centro del campamento de los Cazadores. Le digo:

—Vamos con los demás. Quédate cerca de mí. No digas nada.

Casi se tropieza con mis piernas de lo cerca que está a mi lado y ahora llora y gime en voz baja.

Marcus camina con nosotros también, sin parar de mirarla en todo momento. Son sólo cien metros, pero parecen kilómetros. Con cada paso pienso que se va a tirar encima de ella y la matará.

Me dirijo adonde se reúnen todos. Parece que regresaremos al campamento base en unos minutos. Me detengo. Blondine se detiene también. Su brazo toca el mío. Marcus se inclina hacia ella y sé que si no lo alejo, la matará.

Nesbitt arrastra una enorme mochila con el botín que ha reunido. Le digo:

—Quédate con ella. Es nuestra prisionera —señalo a Nesbitt y le digo a Blondine—: Haz lo que él te diga.

Luego me giro hacia Marcus, pero antes de que pueda hablar él me dice:

—Los Cazadores atraparon a mi padre, a tu abuelo, y lo torturaron hasta la muerte. A mi padre. Y a su padre. Y al suyo. Si te atraparan, ¿qué crees que harán?

—Eso no significa que nosotros tengamos que hacerlo.

Paso delante de él esperando que venga conmigo. Tengo que alejarlo de ella. Volteo a medias hacia él y digo:

—No le hagas daño. Por favor. No te estoy pidiendo tanto.

Sigo caminando y me pregunta:

—¿Por qué? —pero creo que viene a mi encuentro. Sigo caminando. Está conmigo. Vuelve a preguntar—: ¿Por qué?

Estamos en medio de unos campos de cultivo, salto una reja y voy al siguiente sembradío. Llego al fondo y me detengo.

Me mira.

—Puedo regresar fácilmente y matarla.

—Lo sé —me encojo de hombros—. Pero no creo que lo hagas si no la ves.

—*¿Ojos que no ven corazón que no siente?*

—Algo así.

—¿Por qué no quieres matarla?

—No quiero ser el tipo de persona que mata a los prisioneros.

—Cuando la miro no veo a un prisionero. Veo a un enemigo —dice él—. Vemos las cosas distinto. Ésta es la primera vez que veo tu otro lado.

—¿Mi lado de Brujo Blanco?

—El lado que es como el de tu madre. No pienses en ella como una Bruja Blanca. Yo no lo hago. Yo pienso en ella como una buena persona, y eso no es algo que pueda decirse de muchos Brujos Blancos. No puede decirse de mucha gente en absoluto.

Lo miro y también lo veo de manera diferente. No como un gran Brujo Negro, sino simplemente como una persona. Una persona cuyo padre fue torturado hasta la muerte; cuya madre, Saba, fue perseguida por Cazadores y asesinada. Un hombre que no pudo vivir con la mujer que amaba y cuyo hijo fue encarcelado en una jaula.

—¿No crees que podrías haber sido bueno? En otras circunstancias, quiero decir.

Se ríe y dice:

—El chiste de ser bueno es hacerlo cuando es difícil, no cuando es fácil. Tu madre era una buena persona.

Todos regresamos juntos al campamento base, llevamos todo lo que podemos. Blondine está encapuchada y tiene las manos atadas detrás de la espalda. Nesbitt se queda con ella. Yo me quedo con Marcus. En el campamento, Celia se lleva a Blondine y me pregunto si mandará a que le construyan una jaula. Pero en realidad no me importa; sólo estoy contento de que Marcus no la haya matado.

Todos estamos muertos de hambre y me voy al comedor con los demás. Ya es la hora del almuerzo y hay mucha gente. Mientras voy por mi estofado escucho las quejas. El estofado está aguado. No hay pan. No hay fruta. No hay esto. No hay lo otro.

Nesbitt se pone a mi lado y me dice:

—¿Creen que es un campamento de verano?

Gabriel bromea:

—Si descubren que a Blondine le tocó lo último que quedaba de pan, habrá una matanza.

Nesbitt dice:

—Si eso es cierto, la mataré yo mismo.

Miro alrededor y veo que como siempre, nosotros, los combatientes y los exploradores, somos el único grupo mixto. Todos los demás se sientan en grupos de Blancos, Negros o Mestizos. Oigo a un grupo de Blancos cerca de nosotros hablar sobre "la prisionera"; algunos quieren que se la juzgue y ejecute, otros sólo quieren que la ejecuten.

—Esa chica es un problema —dice Nesbitt—. Y si hacemos más prisioneros tendremos aún más problemas. Alimentarlos, vigilarlos —se acaba su estofado y dice—: Es más sencillo matarlos.

—Creo que Celia interrogará a Blondine y la mandará de regreso —dice Gabriel.

—¿Qué? —Nesbitt y yo nos quedamos mirándolo.

—Es lo lógico. Como dices, tener prisioneros es una molestia. Si ella los suelta, la Alianza parecerá razonable, y cuando esto termine la gente lo recordará. El perdón es importante.

—Ser sensato también lo es. A Blondine le pondrán una pistola en la mano y la mandarán a luchar de nuevo contra nosotros —digo.

Gabriel dice:

—¿Crees que ella lo hará? No estoy tan seguro, y Celia sabe, como todos, lo que piensan los Cazadores. Los Cazadores matan a los desertores. Odian cualquier tipo de traición, y que te capturen no está tan lejos de eso: se supone que deben morir luchando los unos por los otros. No recibirá una bienvenida de heroína, eso seguro. Quizás hasta la ejecuten. Me imagino que Blondine podría preferir jugársela como prisionera con nosotros que regresar con los Cazadores.

Suena lógico como lo dice, pero no estoy seguro de que Marcus lo vea así.

No es hasta esa noche que puedo ver a Annalise a solas. Siempre viene a mi campamento junto al árbol cuando termina sus tareas y pasamos la noche juntos.

Esta vez quiero hablar. Tengo que contarle lo de Kieran; ya esperé suficiente y Annalise tiene que saber lo de su hermano. Pero como siempre, la frase inicial es la difícil. Ella dice:

—Estás aún más callado que de costumbre.

—Estoy pensando.

—¿En?

—En cómo decirte algo. Algo serio.

Se sienta.

—Debí contártelo hace semanas. Pero no lo hice. Seguí postergándolo, esperando el momento adecuado y tonterías por el estilo. Pero nunca habrá un momento adecuado, así que debo decírtelo ahora.

Me mira a la cara y mantengo mi mirada sobre ella cuando digo:

—Se trata de Kieran.

Ella espera. Creo que ya debe hacerse a la idea de lo que voy a decir.

—¿Qué pasa con Kieran?

—¿Recuerdas cuando te dije que maté a un Cazador en Suiza? Había dos de ellos en la cabaña de Mercury mientras esperaba a Gabriel. Descubrieron mi rastro. Me siguieron. Nos atacaron a Nesbitt y a mí. Nesbitt mató a uno; era el compañero de Kieran.

Annalise espera.

—El otro era Kieran.

Annalise me mira a los ojos. Los suyos se llenan de lágrimas.

—¿Lo mataste?

—Debí decírtelo antes. Siento no haberlo hecho.

—¿Y lamentas haberlo matado?

No puedo mentir sobre eso, así que no digo nada.

Annalise se pone de pie y yo también. Creo que va a irse. Le digo:

—Tuve oportunidad de matarlo antes de eso, pero no lo hice. Si Kieran y su compañero no me hubieran perseguido, estarían vivos.

—Debiste decírmelo antes —se sienta en el suelo otra vez—. Era un bravucón, un Cazador. Pero era mi hermano —se enjuga las lágrimas y agrega—: Querría que el mundo fuera distinto. Querría que él hubiera sido distinto —comienza a llorar otra vez.

La envuelvo en mis brazos y la estrecho contra mí y ella llora y al final se detiene y se queda quieta, con la respiración uniforme. Me acuesto con ella, mirándola, besándole la mejilla tan suavemente como puedo, y le susurro que la amo, que no quiero hacerle daño. Me quedo dormido abrazándola.

Me despierto. Hace frío. Annalise está sentada. Agarro su mano pero la aparta, diciendo:

—Kieran era un gran luchador. El mejor, decían todos. Mi padre dijo que a Kieran nunca lo matarían gracias a su Don. Así que, ¿cómo le ganaste?

Ya le conté a Annalise cuál es mi Don, pero nunca se lo expliqué. Cada vez que pregunta, cambio de tema. Nunca le he contado qué siento, o que haya matado a alguien cuando soy animal, ni nada de eso.

—Dímelo, Nathan.

—Es difícil de explicar.

—Inténtalo.

—Me transformé en animal. Podía escuchar a Kieran. Percibirlo, aunque estuviera invisible. Peleamos. Me acuchilló.

—¿Y qué le hiciste?

—Annalise, no hagas estas preguntas, por favor.

Annalise comienza a llorar otra vez.

—Mi padre me contó alguna vez que Marcus se transformaba para matar. Para robar Dones. Se llevaba el mismo Don, la invisibilidad, de otro Brujo Blanco. Es útil tener un Don así.

—No me llevé el Don de Kieran, Annalise.

Me mira a los ojos y noto que no está segura.

—¿De verdad me lo dirías si lo hubieras hecho?

—¡Sí! Nunca te mentiría.

—Llevas semanas escondiéndome la verdad.

—Ya te dije que lo siento, Annalise, y te lo vuelvo a decir, lo lamento. Debí haberte contado antes lo de Kieran.

—Sí, debiste hacerlo. Y me deberías haber contado lo de tu Don. Es el aspecto más importante de un brujo; siempre coincidimos en que refleja cómo es una persona en realidad, pero nunca hablas de ello. Incluso ahora apenas me has contado nada. Cada día eres más parecido a tu padre —se levanta y dice—: Necesito estar sola un rato. Necesito pensar —y se aleja caminando.

Me incorporo y vuelvo a encender la fogata, la miro y espero a que regrese, pero no lo hace.

UNA CAMINATA

Al día siguiente Gabriel y Celia no están en el entrenamiento matutino. Cuando hacemos la pausa para el almuerzo Celia se me acerca y me pide que vaya a caminar con ella y con Gabriel. Creo que tiene que ver con Annalise.

Entramos a la arboleda lejos de todos y me dice:

—Le pedí a Gabriel que viniera con nosotros porque pensé que te lo debería decir él.

Lo miro. No quiere acercarse, y puedo ver por su rostro de qué se trata. No tiene nada que ver con Annalise. Tiene que ver o con Arran o Deborah.

Me siento enfermo.

Gabriel se acerca; por lo menos me lo va a contar.

—Se trata de Deborah.

Y sé que está muerta.

—La ejecutaron hace dos días. La fusilaron por espionaje. Mataron a su esposo también, por ayudarla.

Y es tan injusto. Tan injusto. Era una inteligente y buena y gran Bruja Blanca. Y sé que la habrán interrogado, torturado. Y habrá sido terrible. Y estoy tan enojado y quiero golpear algo pero Gabriel me sujeta. Y no sé qué hacer, pero no hay nada que pueda hacer al respecto, sobre nada. Es demasiado tarde para Deborah y quiero volver a verla y no podré hacerlo nunca más y ni siquiera puedo pensar en ella siendo feliz y los odio por eso. Los odio.

CON ARRAN

No he visto a mi hermano desde hace más de dos años pero lo reconozco fácilmente. Es alto y apuesto y todo lo que uno esperaría de un Brujo Blanco. Entra al campamento con un grupo de Blancos y Mestizos. Todos parecen cansados pero aliviados de haber llegado a su destino. Arran no parece aliviado. Han pasado varios días desde que supe lo de Deborah y me dijeron que Arran lo sabe.

Estoy de pie junto a los árboles, observando, y me muevo medio paso a la izquierda para que me vea. Tenía tantas ganas de verlo, de volver a estar con él, pero no era así como lo había imaginado. Estará sintiendo más la pérdida de Deborah que yo.

Pasa otro minuto antes de que eche un vistazo en mi dirección, y luego se queda helado. Veo que dice mi nombre y sonríe y creo que sonrío mientras se acerca a mí. Nos abrazamos. Está más delgado de lo que me esperaba y no tan alto, aunque todavía es más alto que yo.

Dice muchas cosas sobre cómo me ha extrañado y quizá yo le respondo, no estoy seguro. Me dice que Deborah estaba haciendo algo en lo que creía y rompe a llorar y yo también. Pienso en cuando estábamos los tres juntos, forcejeando en busca de espacio para cepillarnos los dientes en el baño, y ella cepillándose el pelo por las mañanas en el descansillo de las escaleras, y escuchándonos a Arran y a mí hablar, y luego recuerdo cómo todos desayunábamos juntos con Abu. Fue apenas hace tres años. Siento como si yo fuera muy viejo, y Deborah demasiado joven, y nada de esto es justo ni tiene sentido.

Los siguientes días son distintos. Arran trabaja con Van en la unidad médica, pero pasa todo su tiempo libre conmigo. Han pasado más de dos años desde que me sacaron de nuestro hogar y quiere saber todo lo que me ha pasado mientras estuvimos separados. Sólo puedo contarle un poco. No me gusta hablarle de lo malo. Ellen le relató todo lo que sabe, pero no es mucho y él quiere saber más. Lo veo mirar de reojo el tatuaje de mi cuello y de mis manos, y extiende la suya para tocar la piel cicatrizada de mi muñeca. Le digo que le pregunte a Gabriel si quiere detalles.

Luego me pregunta por Gabriel y le digo lo mismo.

—Pregúntale a Gabriel si quieres más detalles.

—Lo haré —me dice.

—Tienes que prometerme que me contarás lo que te diga.

Sonrío. En realidad tengo curiosidad de saber qué podría ser.

Arran dice:

—Qué bueno es verte sonreír.

—Y a ti también.

Luego me acuerdo que quería contarle algo.

—¿Recuerdas la vez que me subí al árbol y tú viniste después de mí, y seguí subiendo y querías que volviera? ¿Y lo hice, y nos sentamos ahí durante horas juntos, con las piernas colgadas a ambos lados de la rama, y tú estabas recargado contra el tronco y yo estaba recargado contra ti?

Asiente.

—Pienso mucho en eso. Cuando necesito concentrarme en algo bueno.

Y los ojos de Arran se llenan de lágrimas y me abraza, y yo lo abrazo a él.

RISA

Celia y yo mantenemos otra charla.

—Antes de que la arrestaran, Deborah mandó una última información —me dice Celia—. Probablemente fue lo que llevó a que la atraparan, pero pensaba que era tan importante que estaba dispuesta a arriesgar su vida por ello.

Wallend ha estado experimentando con los Brujos Negros, los que atraparon primero a las afueras de París hace unas semanas. Está desarrollando algún tipo de tatuaje. Los está tatuando en el corazón. Los experimentos son con Brujos Negros, pero creemos que el propósito es desarrollar el tatuaje para usarlo con los Cazadores.

—¿Por qué? —pregunto—. ¿Qué hace?

—Deborah no pudo descubrirlo. ¿Has visto algún Cazador con tatuajes extraños en el pecho?

—No he prestado atención a eso.

—De ahora en adelante tenemos que hacerlo —ella vacila, clava sus ojos sobre los míos—. Si es que estás listo para otra misión.

—¿Por qué no habría de estarlo?

—Sólo quiero saber que tienes el control. Perder a tu hermana es difícil. Lo sé.

—No la perdí. Me la quitaron hace años y ahora la ejecutaron.

Celia tuerce su gordo labio.

Suspiro y digo:

—Está bien. Déjame fuera de la misión. Pero en ese caso te sugeriría que dejaras a Marcus fuera también, porque es más probable que él estalle con ellos que yo.

Celia asiente.

—Todavía no te lo he agradecido. Pero actuaste bien con Blondine y controlando a Marcus ese día.

—¿Qué pasó con Blondine?

—La mandé de vuelta. Vi su nombre en esa última lista de ejecuciones que recibimos de Deborah. Ejecutada por desertar, decía.

—Sabías que lo harían.

—No estaba segura. Pero era una desertora. Debió defender su posición y pelear.

—Si Marcus la hubiera matado, todos lo habrían llamado un animal. Tú la mandas de vuelta y ni se inmutan.

Celia no contesta.

Digo:

—Blondine habría sufrido menos si hubiera dejado que Marcus la matara.

El siguiente asalto es pequeño. Parte del material final que proporcionó Deborah es una lista con las ubicaciones de algunas bases de Cazadores en el norte de Francia, así como algunos detalles sobre cuántos Cazadores hay en cada punto. Sin esto, los asaltos ni funcionarían ni podrían llevarse a cabo. Todos le debemos tanto. Celia está ocupada manteniendo reuniones con los nuevos. Ahora pasa más tiempo con temas administrativos, y no ha venido a una sesión de entrenamiento desde hace días.

Así que ahora, Greatorex dirige el ataque, lo cual está bien: es una buena líder. Es seria y profesional, como Celia, como todos los Cazadores, pero parece tener un lado más humano y entiende a sus combatientes como individuos, cada uno con una personalidad diferente, y a cada uno de nosotros nos habla de manera distinta. Conmigo bromea mucho, se ríe de mí. Con Nesbitt es dura pero nunca crítica. Con Gabriel es formal. Con Sameen es alentadora. La respeto, y los demás también.

Nesbitt tiene una lucha constante con ella por su nombre. Greatorex es su apellido; nadie conoce su nombre. Supongo que le avergüenza. No nos lo quiere decir y sin duda no se lo dirá a Nesbitt. Le pregunto a él:

—Por cierto, Nesbitt, ¿cuál es tu nombre? ¿Te avergüenza el tuyo también? —me insulta. Y pruebo diferentes nombres para él—: ¿Gerald? ¿Arthur? No será... ¿Gabrielle? —después de eso ya no menciona el nombre de Greatorex con tanta frecuencia.

Greatorex revisa el plan de ataque. Habrá ocho Cazadores. Entraremos al amanecer e iremos en parejas, excepto Marcus, que usa su invisibilidad y hace la mayor parte del trabajo peligroso inicial. Yo soy veloz, así que tengo que ir detrás de los corredores: si alguno de los Cazadores trata de escapar, mi trabajo es perseguirlos y atraparlos. Nesbitt es bueno para rastrear, así que es mi apoyo, pero hasta ahora nadie se me ha escapado. Los corredores son mi especialidad.

Parece que el ataque será rutinario.

Aunque en realidad nunca es así. Siempre hay algo malo o peor o mierdoso con respecto a matar a la gente. Odio a los

Cazadores. No les tengo la menor simpatía. No estoy seguro de cómo me siento por lo de Blondine, pero no es compasión. Estoy enojado, supongo. Como dice Gabriel, estoy enojado básicamente por todo. Estoy enojado con Blondine por ser tan tonta como para unirse a los Cazadores. Con Wallend por experimentar con la gente. Con Soul por matar a mi hermana. Con el mundo por ser una mierda. Ah, sí, y con Annalise por no entenderlo, porque ya casi ni me habla y desde que le conté lo de Kieran pasamos la noche juntos una vez pero no fue lo mismo, y de alguna manera sentí que lo hacía por lo de Deborah y no puedo creer que le dijera otra vez que la amaba. Otra vez. Y esta vez no me respondió lo mismo.

El ataque va de acuerdo con el plan. Hay ocho Cazadores. Marcus entra y mata a casi todos. Hay un corredor. Un chico, que ni siquiera es tan rápido. Lo persigo. Lo atrapo fácilmente. Le corto la garganta. Siempre me aseguro de matarlos. No quiero otro prisionero. Regreso al campamento de los Cazadores con mis manos goteando sangre.

Cuando me reúno con los demás, todos están de pie ligeramente detrás de Gabriel, que está hincado de rodillas junto a una Cazadora. Está herida de un disparo en el estómago, muriendo, y no hay nada que nadie pueda hacer para salvarla. No será nuestra prisionera, pero probablemente pasará una hora antes de que pierda toda su fuerza.

Tengo las manos empapadas de sangre y las limpio junto con el cuchillo en la ropa de una Cazadora cuyo cuerpo está a mis pies.

Gabriel habla con la Cazadora moribunda; le pregunta si tiene algún tatuaje. La Cazadora insulta a Gabriel. Gabriel dice que va a comprobar si tiene algún tatuaje. Me sorprende que Gabriel lo haga; le corta la chamarra y la camiseta pero no hay ningún tatuaje.

Miro el cuerpo que hay a mis pies y corto su chamarra. Su camiseta. Expongo su pecho. No hay nada. No puedo creer que tenga que hacer esto.

Gabriel vuelve a preguntar:

—¿Para qué son los tatuajes? ¿Los tatuajes les ayudan a sanar? ¿Los vuelven más fuertes? ¿Les dan un nuevo Don?

Nesbitt dice:

—Hace que te reboten las balas. Hace que tus pedos huelan a rosa.

Me doy cuenta de que olvidé revisar al chico que maté, el corredor, tenía un tatuaje. Me doy la vuelta para comprobarlo. Annalise está justo detrás de mí. Nos ha estado mirando, escuchándonos. No sé cuánto oyó, pero de alguna manera sé que es mucho. Tiene el rostro pálido.

Ella dice:

—¿Podemos traer a un sanador que le ayude?

No está hablando conmigo, ni con nadie, en realidad, sólo piensa en voz alta.

Le digo:

—Le dispararon en el estómago. No hay nada que nadie pueda hacer.

Me mira y dice:

—Excepto reírse, quizá.

No me había dado cuenta de que me había reído de la broma de Nesbitt, pero quizá sí. Todo esto es una broma enfermiza.

En ese momento, Greatorex acelera el paso y les dice a todos que sigan con sus funciones.

—Incluido tú, Gabriel. Déjala.

La Cazadora maldice y dice que todos vamos a morir, que lo merecemos y que todos somos escoria. Su voz es sorprendentemente fuerte. Y Marcus se acerca a ella, se arrodilla y desliza la navaja del Fairborn por su garganta. La sangre le supura y burbujea y ella se agita una vez, rápidamente, y muere en silencio. Marcus limpia el cuchillo en la ropa de la Cazadora y se aleja, mientras dice:

—Alguien debería haber hecho eso hace diez minutos.

Miro a Annalise. Tiene los ojos muy abiertos, la mirada clavada en la Cazadora. Sarah está junto a ella. Sé que no soy bien recibido.

Regreso al campamento con Marcus y me lavo en el arroyo que pasa por el bosque. Me quedo ahí con Marcus el resto del día.

Veo a Annalise en el desayuno la mañana siguiente. Está sentada con Sarah, como ya lo hace todo el tiempo. Pregunto si me puedo sentar con ellas. Annalise asiente. Me siento frente a ella, en vez de a su lado.

—¿Me culpas por lo que le pasó a la Cazadora ayer? —pregunto.

—No —contesta. Pero luego me mira directamente y me dice—: pero te reíste, Nathan. Se estaba muriendo y tú y Nesbitt estaban bromeando.

—¿Sabes a cuánta gente he matado, Annalise? Veintitrés hasta ayer. ¿Sabes lo chistoso que es eso?

—No mucho.

—Exacto. Es una mierda. Todo es una mierda. La mayoría de los Cazadores con los que nos estamos enfrentando son como ese grupo de ayer. Aprendices. Niños. Inútiles. Pero aun así podrían matarnos a todos. Así que nosotros los matamos primero. Pero quizá mañana tengan suerte. No lo sé. La próxima vez es posible que uno de nosotros no vuelva. Así que no me juzgues a mí, ni a ninguno de nosotros. Lo sobrellevamos. Eso es lo que hacemos.

Me levanto y me voy. Mientras me alejo, todavía tengo la esperanza de que corra tras de mí y hagamos las paces. Cuando llego a los árboles, me giro y miro y Sarah está con ella de nuevo, la rodea con el brazo y caminan a una de las muchas tiendas de campaña que ahora se apiñan en el claro alrededor del comedor.

Al día siguiente le cuento a Arran lo que pasó entre Annalise y yo. Le hablo sobre mi Don y sobre Kieran.

Él dice:

—No eres malo, Nathan. Tampoco eres salvaje. Y no eres tu padre. Habla con Annalise; sé honesto con ella. Es lo único que puedes hacer.

—¿Ya estás de acuerdo con el hecho de que esté con Annalise?

—No es que no estuviera de acuerdo antes, pero era demasiado peligroso. Pero ahora… bueno, por lo menos ése no es el problema.

Busco a Annalise; decido hablar con ella sin enojarme, aunque no estoy seguro de qué le voy a decir. Entro a la tienda de campaña de provisiones para buscarla, pero no hay nadie ahí. Sarah entra. Casi espero que Annalise esté con ella, ya que parecen estar unidas a la cadera la mayoría del tiempo.

—No está aquí —dice Sarah.

Voy a la puerta y Sarah se quita de mi camino. Mientras paso junto a ella, me dice:

—No quiere verte.

Me detengo.

Sé que no debo enojarme. Respiro y digo:

—Bueno, me gustaría verla, así que...

—No deberías verla. No te necesita.

—¿Y a quién necesita? ¿A ti?

—Necesita a gente buena.

—¿Te refieres a los Brujos Blancos buenos, supongo?

—Tú lo has dicho, no yo.

—Bueno, pues no me interesa lo que pienses. Y de todos modos te equivocas —me acerco más a Sarah y espeto—: Déjame que te diga algo. Todos los Brujos Blancos tan buenos estaban muy contentos de encerrar con llave a Annalise en un cuarto, y habrían estado muy contentos de dejar a Annalise morir como prisionera de Mercury. Ninguno de esos Brujos Blancos buenos estaba dispuesto a arriesgar su vida para ayudarla. Así que los Brujos no Blancos menos buenos tuvimos que hacerlo.

—Me contó lo que hiciste. Todo fue muy valiente, estoy segura. Pero reconozcámoslo... disfrutas con ello.

—¿Qué?

—No puedes engañarme con ese falso pretexto de que matar es horrible. Nadie se lo cree; todos saben que te encanta.

—¿Y cómo podrían saber "todos" lo que me encanta?

—Es bien sabido que en los ataques no usas pistola. Despedazas a los Cazadores, les cortas las gargantas y les rebanas los estómagos. Todos dicen que sólo es cuestión de tiempo antes de que te los empieces a comer.

Niego con la cabeza asombrado.

—Eso es lo que hace tu padre: se convierte en animal y se come a la gente. Eso es lo que tú harás, si es que no lo has hecho ya.

Me inclino hacia ella.

—Te escupiría a la cara, pero no te mereces ni eso.

Da un paso atrás, asustada, pero dice:

—Tengo razón, ¿no es así?

Me volteo y me alejo caminando.

Grita a mi espalda:

—No deberías estar con ella. Si te importara, la dejarías en paz.

LA JUNTA

Cuatro días después nos convocan a una junta en la tienda de campaña de Celia, lo cual no es tan raro, ya que es ahí donde nos reunimos para planear ataques y dar parte después de eso. De camino veo a Annalise y a Sarah. No he tenido la oportunidad de verla sola desde mi encuentro con Sarah, aunque ganas no me han faltado. La vi dos veces en el comedor, pero cuando fui a hablar con ella se levantó y se fue.

Ahora me quedo atrás, esperando a que ambas vayan a las tiendas de aprovisionamiento, pero entran en la tienda de campaña de Celia. Vacilo y me pregunto si recibí las instrucciones equivocadas. Una pareja que trabaja en el comedor aparece después y también entra en la tienda. Gabriel llega, me ve y se acerca. Le pregunto:

—¿Sabes qué pasa?

Niega con la cabeza y dice:

—Hay rumores de que Van ha regresado.

Adentro hay filas de sillas dispuestas, y Celia y Van están sentadas al frente. No había visto a Van desde hacía varios días; Arran me contó que se había ido tratando de conseguir que más Brujos Negros se unieran a los rebeldes. Nesbitt está al frente, casi pegando brincos de la emoción. Acaba de regresar de un viaje de reconocimiento. Gabriel y yo nos colocamos detrás. La tienda se llena de combatientes y exploradores pero hay más de otros grupos: Sanadores, Cocina y Campamento, y varios de Recolección y Aprovisionamiento, incluida Annalise.

El último en llegar es Marcus, que se pone a mi lado. Prácticamente todos los que están en el cuarto aprovechan la oportunidad para voltear y mirarlo. Le digo en voz baja a Gabriel:

—Sé que la mayoría no tiene la oportunidad de ver con frecuencia a Marcus, pero se comportan como si fuera una especie de atracción de circo.

Gabriel gira hacia mí y hasta él parece quedarse mirando. Me dice:

—Es más que eso, Nathan. Cuando estás junto a tu padre es más que obvio cuánto se parecen.

Es entonces cuando noto que Annalise nos mira fijamente, pero cuando nuestras miradas se cruzan, gira la cabeza hacia delante.

Marcus me pregunta:

—¿No querrías a veces que un enorme maremoto se los llevara a todos?

Y debo confesar, mientras miro a mi alrededor, que a algunos no los extrañaría, pero a otros sí. No quiero que se lleve a Annalise. Quiero que venga y se ponga a mi lado.

No es Celia sino Van quien comienza a hablar. Dice que el campamento tiene problemas. Ya hay casi doscientas personas, pero aunque pocos pueden combatir, todos necesitan comer. Básicamente, hay mucha gente y poco de lo demás. Sin duda todos somos conscientes del problema de la escasez de agua y comida, y también de los temas sanitarios. No hay suficientes tiendas de campaña ni cobijas. Hay pocas linternas e incluso hay pocas tazas.

Celia explica:

—Los recolectores conseguirán todos los artículos que nos hacen falta durante los próximos días. Irán a comprarlos a las tiendas fain como antes, pero han llegado veinte personas más y siempre debemos tener cuidado cuando dejemos el campamento.

Eso parece dejar contenta a la gente, pero alguien se queja de la comida: no hay fruta, no hay variedad, no hay suficiente carne, no hay suficientes verduras, y así sucesivamente. Y luego comienzan a surgir otras quejas. ¿Por qué no pasa nada? ¿Por qué Soul sigue en el poder? ¿Por qué está tardando tanto tiempo todo? ¿Por qué no ayudamos a los Brujos Blancos encarcelados por Soul? Y me doy cuenta de que otro problema es que la mayoría de esta gente no tiene nada que hacer todo el día más que gimotear, quejarse y chismorrear.

Van se niega a contestar y dice:

—Ése no es el propósito de esta junta.

Luego le toca a Greatorex explicar que los combatientes están desprovistos de armas, y en particular de balas de Cazador. Ella dice:

—Pero nos las estamos arreglando.

Y agradezco que no mire a Marcus mientras lo dice. A lo que se refiere es que, de no ser por Marcus, ninguno de nuestros ataques habría tenido éxito, por lo menos, no sin bajas.

Ahora interviene Celia. Nos dice que hemos sabido de una ubicación que dispone de una provisión significativa de armas, equipo y comida de los Cazadores. Es una oportunidad para que mejoremos nuestra situación de manera importante y les demos un golpe a los Cazadores.

—Sólo dieciséis cazadores custodian la provisión. Seis de ellos parecen experimentados, los demás son aprendices. Greatorex llevará adentro a los combatientes al amanecer. Todos los recolectores y cualquiera que pueda caminar y cargar con peso, deberá estar listo para ir y recoger todo lo que pueda, tan pronto como termine el combate. Todos lo que estamos en el campamento tendremos que ayudar.

Annalise será una de las recolectoras, y en el pasado esperaba que no viera ningún aspecto de las batallas, pero ahora, una parte de mí piensa: *Deja que vea el horror de todo esto porque, al fin y al cabo, es lo que es.* Está muy bien que Celia diga que los rebeldes tienen la autoridad moral, pero en realidad, en la guerra no existe. Todo es una mierda.

CONNOR

Greatorex nos lleva dentro del pasadizo. Es un alivio estar lejos de toda esa gente y sus quejas e internarse en el silencio del bosque. Corremos entre los árboles hasta el otro extremo en un santiamén. Toma dos horas trotar hasta que llegamos al campamento de los Cazadores. Todos los recolectores y el resto, nos siguen de cerca pero vienen caminando, y llegarán bien terminado el combate.

Bajamos la velocidad cuando nos hallamos cerca del campamento. Está al final de un camino sin pavimentar que atraviesa el bosque. Hay dos camiones estacionados y algunas pequeñas tiendas de campaña donde aparentemente duermen los Cazadores. También hay una tienda de campaña gris grande, que es más una especie de carpa. Enfrente hay un par de cajas de madera apiladas.

Apenas ha comenzado a amanecer. Hay dos Cazadores de guardia, pero sale otro de una de las tiendas pequeñas.

Greatorex absorbe todo rápidamente y nos da instrucciones. Hay dieciséis Cazadores y dieciséis de nosotros. Somos una buena unidad de combate. Tenemos a unos cuantos aprendices más, pero son serios y hábiles. Sameen, Claudia y Olivia son excelentes. Nos dispersamos; sabemos qué hacer.

Todavía tengo a Nesbitt de compañero, pero ya conocemos mutuamente nuestros modos, y funciona.

Marcus se vuelve invisible y ataca primero.

Busco a los corredores. Hay dos. Voy primero por el más rápido y para cuando atrapo al segundo, el combate ha terminado. Reviso a los dos corredores por si tienen tatuajes pero no encuentro ninguno, y estoy a punto de dirigirme de vuelta con los demás cuando me doy cuenta de que oigo un siseo en mi cabeza. En general no pienso en eso cuando peleo, porque todos los Cazadores tienen teléfonos. Pero este sonido es fuerte, como si fueran muchos teléfonos que sisean a la vez.

Me dirijo de regreso al campamento de los Cazadores, esperando que el siseo se vuelva más fuerte. Creo que ahí debe haber algo. Quizás una de las cajas tenga teléfonos adentro.

Sin embargo, cuando regreso, el siseo no ha cambiado mucho. No logro entenderlo. Hay teléfonos aquí, pero si cada Cazador tiene sólo uno, entonces sólo serían dieciséis. El siseo que oigo en mi cabeza es más fuerte que eso. Quiero preguntárselo a Marcus pero no lo veo. Le pregunto a Nesbitt dónde está.

—No lo sé, amigo. Pero mira este hermoso botín —casi está bailando alrededor de dos cajas de madera abiertas en el suelo y repletas de pistolas—. Y hay más ahí —dice, entrando a la tienda de campaña gris grande.

Greatorex le grita a Sophie, una nueva combatiente aprendiz:

—¡Ve por los recolectores y por los demás! Diles que se apuren.

No veo a Marcus por ningún lado. Quiero concentrarme en el siseo, pero hay cuerpos de Cazadores aquí, todos con teléfonos. Estoy en medio de todo, tratando de descifrarlo,

cuando sale Nesbitt de la tienda de campaña con otro problema distinto. Está empujando a un prisionero frente a él.

—Mira lo que encontré escondido ahí atrás.

El Cazador está cabizbajo y su pelo rubio y lacio le cae
hacia delante.

Nesbitt empuja al prisionero y lo pone de rodillas, y el
joven levanta la mirada.

No lo he visto desde que tenía trece años, pero lo reconocería en cualquier parte.

Y él me reconoce también.

—Nathan.

Lo primero que pienso no es en él, sino en Annalise. Sé que
Connor le importa más que el resto de sus hermanos. Sé que le
ayudó a escapar. Trato de pensar en él positivamente.

Pero luego dice:

—Nathan, me obligaron a hacerlo. Mi tío me obligó a
unirme a los Cazadores. Yo no quiero nada de esto.

Y eso me hace enojar. Estoy hasta el cuello de cadáveres, y
él se queja de cómo lo obligaron a unirse. Sigue siendo tan cobarde y tan patético como lo recordaba. Me acerco y le escupo.

Nesbitt simula una voz razonable, y dice:

—Espera, Nathan. Está diciendo la verdad, ¿sabes? Por eso
se estaba escondiendo detrás. Él no quiere nada de esto.

Doy un paso atrás y trato de controlarme, pero luego Gabriel se acerca preguntando qué pasa y le digo:

—Ah, Gabriel. Deja que te presente a un viejo amigo. Este
pedazo de mierda es Connor. Connor O'Brien. El hermano
menor de Annalise. Solía ir a la escuela con él. Es un Cazador, pero no te preocupes por él, Gabriel. No quiere serlo. No
quiere lastimar a nadie. Al menos, no hasta que le obliguen.
Y luego, cuando lo hace, lo lamenta mucho, muchísimo. Así

que todo va bien —me volteo para controlarme pero no puedo, y me vuelvo a girar y pateo el estómago de Connor, gritando—: ¿No es así, Connor?

Se dobla en dos y cae de rodillas con la cara en el suelo, gimiendo.

—¡Ay! Lo siento, Connor, no era mi intención lastimarte. Es sólo parte de mi trabajo. En realidad no quiero hacerlo.

Gabriel se interpone entre Connor y yo, aunque no hay necesidad de hacerlo. No quiero volver a patear a Connor, aunque todavía estoy enojado. Le digo a Gabriel:

—Estoy bien. Sólo perdí la calma por un segundo —pero luego me inclino hacia Connor y digo—: Connor es el que me puso ese polvo que me quemó las cortadas en la espalda. No la N, sólo la B.

—Entonces yo cortaré *mi* nombre en *su* espalda —dice Marcus que ya marcha hacia nosotros. Levanta a Connor por el pelo con el Fairborn puesto en su garganta. Connor me clava la mirada con los ojos muy abiertos.

—¿O sólo le corto la cabeza? —me pregunta Marcus—. ¿Sí o no?

—¡Connor!

Es Annalise. Está a la cabeza de un grupo de gente que viene entre los árboles, y echa a correr para acercarse. Grita:

—¡Suéltalo!

Luego levanta una pistola de Cazador que alguien soltó en el combate y apunta con ella a Marcus.

Me interpongo entre los dos, con los brazos extendidos.

—Annalise. Baja la pistola.

—Aléjate de mí, Nathan. Dile a Marcus que suelte a Connor.

Me detengo. Todavía tengo los brazos extendidos. Trato de mantener la voz baja y tranquila.

—Annalise. No le haremos daño a Connor. Por favor, baja la pistola. Esto no ayuda. Baja la pistola. Por favor.

Noto que está temblando, pero dice:

—No hasta que sueltes a mi hermano.

Volteo hacia Marcus y le digo con toda la autoridad que puedo:

—Es un prisionero. Se lo daremos a Celia para que lidie con él. Va a querer interrogarlo. Es su problema.

Me vuelvo hacia Annalise:

—Por favor, baja la pistola Annalise.

—Prométemelo —dice—. Prométeme que no le harás daño.

—Sí. Lo prometo. Es un prisionero.

Volteo de nuevo a mi padre y le digo:

—Se lo daremos a Celia.

Marcus dice:

—Escribiré mi nombre en su espalda cuando ella termine con él —pero suelta el pelo de Connor y Connor cae de bruces.

Y en ese momento se oye un disparo a mi izquierda, y una de las recolectoras que está cerca de mí, cae al suelo. Se oye otro disparo, un grito, y cae otro recolector.

—¡Cazadores! ¡Cazadores! —grita alguien, y otros se unen al grito. Los recolectores corren, regresando por donde vinieron, pero veo a lo lejos las siluetas negras de los Cazadores. Ése era el siseo. Todo el tiempo estuvieron escondidos en los árboles. Invisibles. Pero ahora podemos verlos y estamos rodeados. Todo ha sido una trampa.

Greatorex grita:

—¡Todos al suelo! ¡Quédense abajo! —pero apenas podemos escucharla debido a los gritos y disparos.

Annalise todavía está de pie, protegida por el árbol que hay a su derecha. Yo estoy abajo. Las balas chocan contra el suelo, cerca de mí. Le grito:

—Annalise, tienes que agacharte —no me oye o no quiere escucharme, y se queda erguida. Estoy a punto de gritar otra vez cuando levanta su pistola, y me giro, esperando ver a un corredor yendo a atacarla. Pero es peor.

Connor se arrastra sobre la caja de pistolas. Le grito:

—No, Connor. ¡No! —pero es demasiado tarde. Marcus está demasiado enojado. Agarra a Connor por el pelo y lo arrastra frente a mí y me mira mientras le clava el cuchillo a Connor en la garganta.

La pistola de Annalise se dispara, y se vuelve a disparar.

Marcus se tambalea.

La segunda bala le da a unos centímetros más arriba de la primera, las dos en el pecho. Se extienden pequeñas marcas rojas por su camisa y cae de rodillas. Y me quedo congelado en el sitio, con la mirada clavada en él.

Mi padre, herido.

Volteo hacia Annalise, con su pistola todavía recta, apuntando contra Marcus.

Me pongo entre los dos para protegerlo. Estoy de pie, derecho. Me grita:

—¡Lo prometiste! ¡Lo prometiste!

Y se oyen más disparos a nuestro alrededor y Gabriel me salta encima y me tira al suelo, acostado sobre mí para protegerme. Cuando alzo la mirada, Annalise ha desaparecido.

DETENER EL TIEMPO

Me apresuro para llegar a Marcus, y me quedo agachado en el suelo. Lo tengo que arrastrar tras las cajas. Sus heridas tienen mal aspecto, pero no son letales. Y es Marcus: sus poderes de sanación son enormes. Se pondrá bien.

—Mantente con vida hasta que volvamos con Van —le digo.

Marcus tose.

—No estoy seguro de cómo me vas a llevar de vuelta hasta allá. De vuelta a cualquier parte.

Es cierto: la mayoría de los miembros de la Alianza ya han escapado, pero si algunos de ellos regresan al pasadizo y los Cazadores los encuentran, todo estará perdido. Hay cuatro o cinco cuerpos de rebeldes en el suelo y veo a un rezagado caer en la distancia. Me doy cuenta de que todo lo han planeado bien. Los Cazadores habrán visto dónde está el pasadizo: es muy posible que nuestro campamento esté en sus manos.

Nesbitt viene a gatas hacia nosotros y dice:

—La mayoría de los Cazadores siguieron a los recolectores, pero todavía estamos rodeados.

Gabriel ayuda a Nesbitt a arrastrar unas cajas de madera para improvisar una barricada que cubre uno de nuestros lados. Las cajas de las pistolas están a nuestros pies. Gabriel las revisa y trata de usarlas. Ninguna funciona. Todas están rotas de alguna manera.

Estamos atrapados.

Greatorex, Claudia y Sameen están cerca, acuclilladas detrás de otras cajas. Veo el cuerpo de Olivia cerca de ellas. Todos los demás huyeron.

Nesbitt le ofrece su ánfora a Marcus.

—Sólo es agua —le dice.

Marcus la toma, pero la mano le tiembla.

—¿Alguien tiene alguna idea brillante? —pregunta Nesbitt.

Gabriel responde:

—Tenemos que escaparnos tan pronto como podamos. Cuento a dieciséis Cazadores alrededor de nosotros. Pero los demás volverán.

—Podría haber más —digo yo—. Creo que éstos son los que tienen el tatuaje de Wallend y creo que todos pueden volverse invisibles.

—¡Mierda! —dice Nesbitt.

—Sí —coincide Marcus—. ¡Mierda!

—¿Puedes correr, Marcus? —pregunta Gabriel.

—No creo —la sangre le burbujea en la esquina de su boca y tose. Veo que sana, y su sanación es fuerte pero no durará—. Creo que por el momento no puedo ni ponerme en pie. Estas balas son unas cabronas, ¿no creen?

—¿Podemos sacártelas? ¿Así como tú me sacaste la bala a mí?

—Tengo una en el pulmón; si me la sacas, moriré de todos modos.

Se oyen más disparos, y sé que Marcus, sin duda, no podrá correr más rápido que los Cazadores. Miro a mi alrededor: no estoy seguro de poder correr más rápido que ellos.

Nesbitt y Gabriel se han arrastrado un poco más allá y disparan a un grupo de cuatro Cazadores que se nos han acercado con sigilo.

Marcus dice:

—No tengo mucha fuerza, pero creo que puedo ayudarles a escapar. Puedo detener el tiempo lo suficiente. Probablemente no durará más de un minuto, quizá ni siquiera eso. Pero debería permitirles rebasar a los Cazadores que nos rodean.

—¿Y tú?

—Yo me quedo aquí.

Niego con la cabeza.

—Yo te llevaré. Te sacaremos.

—No. Eso no pasará. Sería demasiado lento. Tienes que escapar.

—No.

—No puedo sanar estas heridas. Estoy muriendo, Nathan. Tienes que cumplir la profecía. ¿Lo sabes, no es así? Esto es lo que se me reveló en la visión.

Niego con la cabeza.

—No. No puedo.

—Sí puedes. El Fairborn te ayudará. Querrá cortarme. Ábreme las costillas. Cómete el corazón. Hazlo como humano. Así sucede en mi visión. Llévate mis Dones. Llévatelos todos y úsalos.

Tengo la sensación de que toda mi vida me ha llevado a este punto, pero no quiero nada de esto.

—Es la única manera, Nathan.

—No puedo hacerlo.

Pero veo que Marcus ya está resuelto, por él y por mí.

Gabriel se arrastra hacia nosotros y Marcus le dice:

—Te voy a decir cuál es el plan. Quiero que te asegures de que Nathan lo cumpla y que escape sano y salvo. Creo que todavía estoy lo suficientemente fuerte como para detener el tiempo unos treinta segundos, quizás un poco más. Será suficiente para que corran. Maten a todos los Cazadores que puedan en ese tiempo y reúnanse en el lado de allá —asiente en dirección contraria al pasadizo—. Nathan se quedará ·conmigo. Cuando esté listo para irse, tendrán que cubrirlo. Si todavía quedan Cazadores vivos, aléjenlos de Nathan.

Niego con la cabeza, pero Gabriel dice:

—Sí. Me aseguraré de que esté a salvo. Informaré a los demás —y se arrastra adonde están Greatorex y Nesbitt.

Marcus levanta la mano y la pone en mi hombro.

—Nathan, me alegra haberte conocido un poco. Quizá, demasiado poco, y demasiado tarde. Desearía que hubiera sido más —su mano cae y saca el Fairborn de su chamarra—. Estoy muriendo, Nathan. Pero no quiero morir para nada. Quiero que tengas mis Dones.

Niego con la cabeza. No hay manera de que pueda matarle, mucho menos comerme su corazón.

—Eres fuerte. Puedes hacerlo. Mátame y luego mata a Soul y a los demás. Mátalos a todos.

Empuja el Fairborn en mi mano.

—¿Puedes hacer eso por mí, Nathan?

Lo miro a los ojos y veo los triángulos negros que se mueven lentamente, con demasiada lentitud. Sé que no hay nada que pueda hacer para salvarlo. Tengo que hacer lo que pide.

Saco el Fairborn de su funda, percibo su deseo y le digo a mi padre:

—Los mataré a todos.

—Recuerda que yo siempre quise que hicieras esto. Estoy orgulloso de ti —vuelve a toser—. Hacer este hechizo es agotador. Tan pronto como el tiempo se vuelva a acelerar, quedaré débil, incapaz de volver a sanar. Es entonces cuando tendrás que usar el Fairborn.

Se frota las palmas de la mano y hace movimientos circulares cada vez más rápidos y cada vez más pequeños. Se detiene. Inspira y vuelve a empezar. Luego se detiene y comienza de nuevo. Esta vez se detiene del todo y levanta las palmas a los lados de su cabeza. Entonces me mira y noto que el hechizo funciona y él se concentra, pero le cuesta trabajo. Le está chupando la energía. Las manos le tiemblan. Me dice:

—Diles que corran.

Miro a Gabriel. Puedo ver por la quietud de todo que el tiempo se ha detenido. Le grito: "¡Corre!", aunque en realidad ya no soy consciente de nada.

Gabriel, Nesbitt y los demás salen corriendo. Se oyen algunos disparos. Veo caer a un Cazador. Y a otro. Y luego, demasiado rápido, el mundo se acelera.

Lo que hago después es lo peor.

Si no fuera por la profecía, no podría hacerlo, y no sin que él me dijera que lo hiciera y con sus ojos sobre los míos en todo momento. Me dice: *Te amo, Nathan. Siempre te amé.* Sus ojos son negros, con triángulos vacíos que dan vueltas y giran lentamente hasta detenerse.

Lo hago mientras miro a los ojos de mi padre. El Fairborn está ansioso por entrar y cortarlo todo. Me ayuda. Quiebro en dos el pecho de mi padre y me lo como, y veo los triángulos de sus ojos desvanecerse hasta quedar en nada, mientras saboreo y engullo su corazón.

VER A JESSICA

No estoy seguro exactamente de lo que sucede después de que mato a mi padre. Soy consciente de que hay Cazadores alrededor de mí todavía, pero ahora Greatorex y los demás los atacan. El cambio en su posición confunde a los Cazadores, por lo menos lo suficiente como para que yo me escape. Dejo el cuerpo de mi padre. Es difícil para mí, pero una vez que me levanto, simplemente mis piernas me llevan.

Distingo a Gabriel más adelante y corro hacia él. Pero en realidad lo único que veo es a mi padre mirándome y sus ojos clavados en los míos y los triángulos desvaneciéndose hasta desaparecer. Siento su sabor fuerte en mi boca. Estoy a punto de tener arcadas pero me decido a no tenerlas.

—Nathan, mírame —dice Gabriel. Me doy cuenta de que me agarra los brazos—. ¡Mírame!

Hago lo que me dice. Pero no estoy seguro de lo que veo. No consigo enfocarlo.

Me dice cosas. No estoy seguro de qué. Estoy recordando a mi padre diciendo que me amaba. Casi no lo conocí. Y ahora lo he matado. Había tanta sangre. Tanta sangre. Siento que las rodillas se me aflojan y Gabriel me arrastra para arriba y me grita:

—¡Nathan!

Nesbitt corre hacia nosotros y se detiene, exclamando:

—¡Mierda!

Él no sabía lo que iba a hacer.

Greatorex y los demás llegan y se quedan mirándome. Sé que tengo sangre por todos lados: en mi cara, en mi pecho y en mis manos.

Greatorex dice:

—Tenemos que irnos. Vienen más Cazadores.

Gabriel me empuja para avanzar. Me jala por el brazo.

Greatorex y Sameen están delante de mí, Claudia a la derecha, Gabriel a mi izquierda.

Correr me ayuda. Me siento más como yo mismo. Pero no somos lo suficientemente veloces. Los Cazadores están detrás de nosotros. Seguimos avanzando, y cuanto más corro, mejor y más fuerte me siento. Y seguimos avanzando. Ya estoy delante. Se oye otro disparo y un grito y veo a Sameen caer. No está muerta. Gabriel baja la velocidad y se detiene y regreso con él. Sameen está detrás de nosotros, a veinte pasos.

Le digo:

—Sigue adelante. Quédate con Nesbitt y yo los alcanzaré.

Niega con la cabeza.

—No, es mi compañera. Le dije a tu padre…

—¡No! Soy más veloz que tú. Puedo escapar. Vete. Si no te alcanzo en unos minutos estaré en el lugar de encuentro, como acordamos. Pero cuanto más tardes, más peligro corro ahora.

Me señala con el dedo; sabe que necesito estar solo.

—El lugar de encuentro, como acordamos.

—Sí. Vete.

Sale corriendo.

Vuelvo junto a Sameen. Todavía tengo el Fairborn en la mano.

Me arrodillo junto a ella. Le dispararon en la espalda pero le está saliendo sangre de la boca y de la nariz. Le digo:

—Lo siento, Sameen.

No dice nada, sólo me mira. Le corto la garganta.

Más sangre. Sangre por todos lados. Las manos me gotean.

Me levanto y vuelvo la mirada a los cazadores para asegurarme de que me vean. Noto a una que no está muy lejos del frente. Sólo la vislumbro. Pero sé que es ella. Mi hermana, Jessica. Fue su trampa.

Sé que puedo correr más rápido que ellos. Estoy conmocionado pero mi cuerpo está fuerte, más fuerte que nunca. No necesito pensar cuando corro. No quiero pensar. Sólo correr. Giro a la izquierda. Aprieto el paso fuerte y rápido, lejos de Nesbitt, Gabriel y Greatorex, atrayendo a los Cazadores detrás de mí.

ROJO

No puedes permitirte pensar demasiado en los números, en cuántos murieron. Son muchos. Siempre parece haber otro. En realidad no puedes permitirte pensar demasiado en ello. Sólo necesitas seguir caminando. Pero cada vez que piensas que no habrá más cuerpos, te topas con otro. Una mujer, un hombre, todos miembros de la Alianza, todos muertos, casi todos de un disparo en la espalda.

Has llegado a un hermoso valle, y algunos de los rebeldes deben haber bajado corriendo hasta aquí. Los cuerpos yacen en montones, como si se hubieran rendido y luego les hubieran disparado, a algunos en la cabeza... ejecutados. Los cuentas. Es lo único que puedes hacer. Son nueve.

Si Marcus hubiera estado vivo, si Annalise no le hubiera disparado, la mayoría de esta gente también estaría viva. Marcus habría podido frenar lo suficiente a los Cazadores. Matar a suficientes de ellos. Estas muertes pesarán en la conciencia de Annalise.

Aun así, tienes que salir del valle, o también tú estarás muerto. Los Cazadores regresarán por este camino para asegurarse de que no se les haya escapado ninguno.

Comienzas a correr mientras escalas por una ladera del valle y llegas al siguiente, bajando por el lado empinado y a través de los ancestrales árboles. Entre éstos hay piedras redondas cubiertas de musgo, y el piso está alfombrado de helechos: es un lugar frondoso, verde y bello. Los helechos se arquean sobre tu cabeza y la lluvia golpetea contra el suelo. Te frotas el rostro. Y por dentro sientes que estás ardiendo. El corazón de Marcus te ha dado sus Dones, pero te ha agotado y también te está haciendo otra cosa.

Inclinas la cabeza y la lluvia baja corriendo por tu cuerpo, riachuelos rojos, que se unen con el lodo y con la sangre que te rodea.

Quieres dormir, pero cuando cierras los ojos, vuelves a verlo todo de nuevo: Annalise apuntando con la pistola a Marcus, el Fairborn penetrando a Marcus, cortándole la piel, tú partiendo sus costillas en dos y toda la sangre y todo lo que tuviste que hacer.

Jamás habrías tenido que matar a Marcus, jamás habrías tenido que hacer todo eso de no ser por Annalise.

Te quedas acostado en la lluvia. Repasándolo una y otra vez. No hay nada más que puedas hacer hoy. Pero mañana será distinto. Mañana irás tras ella.

AGRADECIMIENTOS

El lado salvaje es mi segundo libro publicado, y escribirlo (y reescribirlo y reescribirlo) ha sido una experiencia completamente distinta a la de *El lado oscuro*. Realmente tengo que planear mi próxima historia mucho mejor antes de zambullirme en ella. Estoy infinitamente agradecida con todos los estupendos equipos de Puffin y Viking por su ayuda para lograr sacar esta historia de mi cabeza y ponerla en los libreros, y no sólo en los libreros del Reino Unido y de Estados Unidos, sino de todo el mundo (incluso de lugares que tengo que *googlear* para descubrir dónde están). Como siempre, mi agente Claire Wilson ha sido estelar.

En caso de que les interese, la cita: *"Veo guerras, guerras horribles, y el Tíber hervir henchido de sangre"* es una traducción de *bella, horrida bella, et Thybrim multo spumantem sanguine cerno* (6:86-87) de la *Eneida* de Virgilio que encontré a partir de mi lectura del discurso de Enoch Powell: "Ríos de Sangre", y luego al buscar (con ayuda de Google) la cita original del "río de sangre". Creo que queda más apropiado en *El lado salvaje* que como la usó Powell (según la página: http://edithorial.blogspot.co.uk/2013/04/how-enoch-powell-got-vergil-wrong.html).

Mientras caminan a casa en el lago de Ginebra, Nesbitt canta la maravillosa canción: "Ain't Nobody Here But Us Chickens" [*Aquí no hay nadie más que nosotros los pollos*], escrita por Joan Whitney y Alex Kramer, y que él (como yo) probablemente escuchó por primera vez en *The Muppet Show*.

Viajar por Europa es grandioso, y esperaba por lo menos hacerlo un poco durante mi investigación de *El lado salvaje*. Tristemente, el tiempo no estuvo de mi lado, así que para crear todas mis rutas y tiempos ficticios tuve que confiar en mi memoria de los lugares (España, Basilea, ese lago con el glaciar en Noruega), en Google y en el planificador de rutas en línea de la AA. Gracias, también, a todos los encantadores y amigables fans de *El lado oscuro* y a mis seguidores en Twitter, en especial a los que me ayudaron con los nombres para mis Brujos Blancos. Recibí ideas de las siguientes personas: LisaGelinas @InkdMomof3; Jan P. @janhpa; Caitlin @caitlingss; Charli @Charli_TAW; Artifact #1 @themefrompinat; Daniel Rowland @danialii; Fiction Fascination @F_Fascination; Oswaldo Reyes @readersWRITER; Emily Ringborg @RingEmily; Colleen Conway @colleenaconway; Damien Glynn @damog7; Finlay y Ivor @tmbriggs; Jo Porter @joanneporter_1; y Caroline Pomfret @CazPom.

Pero a fin de cuentas escogí estos nombres:

Sameen, sugerido por MSA @MsaMsa85; Olivia, sugerido por Renee Dechert @sreneed; Claudia, sugerido por Jayd Amber @dragonslibrary.

Espero haberlos incluido a todos. Mis disculpas si me faltó agregarlos a la lista.

ÍNDICE

PRIMERA PARTE

SEGUNDA PARTE

TERCERA PARTE

CUARTA PARTE

QUINTA PARTE

Esta obra se imprimió y encuadernó
en el mes de abril de 2015,
en los talleres de Litográfica Ingramex, S.A. de C.V.,
que se localizan en la calle Centeno 162-1,
colonia Granjas Esmeralda, México, D.F.